深圳男人

十十 著

中国言实出版社

图书在版编目（CIP）数据

深圳男人 / 十十著. -- 北京：中国言实出版社，
2022.1

ISBN 978-7-5171-4019-1

Ⅰ. ①深… Ⅱ. ①十… Ⅲ. ①小说集－中国－当代

Ⅳ. ①I247

中国版本图书馆CIP数据核字(2022)第012528号

深圳男人

责任编辑：郭江妮

责任校对：张　丽

中国言实出版社出版发行

地址：北京市朝阳区北苑路180号加利大厦5号楼105室（100101）

编辑部：北京市海淀区花园路6号院B座6层（100088）

电话：64924853（总编室）　　64924716（发行部）

网址：www.zgyscbs.cn

E-mail: zgyscbs@263.net

经销：新华书店

印刷：阳谷毕升印务有限公司

版次：2022年5月第1版　2022年5月第1次印刷

规格：880毫米×1230毫米　1/32　8.5印张

字数：160千字

定价：52.00元

书号：ISBN 978-7-5171-4019-1

关于《深圳男人》的一些话（代序）

十十

写《漂在深圳的女人》的时候，我心里是没有多少底气的。我不知道我笔下的这些女人们的故事是否受读者的欢迎。至今仍然记得很清楚，当我接到《宝安日报》编辑宁豫老师的电话通知我决定要连载时，那一刻的我表面似乎很淡定，其实我的内心是狂喜的！当时我在老家兴宁，我站在兴宁夜晚的街头上，习习凉风把我的长发轻轻吹起，我用双手抚了抚额头上的刘海，露出了开心的笑容。自己一字一句写下来长达三十余万字的作品能在《宝安日报》《金陵晚报》相继连载两年多，这对我而言是多大的鼓舞呀，我终于开始有些自信了，这是说明我的作品还是可以的吧？不然也不会受那么多读者的追捧和喜爱了。2015年，《漂在深圳的女人》由中国言实出版社正式出版，并于2016年荣获广东省第三届长篇小说奖。

《漂在深圳的女人》出版后，有朋友开玩笑地说，下一部

你该写《漂在深圳的男人》了吧？对呀，这提议还真不错呢。此前我写的文章更多是关于女人的，我接触到的或者我听到的故事更多是关于女人的，而且我本身是女人，这些女人的悲和喜，我更能感同身受。但是，处于中国改革开放前沿的深圳，怎么离得开男人们的故事呢？他们当初凭着一腔热血来闯深圳，他们跟漂在深圳的女人一样，也会有情感上的坎坷、事业上的奔波，当然也有生意上的沉浮。

于是，便有了这一本《深圳男人》。书中有我同学的故事、有我朋友的故事、有我朋友的朋友的故事，当然也有听别人讲述出来的故事。《深圳男人》讲述的是各种各样的男人在深圳打拼的故事。其中《王胜利》这个故事是在一次的餐桌上，王国华老师跟我讲的，他说这是真实的一个故事，就发生在我们深圳宝安区，这个故事他跟很多写作的人讲述过，不少的作家们当时都信誓旦旦说会把它写出来，但结果都不了了之。王国华老师说他今天把这个故事再复述一遍，是真的希望我能把它写出来，因为他一直觉得我的小说细节紧密、故事性强、可读性强，他说他相信我能把这个故事写好。不久，我便完成了这篇小说，写完后我并没有告诉他，而是直接投稿给《打工文学》周刊。国华老师说他在终审稿件的时候，怎么感觉这个故事那么的熟悉呢？一看作者是我，恍然大悟。

是的，《深圳男人》和《漂在深圳的女人》的共同点便是：这些故事都是有原型的。这些故事里男主人公的坎坷、艰难会让你动容，他们感情上的混乱会让你愤怒，他们的沉沦会让你同情，但他们的努力他们的成功又会激励或许正处于低谷的你。读完小说你会发现，讲述的这些故事怎么都那么熟悉呢？是的，这些主角便是你们身边一个个普通的男人，他们或许是最底层的清洁工，又或许是通过努力已挤进了政府部门的公务员，他们有些至今仍在经营着路边小摊，或又已成功蜕变成了老板……

《深圳男人》是我搁笔四年后的作品，我曾一度以为我再也不会写了，或者说我再也写不出来了。现在，当我把这一个一个故事在电脑的键盘上敲出来的时候，我的内心是百感交集的。我发现，那么久没有写作的我并没有生疏，我的脑子并没有生锈，反而好像更得心应手了。那些文字其实一直就在我的脑海里，等着有一天我把它们写出来。

为什么会搁笔四年？这个问题好像有点复杂，也是我不太想去回忆的那么一段时光。简单地说，这是一段对我和我家人而言都非常难熬的时光。有人曾说："经历就是财富。"不过，我想不管经历是不是财富，人生中的每一段经历都必会让人有所悟有所收获吧。

"生命如水，有时平静，有时澎湃，穿越阴霾，阳光洒满你的窗台……"那英的这首歌是我非常喜欢的一首歌，它给人希望，让人对美好的未来充满憧憬。而阳光，又是我特别喜欢的。不管是日出或日落，又或者是中午大大的太阳，我都很喜欢。在我手机的相册中，总能翻到很多有关阳光的照

片。哪怕是在开车等红灯的间隙，若看到我喜欢的阳光，例如两栋高楼之间折射下来的阳光美景，"咔嚓"一声，我都会把它们记录下来。

阳光，多么美好的字眼。尤其是冬天，只要那暖暖的阳光洒在你的身上，所有的劳累、所有的不快很快便会被治愈。

"阳光总在风雨后"，我希望小说的主人公们，以及所有在深圳打拼的男人、女人们，不管曾经历过多少磨难，都要相信，再猛的风也好再大的雨也罢，一切都会过去的，阳光终会洒满你的窗台。

目录

CONTENTS

坚　定

一、初闯深圳

来到深圳的第一天，已是华灯初上。坚定已是又累又困又饿，但下车后见到街边商店那一直闪烁不停的霓虹灯，让他看得有点眼花缭乱又满心欢喜。坚定从来没有见过这么漂亮的灯光，就在这一刻，坚定下定了要在深圳扎根的决心。

坚定从小喜欢唱歌，但成绩不太好没考上高中，后来上了个自费的中专，学的是音乐。坚定在校时特别刻苦，成绩一直都还不错。虽然坚定的五官长得还行，但身材太矮小，只有一米六二左右。毕业后，他去了很多地方面试，都被那些学校和文艺团体拒之门外。相对而言，学艺术的女同学找工作似乎更容易些。

坚定是家里排行最小的孩子，父母亲希望他留在家里。坚定毕业后在老家闲待了三个多月，找不到合适的工作，坚定再也沉不住气了，不顾父母的反对，一定要来深圳闯闯。父母见坚定去意已决，这才把他大哥的地址给了坚定。

第二天，坚定怀揣着父母给的两百块钱，兴冲冲便踏上了开往深圳的班车。九十年代初的大巴，车上的座位是又冷又硬的板凳，而且从老家到深圳的路几乎都是山路。十几个小时下来，坚定被颠簸得骨头都快要散架了。

坚定跟大哥相隔十五岁，大哥很早就出深圳创业了，大哥的性格有点古怪，印象中他一直是个严肃的人，逢年过节偶尔回来，坚定跟他也说不上两句话。来到深圳，总得有个落脚点，坚定也是硬着头皮来找大哥的，父亲给大哥打电话时，站在旁边的坚定听出了大哥的不情愿和不耐烦。

拐来拐去，问了不少人，坚定总算找到了大哥的餐厅。这么寒冷的天气，大哥的火锅店看上去生意非常火爆，店里人来人往，桌上热气腾腾，所有的桌子几乎都坐满了。大哥看到坚定后只是点了点头便继续忙他的生意，而坐在收银台边的大嫂也只是抬起头来扫了他一眼，便又冷下脸去继续算她的账。又冷又饿的坚定很尴尬，不知自己该站或该坐在哪里才合适。

坚定跑到洗手间脱下已经湿透的衣服，厕所很脏，味道好难闻，坚定被熏得差点吐出来。换好衣服，坚定只好站在厨房的门口看师傅炒菜。得知坚定是老板的亲弟弟，好心的师傅给他炒了一份米粉，坚定便站在走廊间狼吞虎咽起来。

店里打烊后，大哥吩咐炒菜的刘师傅把坚定带到他那屋里去睡，没有跟坚定说一句话便转身回房休息去了。大哥一家的冷漠让坚定心里感到说不出的难受，他很想马上打道回府，最后还是忍住了。

刘师傅也是坚定的老乡，两个人很投机，这一夜两人唠叨了半夜。也许因为坐车太累了，等坚定醒来的时候，已是中午一点多了。看着店里的人都在忙前忙后，坚定赶紧自觉跑到厨房去帮忙，给刘师傅打下手，坚定的刀功不错，刘师傅说他是这方面的可塑之材。

在大哥的店里干了三个多月，坚定就是打杂的，什么苦活累活都抢着干，闲些的时候便跟着刘师傅学技术，从切菜到烹饪，坚定学得很认真。师傅不止一次说坚定在这方面是有天赋的，这让坚定更是信心满满，但大哥对坚定的工作一直没有表态，甚至没给坚定发过一分钱工资。

干了四个月后，坚定实在不想再待下去了，跟刘师傅的一个亲戚小杨商量做包子卖。小杨是北方人，会做不少面食，坚定拿着跟刘师傅借来的五百块钱入了股。没钱租房，小杨和另一个在工厂上班的老乡合租了一间廉价的出租屋，老乡是上晚班的，于是坚定每月象征性地也交点房租，晚上老乡便让坚定睡那张床。大家都是出来打工的人，没那么多的讲究，省钱才是硬道理，而出租屋也就成了坚定他们的临时包子坊。

坚定很虚心地学习做包子，勤奋加上天分，不久他便已非常熟练了。卖包子的确很辛苦，每天凌晨两三点多就要起床开始干活，一直忙活到早上六点才出门卖包子。坚定找人做了个简易的包子手推车，里面有煤炭炉，可以随时热包子。

包子一出锅，他便和小杨推着车先到菜市场门口卖，七点多的时候推到附近的学校门口，等学生上课了，他又把车推到工业区去。运气好的话，他的包子在中午就能卖完。碰上下雨天，包子的生意便一落千丈，挨冻淋雨的同时说不定还得亏本，这小生意做得可真是不容易。

有一次在工业区，跑来几个混混要吃霸王餐，小杨吓得浑身发抖，坚定却非要他们付了钱才可以离开。后来那帮人把包子全部掀翻在地，还把坚定暴打了一顿，坚定被打得鼻青脸肿的，足足在床上躺了五天才能慢慢下地，走路还是一瘸一拐的，但病一好，坚定又像什么事都没发生似的，一样生龙活虎干着活，只是，这些往事让坚定如今想起来还是觉得挺心酸的。

幸亏小杨也是个吃苦耐劳的人，两个人分工明确，合作得很愉快。包子真材实料，虽然利润比人家少，但是却越来越好销。两个人商量要弄个正儿八经的店面才行。好地段的店面都非常贵，不是小杨和坚定能承受的。为了省钱，后来两人在一个比较偏僻的工业区附近租了间很小的铺位，坚定和小杨便住在楼上简易的阁楼里。

坚定得知初中的女同学燕子在离自己不远的一所学校教书，便特地跑过来去找。老同学相见甚欢，热情好客的燕子还在学校的厨房亲自炒了几个菜招待他，让坚定莫名感动。在这个陌生的城市，坚定还没感受过什么温暖呢，哥嫂那臭脸他早已看厌、看得难受至极。燕子那温柔可爱的模样，竟让坚定看得有点着迷。

　　从那以后燕子时不时会到店里玩，周末的时候，有时还会帮忙客串一下店小二。情窦初开的坚定感觉自己喜欢上了活泼可爱的燕子，每次燕子过来，他便会买上一大堆零食和水果，若燕子留下来吃饭，坚定更是使出浑身解数做些燕子喜欢吃的菜来招待她。神经大条的燕子对坚定的殷勤照单全收，她整天嘻嘻哈哈，只要有空就到坚定这里玩。坚定做饭的时候，燕子会在旁边帮忙打下手。在那间简陋得甚至有点寒酸的屋子里，只要燕子在，欢声笑语便不断会从屋里传出来。

　　坚定发现自己越来越喜欢燕子了，但单纯的坚定从没谈过恋爱，他不知该怎么向燕子表白？燕子虽也只是个代课老师，但坚定却有点担心自己会配不上她。现在自己过得如此寒酸，坚定根本没有足够的勇气向她表白。那怎么办呢？唯有努力工作，希望自己以后生意越来越好，到时租个大点人气旺些的房子开个店面，当上比较像样的老板。

　　理想很丰满，现实却很骨感。尽管坚定和小杨每天都非常努力和勤奋，但包子生意并没有多少起色，毕竟这是小本生意，要想扩大谈何容易？怎么才能多赚些钱呢？坚定很伤脑筋。

　　那天心情不好的坚定和一个老乡在大排档里喝酒，无意中听到他说现在好多人正在买股票认购证，非常赚钱。坚定并不知道什么叫股票认购证，但听到能赚钱，他马上便来

劲了。

坚定懵懵懂懂学老乡的样子带张凳子随着他去排队，人多得简直不知怎么形容了，乌压压的一大片。排队那场面可有点把坚定吓到了，但是一想到钱，坚定便顾不得那么多了。他学着别人的样子拼命往前挤，有人想钻空子挤他时赶紧死死护着自己的站位。经过一番如生死搏斗般的排队，坚定整整一天一夜没睡觉，总算是拿到了一张认购证。认购证需要用身份证来领取，一门心思想赚钱的坚定打听到别人都回乡下去拿人家的身份证来购买，他也赶紧坐车赶回老家去。农村人对身份证没什么概念，坚定以一张身份证十块钱的价格向每个人购买，大家便纷纷把身份证交给了他。坚定揣着几十张身份证回到深圳，以一张三十元的价格卖了些，留下一些继续排队。有经验的坚定学聪明了，他不仅自己亲身上阵，还雇用了几个人和自己一起排队。在这场出了名的声势浩大的排队中，坚定的脚被人踩破了皮，手掌也擦烂了，几天几夜没睡觉的坚定憔悴得像个叫花子似的。

但坚定是幸运的，他先后抽中了五份原始股！不过他并没有那么多的钱来购买这些股票，于是，他把抽来的股份卖给了别人，每份按五千块钱的价格，整整赚了两万多块钱。那时候深圳老师的工资一个月也才四百多块，而老家的老师才八十多块钱。这两万多块钱让坚定欣喜若狂，他觉得那几天几夜的苦根本算不得什么。第一次见那么多钱的坚定把两万块钱齐齐整整摆在床上，美滋滋地躺在钱上面狠狠睡了一大觉。第二天早上，坚定真的是从梦中笑醒的。

有点经济头脑的坚定并不想让这些钱躺在银行里，那干什么好呢？在深圳自己的根还未扎下来，他不敢随便投资，他担心会被人骗。最后他决定带着这两万多块钱再加上卖包子赚的两千多块回一趟老家。回到老家难免找些同学叙叙旧，得知一个做生意的同学正打算购买地皮，坚定马上来精神了。他随着同学去看了地方，在附城地段，估计以后会有发展。于是，他找亲戚凑来三千块钱，果断花三万五跟同学一起合伙在老家购了一块地皮。

回到深圳的那个周末，燕子过来找坚定玩。忙完包子生意后，坚定建议燕子去石岩湖度假村玩玩，燕子马上答应了。坚定、小杨、燕子三人坐中巴来到了石岩湖度假村，景色不错！燕子真的像只燕子般飞来飞去，快乐得不行。那天中午，他们在美丽的石岩湖烧烤，三个人还破天荒喝了啤酒。看着脸红红的燕子，坚定感觉自己心跳加速，好几次都想表白一番，可最终还是缺少勇气，话到嘴边又赶紧转移话题。

醒目的小杨有意无意间开着坚定和燕子的玩笑，燕子却像毫无感觉般一如既往和坚定及小杨打闹着，说着学校里孩子们发生的趣事。坚定虽然不敢表白，但他却还是有意无意地把自己买股权证赚到钱的事情告诉了燕子，他想让燕子知道，自己一直是个很努力的人，日后他肯定不是那种只靠小本生意过日子的人。

可没想到那次石岩湖欢聚后，燕子来找坚定的频率明显

少了很多。难道自己哪句话得罪了燕子吗？坚定百思不得其解。在燕子已近一个月没来找自己后，坚定沉不住气了。

那天晚上，坚定洗漱好后，特意换上了刚买的新衣服，他决定去燕子的学校走一趟。燕子的学校离坚定并不太远，走路半小时便到了。提着一只大西瓜的坚定气喘吁吁来到学校的操场正要上楼时，发现操场的另一端似乎有一对情侣在那儿坐着。虽然看到的只是远远的背影，但坚定有一种不祥的预感。坚定把西瓜放到一边，从操场的角落悄悄向那两个背影靠近。

坚定感觉自己的脚像灌了铅似的，每一步都走得特别的沉重。他像个小偷似的，走得毫无声息，他不想让前面那对越来越靠近的情侣发现自己。待坚定已经能完全认出就是燕子时，他们两个正紧紧抱在一起，甚至开始亲吻。

坚定望着沉浸于两人世界的他们，他像被谁施了魔法般定定地站在那里。坚定感觉自己的心突然被掏空了，甚至灵魂都不知飘向了哪里。坚定不知道自己是怎么走回来的，他感觉自己像是做了个梦一样，一切都是那么的不真实。尽管他恍恍惚惚的，但最终却没忘记把那只大大的西瓜提回来。

小杨发现了坚定的不对劲，问坚定发生了什么事，他却一言不语。坚定一刀一刀地刺着西瓜，他把那只西瓜切得一塌糊涂，红色的西瓜汁四溅，像一滴滴的鲜血，让人看了不寒而栗。

当天晚上，坚定便发烧了，烧得迷迷糊糊，可把小杨吓坏了。他怎么劝说坚定去看医生，他都不愿意。这一病便是整整八天，第九天，坚定终于可以爬起床了。他起来的时候，小杨早已出门卖包子去了。这段时间坚定生病，可把小杨忙坏了。生病的这八天来，坚定一点胃口也没有，根本没怎么吃东西。此时，坚定感觉自己的肚子正"咕噜噜"地抗议着。坚定感觉自己走路有点轻飘飘的，甚至有点站不稳。翻了下厨房，还好有三个鸡蛋。快手快脚煎了三只荷包蛋，狼吞虎咽下去，身体才有了些底气，但还是很饿。坚定洗了个澡，换上干净的衣服，出门买菜去了。在熙熙攘攘的石岩市场，一向节俭的坚定破天荒连价格都没问地买了一斤五花肉、一斤菜心、两斤面，整整炒了一大锅。坚定一个人吃了三分之二的面，撑得他难受。

坚定在石岩小学附近的小河堤跑了整整三十个来回，跑得他气喘吁吁，跑得他满头大汗，也把他的头脑跑通了。

两天后，坚定决定把包子店留给小杨，带着不多的钱准备离开。坚定没有谈过恋爱，但在那晚看到燕子和她男朋友亲热后，他真真切切感觉到了自己的痛彻心扉。他不知道什么是爱情？但他此刻就是想离开这个鬼地方。

小杨对坚定的想法颇为诧异。他知道坚定肯定是因为燕子才离开的，尽管坚定对那晚发生的事情并没有向他透露半点风声。小杨劝了坚定好久，虽说两人卖包子赚不了多少钱，但起码是衣食无忧小有积蓄呀。

"坚定，你这是何苦呢？"小杨坐在房间里唯一一张凳子

上直直盯着半躺在床上的坚定说。

"你不懂。"坚定的右手指插在他衬衫衣角的一个小破洞里，和衣服纠缠着。

"我是不懂。不就是一个女人吗？至于吗？我虽然没谈过恋爱，但不是有句老话吗？'女人如衣服。'"小杨点燃一根烟。

"我不知道什么是女人。"坚定用手在鼻子边挥了挥，试图赶走越靠越近的白烟。

"别傻了！你们俩并没有谈过恋爱，我觉得燕子也没什么错，你现在确实还没混出名堂，她有自己喜欢的男孩也很正常呀。干吗为她改变自己的人生计划？再说了，你哥嫂他们在这边，好歹也有个照应不是吗？"小杨又猛吸了几口烟。

"你看过海吗？"不知道是不是因为听到"哥嫂"两个字，坚定的眉头紧皱了起来。他没有回应小杨的话，突然转移了话题。

"没有。一直想去，还没实现。"一听到"大海"两个字，小杨的目光突然亮了起来。

"我也是，特别渴望看到一望无际的大海。"

"啥时候我俩干脆找一天不出摊，到海边去逛逛？"

"没有我们。我要自己去看海了！"坚定的目光移到门外，一根不知啥时掉下的电线正被风吹得摇摇晃晃。

又到周末，正进入恋爱甜蜜期的燕子感觉自己已好久没见过坚定了。正好男友今晚没空和自己约会，燕子便买了些水果提着过来找坚定，顺便也告诉他自己恋爱的消息，让老同学一起分享一下自己的好事。

　　没想到燕子却扑了个空，那简陋的房子门锁紧闭。燕子足足在门口等了一个多小时，才看见醉醺醺的小杨被一个年纪差不多大的男孩子扶着回家。

　　"燕，燕子，你是来找坚定、坚定的是吧？"小杨使劲想睁大他那双小小的眼睛，费劲巴巴地说。

　　"是呀，小杨，请问坚定去哪儿了呀？"燕子很有礼貌地问道。

　　"他，他走了。"小杨重重地呼出一口气。

　　"走了？走哪儿去了？"虽然隔着一段距离，但小杨的浓浓酒气还是让燕子闻到了，她下意识地捂了下嘴。

　　"我、我也不、不知道他、他、他去哪儿了。"小杨结巴得更厉害了。

　　"为什么包子卖得好好的要走呀？"燕子继续问道。

　　"为、为什么？还、还不是为、为了你呀？！"话音刚落，小杨便蹲在路边呕吐了起来。

　　燕子没再问下去，她赶紧逃离现场。再待下去，燕子感觉自己都要吐出来了。

二、转战盐田

　　坚定背着一个双肩包，一手提着一个行李箱，一手提着水桶和脸盆、衣架等简单的生活用品，很坚定地跳上了一辆

开往大梅沙的中巴。从石岩到大梅沙，不仅路途遥远而且路也并不好走，不知道颠簸了多少个小时，坚定总算是见到了梦寐以求的大海。

那天，坚定一个人在海边坐了好久好久。夏天的大梅沙游客很多，大部分是一家人，或几个朋友一起，又或是情侣结伴过来玩的。不少人在玩沙子，很多人在海里游泳，好些孩子在沙滩上互相追逐，也有人躺在租来的躺椅上望着一望无际的大海发呆。

那晚，坚定一直没有离开，游客们大部分都走了，留下来的游客也是租了帐篷的。坚定不舍得出那份钱，他就在海边整整待了一个晚上，望了一晚上的海。直至凌晨五点多，他才歪躺在沙滩上睡着。等坚定睁开眼睛的时候，已是上午十点多了，又有一批游客来到这边玩耍，阳光一直包裹着坚定，虽然裹得他满身大汗，但此刻，坚定的心是温暖的。

坚定拿出包包里放着的和小杨一起做的两个馒头，没舍得花好几块钱去买水喝，硬生生地一口一口咽下去。打着饱嗝，坚定头也不回踏上了开往沙头角的中巴。沙头角中英街，早听说过大名，对于坚定来说也是个神秘的地方，来了沙头角便可以对别人说自己来过了香港，想想也挺美。

坚定很幸运，他下车的地方正对面有一个餐厅，那个餐厅正好要招服务生。虽然工资很低，但是包吃包住，坚定赶紧走进店里去咨询。正好是中午时分，店里没有客人，一个值班的服务生趴在桌子上休息，餐厅的老板在，两个人一聊，竟然是兴宁老乡，而且老家离得并不远，坚定在坭陂镇，而老板就在隔壁的坜陂镇。老板得知坚定的经历，也不用试工了，直接便答应他马上把行李搬到后面的宿舍去。

坚定是抱着学习的态度来的，尽管老板让他先休息一下，第二天正式上班，可他根本闲不住，把东西搬到宿舍一放，便马上来餐厅帮忙了。

别看这个小小的"客香源"餐厅并不大，但那个厨师却是有两把刷子的！这家餐厅已开了六年了，这个厨师海哥也在这儿干了六年了。其实以海哥的厨艺，完全可以去更好更高档的餐厅上班，收入肯定会比这儿更高，但他和老板是过命的兄弟，所以他哪儿也不去，老老实实一直待在这个餐厅，帮助老板在沙头角站稳脚赚到钱。

坚定在这个餐厅一干就是三年。在这几年里，他总是抢着干最苦最累的活，当然，他也不会忘记最要紧的事——拜师学艺！海哥虽然是江西人，但他也是客家人，对于勤劳好学的坚定是喜欢得不得了。他把自己的手艺毫无保留地传授给坚定，从择钱、切菜、配菜到下厨，每一个环节都不放过，每一个岗位都让坚定至少干上三个月。刚开始，坚定对于择钱都要学有点奇怪，但他知道师傅让自己这样做肯定是有他的理由的！

功夫不负有心人！到第三年，坚定已可以独当一面了。虽说还没有完全达到师傅的水平，但一个人也可撑起整个厨房了。

　　客香源餐厅生意越来越旺，坚定已和师傅一样成了餐厅的厨师，工资也随着水涨船高，但打工不是坚定的目标，在离开石岩的那一天，他便给自己立了个目标：开一家客家餐厅！虽说坚定这三年来一直省吃俭用，还完买地皮的债后，也存了些钱，但是要开一家餐厅谈何容易？这笔积蓄是远远不够的，还得有一大笔钱才行，开餐厅需要付装修费、转让费等，还必须找到合适的地段。人家生意好的，若无特殊情况肯定不舍得转让，生意不好的餐厅嘛，也许地段有问题，这样的餐厅拿过来经营风险很大。

　　坚定自从到了盐田，沙头角只去过两次，毕竟入关还得托人办证，还是挺麻烦的。老家呢，坚定一次也没回，他甚至也再没有回石岩。他觉得自己应该拿出几年的时间来好好学手艺，排除一切杂念。当然，他在这三年里，从来没有去想过谈什么恋爱。坚定不仅勤劳善良，而且脾气也特别的好，不喝酒不抽烟，这样的好青年怎么可能没有女孩喜欢呢？在餐厅里也有不少的服务员对坚定很好，明里暗里表现出喜欢，有些还想找老板帮忙搭线，但一心只有事业的坚定却毫不动摇。其实，那些女孩子中，有些长得真的还算不错，性格也挺好的，但坚定根本没有这方面的心思，老板甚至还要把自己的亲外甥女介绍给坚定，都被坚定拒绝了。坚定一直觉得男人就该先立业再成家，而且对于他来说，爱情是非常神圣的，他希望自己这一生中能遇见自己喜欢并且喜欢自己的姑娘，只谈一次真正的恋爱，然后结婚、生子，两个人一起走完风风雨雨的人生。

　　人有时候真的是有运气的。正当坚定想自己找个店来当老板，而苦于钱不够时，老家却突然传来好消息，家乡变成县级市，坚定原来买地皮的范围将要建一个繁华的商业区。第二天一大早，坚定便跟老板请假，说是有事要回一趟老家。几年没请假的坚定突然请假，老板虽然有些诧异，但还是马上答应了。

　　好几年没回去了，说实话，坚定的内心有点复杂。虽然平时对自己很节俭，但这次坚定还是跑去商店买了一大堆的东西，把这些东西塞进一个大大的蛇皮袋里扛回家。

　　父母见到坚定自然非常的惊喜和开心，母亲更是当场落泪了，父母亲始终最放心不下的就是这个最小的儿子。看见此时的坚定虽然黑黑瘦瘦的，但人结实了，也懂事了很多，非常欣慰。在这三年里，父母只见过坚定一次，那还是在坚定第二年出深圳打工的春节，父母亲实在不放心坚定又一个人在外过年，年初二便硬让坚定的二哥陪他们来见坚定。只是当时条件有限，老人又不愿意花钱住招待所，勉强在那儿待了一个晚上，便随哥哥去石岩了。老人一直想让坚定也去石岩一起待上几天，但坚定以餐厅生意好老板不让放假为借口，硬是狠着心拒绝了老人家。虽然他也很想陪父母几天，但他始终记得自己当时许下的诺言，不混出点人样来就不回去，除了拼命干活还是拼命干活，现在还不是放松的时候，等自己混好了，到时再把父母接出深圳来好好享受天伦之乐。

坚定回到家的当晚便去见了同学，和同学吃完饭后，便果断把自己的地转卖给合伙的同学，轻易赚到了六万多块钱。尽管也有人劝坚定，让他先捂着这块地，日后还会涨的，但是坚定有自己的想法，能赚到快多一倍的钱已让他非常满足了。这六万块钱，坚定一定会让它真正用到实处。

坚定挺想陪父母多待上几天，老家空气好，可以放松身心。在深圳的这几年，坚定感觉自己的心一直是绷着的，那种无处不在的紧迫感让坚定长期处于紧张的情绪中，甚至睡眠也不是那么的好，还好坚定除了厨房的事，平时什么脏活累活也没少帮忙干，所以晚上一般一躺下来很快便能睡着了。只是早上醒得早，无论春夏秋冬，一到五点多便醒了，一般醒来后便睡不着了，坚定便索性起床跑步去。这么坚持下来，坚定原来比较体弱多病的身体倒是从此结实了。坚定在老家住了两晚，这两晚是他这几年以来睡得最踏实的两晚，一觉睡到大天亮，直到七点多闻到隔壁妈妈做的早餐香味才醒来。

第二天拿到钱，第三天坚定便决定回深圳了。父母亲千叮嘱万叮嘱坚定要注意身体，还让他快点找个女朋友带回来。

"妈，我还小呢，今年才21岁，连领结婚证都还不到年龄呢，我是男孩子，不着急！"坚定笑着说。

"小小小，小什么小？你小学的同学阿浩、中学的同学黑子、中专的同学小罗，他们跟你一样大，他们都是男的，不也一个个都结婚生娃了？有些还生两个孩子了。你要孝顺我们就早点把女孩领回家来。"母亲有点不高兴了。

坚定不想让母亲失望，赶紧走过去搂住母亲的肩膀，说了一堆好话哄她开心。临走的时候，妈妈给了坚定一大堆他喜欢吃的东西让他带出深圳去，包括自己腌的咸菜、萝卜干、晒干的煮花生、沙田柚、自己池塘捞出来的鱼做成的鱼丸等等。坚定并不想带上这些东西，自己吃住都在餐厅，不想弄这些东西煮来吃，但老妈非要他带，说是带出去和同事、朋友分享。望着那一大袋子的东西，坚定真是犯愁，下车后自己拎这么重的东西回餐厅不得累死呀？光那柚子就八个。为了让父母高兴，坚定只好顺从了妈妈。那些东西果然把坚定折腾得要命，但是把家乡这些土东西都送给餐厅的同事、老板还有一些朋友，大家都高兴得很。

有了一笔钱，剩下的问题便是店面了。回到深圳后，除了上班，坚定开始到处找店铺，但是要找到一个合适的店太难了！租金便宜的，地段不好；地段好的，租金又贵得吓人。为了看店铺，那段时间坚定走破了两双鞋。

正当他为自己的事业规划时，爱情的种子也开始悄悄发芽了。因为一个老员工的离开，餐厅新招了个服务员。这个服务员长得很高大，有一米六八左右，比坚定高多了。当坚定第一眼看到她时，心跳突然加速，脸立刻红了，这位女孩长得太像燕子了！这个女孩娟今年才16岁，初中刚毕业，听说她家很穷，在粤东一个偏僻的大山里。读完初中家里便不让她继续念书了，父母亲认为女孩不用读那么多的书，而且娟还有两个弟弟需要念书，家里负担不起三个孩子，便让已

考上高中的娟离开家乡来深圳打工。娟也是梅州客家人，只不过坚定在兴宁，而娟是在梅县过去的平远县，两个人之间隔了一百多公里。

跟热情大方的燕子不同的是，娟很内向，她不太爱说话，总是默默地干活，但性格非常的温柔。相对而言，娟的内敛是坚定更喜欢的。那么多年了，坚定终于又有了心动的感觉，但坚定也属于内向的人，他并不愿意鲁莽地去追求娟。况且娟那么小，小自己五岁呢，先把她当妹妹宠着吧。那么小就出来打工，坚定想起自己刚出来打工时的辛苦，在生活中便是处处关照着娟。

命运有时就是这样，不顺的时候喝凉水都塞牙，但顺利的时候，又让你有点反应不过来。坚定一直以为这家"客香源"餐厅会一直开下去，餐厅已开了那么久，老客人很多，而且这里地段又好，一到周末，很多从其他地方过来到盐田吃饭游玩的游客络绎不绝。生意这么好的餐厅，谁会舍得转让呢？

当老板找坚定去海边的大排档吃宵夜时，坚定便感觉肯定要有大事发生了。这段时间以来，坚定感觉老板和老板娘似乎有什么心事，老板回了几趟老家，回来后总是心事沉沉的样子，脸上没有什么笑容。酒至半酣，空啤酒瓶已整整排了十多瓶时，老板才借着醉意告诉坚定，他要准备回老家了。

"为什么？餐厅的生意不是挺好的吗？"坚定定定地看着老板。

"我爸刚查出来得了癌症，胃癌，还好现在还是中期，我准备带他去广州做手术。"老板狠狠喝了一大口的啤酒。

"那也不用因此就回老家吧？"坚定有点不解。

"我妈本来照顾我们就够辛苦的了。昨天去镇里买东西，又被摩托车撞到腿了，骨折。"老板一口又喝了大半瓶啤酒。

"你不是还有两个姐姐吗？让她们帮忙照顾呀。"坚定也灌了自己半瓶啤酒。

"一个姐姐离婚了，现在在广州当保姆走不开，另一个姐姐要照顾两个孩子上学，还要侍候年迈体弱的公婆，姐夫在东莞开货车，也是抽不出多少时间来照顾父母呀。"老板叹了叹气。

"或者请亲戚帮帮忙呗。"坚定小声地说。

"坚定，你知道我是独子，可我高中一毕业便来深圳闯了。自从来深圳后，几乎再没时间陪父母。做餐饮，一年三百六十五天，有三百六十天都是起早贪黑在忙。为人子，我对父母是有愧的。这段时间，我一直很纠结。要我放弃这个餐厅，说实话我是很舍不得的。我从一个端菜的服务员开始做到现在，其中的艰辛只有我自己知道，但是百善孝为先，作为儿子，这方面我是失败的。这么多年来，我也只是给父母一些钱，以为这样自己就是尽孝了，而父母要的也许只是我的陪伴！现在父亲病了，谁也不知道他究竟还能活多久？我又还能陪伴他多久？母亲也得好几个月才能恢复。如果只是请亲戚或护工帮忙，他们会心寒的，我也不会放心。"老板

揪了揪自己的头发。

"的确也是。我这次回家，发现我父母的头发都白了很多，其实我也挺内疚的。"坚定拿起啤酒瓶跟老板碰了碰。

"经过这段时间的认真考虑，我和老婆商量好了，这个店我们决定转让。先照顾好父母，同时也合计着在老家开个类似的餐厅，起码离父母近，照顾起来方便。老人又不愿意来深圳住，他们在这边住不习惯，而且我们回家还有一个重要原因是孩子的就学问题。我们不是本地人，没有深圳的户口，孩子们现在只能读民办学校，学校的老师经常更换，对孩子的教育是不太好的。我们决定回家后在县城买一套大房子，把老人接到城里一起住，孩子又能读到好的学校，一举两得！"说到孩子，老板的心情似乎好些了。

"转让？真的吗？真的舍得？"坚定一听"转让"两字，眼睛亮了一下。

"嗯，决定了。怎样？这店你来做？"老板拍了下坚定的肩膀。

"好呀，我这段时间正想找个合适的店开餐厅呢。老板，你这可解决了我的大问题了。"坚定心里暗喜了一下。

"你跟了我那么多年，这店交给你我更放心。小子，好好干！"老板又跟坚定碰了下酒瓶。

"老板放心！我一定会好好把这餐厅做好的，保证不砸你的招牌。"坚定信誓旦旦。

"我知道你钱也不多，我会以最低的价格把店盘给你。海哥不可能跟着我回老家，我觉得你可继续用他，他人老实，厨艺也好。"老板叮嘱道。

"那必须的呀，我一个人肯定忙不过来。海哥能留下来帮我再好不过了！"坚定高兴地说。

"应该没问题，我那天有跟他说了下。小伙子，以后就看你的了。来，我们再干一个，一口气把这瓶啤酒喝了怎样？"

"没问题！"

两个人一干而尽。

半个月后，老板把所有手续办好，真的回老家了。老板说到做到，餐厅真的是以最低的价格转给了坚定，这让坚定特别的感动。海哥继续留下来当大厨，娟也继续留在店里帮忙，餐厅的大部分服务员都照样跟着坚定干，这也让坚定特别的安心。

把整个店盘下来，再把餐厅简单装修了一下，坚定的钱还是不够的。坚定又回了趟老家，跟亲戚借了些钱，父母也拿了全部的积蓄偷偷塞给坚定。尽管坚定并不想要父母的钱，但是父母非要给，而且坚定确实也需要这笔钱，便承诺等自己赚了钱加倍还给父母亲。

三、当上了老板

真正接手的那一天，坚定特地去买了一大串鞭炮，"噼噼啪啪"地在店门口炸了半天，红彤彤的显得特别的喜庆。为

了庆祝开张，坚定那天给所有来店的顾客打七折。很多老顾客知道后，都纷纷过来捧场。

当上老板后，坚定才知道当老板也并不是想象中那么的容易。以前打工，每月只要领工资就行了，什么都不用操心。当老板要操心的事情可多了，要应付工商、税务、城管、卫生等，要对每个员工负责，生意不好时发愁，生意好时忙死，还得应付各种各样的顾客，有些是故意刁难的、有些是想吃霸王餐的、还有些是故意来讹人的……

海哥倒是很有诚信，答应会一直帮着坚定，而那些服务员，一会儿这个结婚，一会儿那个回老家，一会儿孩子，一会儿又跳槽走马观花般不时地换着，唯有娟一直默默地干着活，跟着坚定不离不弃。相处下来，坚定越来越感受到娟的好。娟不仅脾气好，而且特别能吃苦，眼里永远有活儿，什么苦的累的脏的活儿不用坚定吩咐自己抢着干。有了娟的帮助，坚定如鱼得水，娟成了坚定的得力助手。很快，坚定便把收银及记账的工作都交给娟负责。

一年后，坚定正式开始追求娟。其实娟暗暗喜欢坚定很久了，两个人很快便确定了恋爱关系。过了半年，坚定带着娟回了一趟老家，父母亲对贤惠的娟非常满意，催促坚定快点结婚。坚定又跟娟回了一趟她的老家，娟的父母听说坚定是餐厅的老板，开心得不得了，觉得自己的闺女有出息了，能在深圳找到老板，以后两个儿子也有依靠了。不过比较贪钱的他们，还是提出要坚定给一万块钱的礼金。娟没想到父母亲会提出这个要求，一万块钱并不是个小数目。她劝坚定不要答应，反正自己不管怎样是跟定他的。坚定虽然有点心疼，但他也不愿意委屈娟，更不想因礼金的事情大家闹得不愉快，所以咬咬牙还是答应了。

坚定的妈妈找人给他们看了日子，两个月后，把双方的老人和亲兄弟姐妹们接到盐田，两个人就在"客香源"举办了简单的婚礼。坚定还特地请了老板，在老家已开了餐厅的老板二话没说便赶过来捧场，让坚定夫妇都挺感动的。

婚后，娟给坚定生下了一儿一女，凑成了一个好字。坚定对娟非常的满意，两个人感情一直很好，很少吵架。坚定偶尔发脾气时，娟也会让着坚定。

坚定当老板后，大哥也来过一趟。当时他看到坚定的店生意火爆的场面后，脸上终于有了些笑容，立马对坚定热情起来。大哥越这样，坚定越看不起他，太势利了。虽然坚定表面上也笑嘻嘻的，但他内心却是拒绝的。坚定听说当时大哥店里生意已大不如从前了，附近的一个大工业区因政府征收而搬离，导致大哥的生意一下子减了一半。大哥的性格也不好，大嫂为人处世也不太行，再加上他的经营理念等等，最后那家店竟然关门大吉了，大哥后来搬到了沙河去开店。

听到这个消息时，坚定心里是平静的。晚上，他搂着娟说："这就是市场经济，适者生存。"

到了第五年，周围的工厂越来越多，坚定的店面扩大了一倍。除了做餐饮，坚定晚上还专门在门口的空地上放置了

卡拉 OK 的音响设备，唱一首歌一元钱。别小看一首歌才一块钱，那段时间可是几乎天天爆满。积少成多，这生意还赚了不少的钱呢。打工的人去不起 KTV，花个小钱在这样的环境里唱唱歌也很不错。坚定每天还会客串去献唱一两首歌，也算是圆自己的一个梦吧。他的歌声总是招来很多的掌声，那一刻，总让坚定有点自我陶醉。

大家都知道开餐厅赚的都是辛苦钱，一家人每天起早贪黑的，一年 365 天几乎没有一天清闲的日子。干这一行，每天得面对和接待形形色色的人，有来吃霸王餐的，还有时不时来收保护费的，常常弄得坚定焦头烂额。碰到吃霸王餐的，大不了也就损失一顿饭钱，碰到收保护费的就麻烦多了！不给吧，人家会来找麻烦，给吧，下次还照样来收，而且还会有另外一帮人甚至更多的人跑来收保护费。坚定为了这些事费了不少心思。

大家表面上看坚定风风光光，但只有自己和家人知道，凡事哪有一帆风顺的呢。坚定也曾被人骗过十五万块钱。

那天刚开门，便有一男一女来吃饭，吃完后问坚定要不要电子元件？如果要的话他们会以全市最低价出售。他们说公司在广州，这次是到深圳搞推销工作的，想在盐田这边打开销路，他们说自己就住在餐厅对面的小旅馆里。坚定对这个不感兴趣，他们结完账后便走了。连续几天，这一对夫妇模样的人晚上都来店里吃饭，他们每次来都是吃快餐，看上去还是挺节省的。

第七天，突然有一个业务员模样的人问坚定能不能找到一种电子元件，他拿出的样品跟那对夫妇的一模一样，而且那人报出的价钱整整比那对夫妇的高出三倍，要的数量很多。坚定的心顿时突突跳了几下，把那人的电话留了下来，说会帮他留意。

　　晚上，坚定拿出计算器算了一下，这样一倒手的话，自己轻易就能赚到六万块钱。奇怪的是，那一整个晚上，那对夫妇并没有来吃饭。心急的坚定怪自己没把他们的联系方式留一下。

　　心急如焚的坚定在第二天晚上终于见到了那对夫妇，他们说昨天回公司去了。坚定赶紧跟他们敲定电子元件的价钱和数量，因为数量多，坚定又压了一下价，这样算下来，成交后坚定可以净赚七万块。那对夫妇走后，坚定迫不及待给买元件的业务员打电话，不到半个小时，那个业务员就赶了过来，两个人商定了价钱，那人还主动交了一万块钱定金，商定第三天过来拿货。第二天，坚定便让那对夫妇从广州把货拉过来，坚定手上的钱不够，他找人借了些。晚上七点多，货拉了过来，坚定当场付了现款，一共支付了十六万。可到了约定的时间，提货的业务员一直没有露面，坚定打他手机却关机了。坚定心想那人是有事耽误了吧，一直等到第三天，坚定这下才慌了神，感觉到是不是被骗了？赶紧报了警。派出所的人跑到旅店去调查，那两人骗店员说身份证不见了，用假名登记住宿的。这样一来根本查不到线索。此事最后还是

不了了之。

坚定受不了这打击，大病了一场，足足在床上躺了半个月，那是他干多少年才赚得回来的血汗钱呀！幸好娟并没有责备坚定，虽然当时坚定要接下这单时，娟是反对的。娟的通情达理更是让坚定觉得愧疚，娟劝坚定，钱是身外之物，就当买个教训吧，可千万别把自己的身体给气垮了。坚定觉得娟说的话没错，这沉痛的教训让坚定从此以后再也不相信天上掉馅饼的事。

来深圳快三十年了，现在，坚定还在开着他的餐馆，仍然经营着他的大排档。尽管时不时袭来的经济危机对坚定的店影响很大，不过咬咬牙也都撑过去了。

有人劝坚定现在生意那么好，都开了分店了，怎么不考虑开个高档点的酒楼呢？但坚定有自己的想法，他对娟说再有钱也不开酒楼，前期投入太大，万一亏损的话血本无归。自己习惯了开大排档，这里店租便宜，熟客多，在这儿附近住的人没有不知道这个店的。

有经济头脑的坚定赚了钱后在餐厅附近买下地皮建了一栋七层的房子，自己住一套，其余出租，让老丈人出来管房子。另外，他在附近的大鹏镇买了套两居室，专门出租给白领阶层。

坚定后来把全家人的户口都迁入了深圳。坚定给自己和老婆买了养老、医疗保险，帮家人都购买了商业保险。坚定说有钱就要花到实处，以后谁知道儿女是否靠得住呢？这样就老有所依老有所靠了。

大女儿出来工作了，在一家企业当会计，工资还算满意，每月有一万多块钱，但就是总不见她带男朋友回来，父母一催，女儿便说不着急，这让坚定夫妇有点无奈。儿子也很争气，考上了华南理工大学，正上大二，成绩很不错。

房子有了，店里生意不错，孩子们也挺好，辛苦了几十年了，是该要享福的时候了，没想到，娟却出问题了。那段时间，娟老说腹部会疼痛，很怕吃油腻的东西，吃什么都没啥胃口，而且感觉全身乏力等等。坚定说了几次带她去看医生，她都说熬熬便没事了。等到她实在扛不住的时候，到市医院一检查，已是肝癌晚期。

肝癌？这个消息像晴天霹雳，把坚定震得差点站不住。坚定不愿意相信这个事实，他觉得肯定是医生搞错了。听说广州那边的医院对医治奇难杂症或肿瘤比较专精，坚定便马上到处托人找好的医院。坚定把娟带到省城的医院一检查，结果还是一样，医生说癌症已扩散，没有做手术的必要了。

听到这个消息，坚定躲在招待所哭得天昏地暗，哭完后还得强颜欢笑面对妻子，骗她只是有点炎症，不碍事的，休养休养就好了。那段时间，坚定把餐厅托付给海哥，又把亲姐请过来帮忙，自己全身心地陪伴、侍候娟。

三个月后，娟的照片便挂在了殡仪馆的墙上。这三个月，娟瘦成了纸片人，而坚定本来一百六十斤的体重，一下子减了三十多斤，虽然憔悴得不行，却比原来帅气不少。

四、等风来

　　娟走后，坚定变了很多，变得很沉默不爱说话。想到娟跟着自己几十年，每天起早贪黑，从来没有好好享受过生活，自己甚至没带她出去玩过，一门心思只想着赚钱，坚定便特别的内疚。

　　两年后，坚定才缓过来，又恢复了往日的幽默，也有不少人给坚定介绍对象，毕竟坚定才五十多岁，还正当年，但是坚定都一一拒绝了，他觉得自己暂时还无法接受另外一个女人，而且现在的社会，很多人都很现实，也许看中自己只是图钱呢。

　　坚定来深圳已有三十一年了。在这几十年里，坚定看着深圳一天一天在变化着。有一次，坚定收到邀约去了一趟石岩，几十年未再见的石岩，坚定已完全认不出来了。那晚和朋友喝完酒后，有点醉意的坚定不自觉一个人还走到燕子的学校附近。只是，原来的学校早已不见了，替代的是一个高档的商业住楼。坚定在那个地方待了一个多小时，抽了好几根烟才离开。

　　当然，如今的盐田也是变化特别的大，美得很！坚定最喜欢去的地方是盐田海滨栈道。这条海滨栈道被称为深圳最美徒步路线，总长20公里。西起中英街古塔公园，沿着黄金海岸线，串联起沙头角、盐田港、大梅沙，东至小梅沙公园。每到周末，从各个地方来的游人们都喜欢在海滨栈道游玩。

又到周末，坚定店里的客人络绎不绝。这么多客人，按坚定往日的性格，他必定是要帮忙的，但是今天坚定却突然不想留在店里，他就想去栈道上走一走。没跟任何人打招呼，坚定一声不响地离开了。

坚定还没在周末来过栈道呢，他知道周末这里人一定很多，而且周末也是店里生意最好的时候。挤在人群中，海风轻轻地拂在脸上，坚定感觉特别的舒服。到处都有游人在拍照，有情侣互拍的、有三五成群的人拍合照的、也有独自一人自拍的，面对着如此美景，谁不想拍照留个念呢？

坚定怕影响到别人，慢慢退到一个角落，停下来默默望着大海。旁边，有一个女士正在自拍，在黑暗中虽看不太清楚样子，但感觉五官长得还可以，看上去应该也有四十多岁吧，身材保持得很不错。

坚定把目光从那位女士身上移开，从口袋里拿出烟，望着大海慢悠悠抽了起来。

"你好，可以帮我拍张背影照吗？"温柔的声音把坚定从远处的海中叫了回来。

"可以呀。"坚定嘴上答应着，赶紧把手上的烟掐灭，走几步扔到旁边的垃圾桶里。

"燕子！"从女士手里拿过手机的那一瞬间，坚定脱口而出。

"嗯？你怎么认识我呢？你是？坚定！"没想到燕子也一眼认出了坚定。

这是缘分吗？这是冥冥中注定的吗？坚定有点恍惚了。他想过很多种可能遇到燕子的场合，就是没想到会在今晚如此戏剧般地遇见。

原来，燕子已经离开石岩了，离婚后，她调到了福永的一所小学。燕子有个女儿，在华南师范大学上大四。坚定很想问燕子为何那么晚才生孩子？按理她应该比自己早结婚生子才是，但坚定什么也没说，也没问她为何离婚。听到燕子现在是单身，坚定感觉自己的心跳又开始加速了。

"你店里生意那么好，你今晚怎么还跑来这边散步呀？"燕子好奇地问。

"等风来。"坚定微微一笑。

陈老师

陈老师把杂志放在茶几上，摘下眼镜，用右手捏了捏鼻梁上方，深深地叹了口气。

看看手表，已是中午十一点了，还没去买菜呢，买什么菜吃好呢？一个人吃什么都无所谓吧，冰箱里还有几个速冻包子，午餐就它好了。看着这个空荡荡的房子，陈老师感到无形的孤寂。陈老师把转椅调了个方向，一抬头，墙上黑相框里的妻子正温柔地对着自己笑，笑得陈老师的眼睛湿润了……

妻子走了整整一年了，陈老师仍然经常梦见她。在梦里，妻子如以前一样，一手挎着菜篮，一手挎着陈老师的胳膊，两个人有说有笑地去菜市场买菜，或者两个人一大早手牵手去附近的小公园晨练，陈老师耍太极，妻子跳广场舞……

一年前每天都在重复过的日子，现在是再也回不去了。陈老师经常想着想着就难过了……妻子跟了陈老师几十年，两个人一起走过许许多多的风风雨雨，夫妻很恩爱，妻子贤惠，陈老师本身的性格也好，生了三女一儿，孩子们被他们调教得很好，个个都很有出息。大女儿在深圳自己开公司，二女儿在东莞医院上班，三女儿在清远老家教书，小儿子夫妻俩也自己开公司。在老家人的眼中，陈老师一家是最幸福的人！退休后的陈老师便携着妻子在四个儿女家轮流住住，住烦了老两口便回老家县城的家住上一段时间。后来，儿子给陈老师夫妇在华侨城买了套两居室，夫妻俩又多了一个去处。儿女中除了在老家教书的女儿经济一般，其他都过得很不错，大女儿和儿子更可算是有钱人了。儿女对父母都很孝顺，陈老师夫妇是多少人羡慕的对象呀！

可天有不测风云，妻子在五年前突然被检查出得了胃癌。手术、化疗、手术……这些苦陈老师已不愿意再去回忆。妻子从发现癌症到去世，四年的时间，手术、化疗、药物等费用共五十多万，可最终还是未能挽救她的生命。在这四年里，陈老师和妻子一样煎熬着。妻子身体稍稳定一些，儿女们便带着二老到处去旅游，妻子这几年也算是走了不少的地方，这是唯一让陈老师感到欣慰的。

妻子这一撒手，孝顺的儿女们个个哭得如同泪人，大家都很难接受这个事实。习惯了每天都和老伴在一起的陈老师更是受不了这个打击，病了好久。刚开始，陈老师也轮流在儿女家里住，可儿女们个个都很忙，白天几乎是他一个人，孤孤独独的。后来，陈老师要求回老家去住，老家熟人多，怎么也比待在陌生的城市强。虽然孩子们都有点不太放心，可又拗不过老爸，只好由着他了。在老家住了一段时间，陈老师却又想念深圳了，他回到华侨城的两居室居住。

陈老师刚把速冻包子蒸上，门铃就响了。陈老师顿时精神为之一振，赶紧跑去开门，一拉开门，雪姨那笑盈盈的脸便呈现在陈老师的面前。

"来了？"

"来了。"

"吃饭没？"

"没呢。这不，我包了饺子，拿过来和你一起吃。你没吃吧？"

"没呢，正把包子放上锅蒸。太好了！我最喜欢吃饺子的！"

"又是速冻包子吧？那没营养的，你喜欢吃我给你做。"

"好咧。"

看见雪姨，陈老师掩饰不住内心的开心。雪姨把装在保鲜盒里的饺子拿出来，另一个小的保鲜盒里装着她自己做的卤猪耳朵，这也是陈老师最喜欢吃的菜。雪姨熟门熟路地从消毒柜里拿出两只碗和两双筷子，顺手把蒸着包子的煤气关了，两个人在餐桌旁坐了下来。

雪姨很会做菜，饺子和猪耳朵的味道都好极了。陈老师很快便把肚子撑得圆圆的，他松了松皮带，雪姨开始忙着收拾碗碟。陈老师定定地看着眼前这个比自己小五岁的女人，身材匀称，风韵犹存，她比去世的妻子漂亮很多，而性格却

和妻子一样的温柔。雪姨不经意用左手理了一下刘海，那动作，竟跟妻子很是相似，陈老师有点恍惚，他站了起来，雪姨却拿着碗筷麻利地往厨房走去。

陈老师看着她的背影，站在原地发了好一阵的呆。

洗完碗筷，雪姨又帮陈老师削了苹果，雪姨有午休的习惯，她知道陈老师也有午休的习惯，吃完苹果后，她便告辞了。陈老师觉得跟雪姨很聊得来，他差点想叫她别走，留下来陪自己说说话，一天不睡午觉又有什么关系呢？可是，话到嘴边还是咽了下去。

雪姨和陈老师同住一个小区，他们是在晨练时认识的。雪姨开朗大方、乐于助人，知道陈老师孤身一人住后，做了好吃的偶尔便会送点过来。陈老师以前晨练只打太极，可是在一次被雪姨拉去学跳交谊舞后，他竟然也感兴趣了。本来陈老师的乐感就很不错，学起来还挺像模像样呢。这段时间更是跳上了瘾，太极也不打了，早上直奔交谊舞群。原来和雪姨搭档的罗老头不高兴了，陈老师这一插上来，他便没了舞伴。雪姨是所有阿姨中跳得最好的，她现在负责教陈老师，罗老头便只得跟那些水平比较差的人跳，他心里当然不舒服。

当陈老师知道雪姨也是几年前老伴去世时，心里竟然暗暗高兴，这种高兴把陈老师自己也吓了一跳，难道自己对她有所企图？难道自己这么快就把和自己恩爱了几十年的妻子抛之脑后？陈老师想到这里又有点自责。

但是，自责归自责，陈老师每天早上仍然像被施了魔般早早来到小区的小公园。雪姨一般都是第一个来的，只要看到她的身影，陈老师便觉得浑身有了劲，哪一天雪姨要是有事或生病来不了，那么这一天，陈老师干什么都提不起劲。

陈老师发现自己越来越喜欢跳舞了，拥着雪姨翩翩起舞，那种感觉真好，在舞步一旋一转中，陈老师会忘却很多的烦恼。陈老师的进步很大，很快便赶上了跳了几年的罗老头，这让罗老头心里很是窝火。现在只能拥着一个胖女人跳舞的罗老头有时在跳舞时便故意来撞一下陈老师，搂着雪姨的陈老师却并不恼怒，仍然笑呵呵的。

陈老师后来才知道，原来罗老头一直在追求雪姨，但雪姨明确表示，她对罗老头是一点感觉都没有的。罗老头头发有点谢顶，长得又矮又胖，一天要吸一包烟的他一嘴黑黑的牙齿，看女人的眼神总是色色的，但是罗老头很有钱，听说他儿子是一个大老板，他抽的烟可是芙蓉王呢，他还经常给雪姨送那些名贵的进口水果巧克力什么的，看得陈老师直冒火，但是陈老师觉得雪姨是绝对不会喜欢这种糟老头的，太没品位了，怎么配得上漂亮的雪姨呢？其实有好几个老头都偷偷喜欢雪姨呢，他们经常争先恐后地向雪姨献殷勤，这让陈老师心里不太舒服，不过陈老师始终觉得自己无论是外形还是品行，都应该和雪姨最般配的，所以他常常自我安慰着。

晚上，陈老师一个人孤独地躺在床上，他的脑海里浮现的不是妻子便是雪姨，这让他很是矛盾。他知道自己越来越喜欢雪姨了，可妻子的影子在脑子里一闪现，他又觉得对不起妻子。后来转念一想，妻子该也希望自己过得快乐吧？这才应该是她更想看到的结果。陈老师的心里便释然了。

雪姨只有一个儿子，在上海工作。陈老师刚开始百思不得其解，那年代的人哪个不生三四个小孩呀？这个问题陈老师曾笑着问过雪姨，但雪姨并没有正面回答，只是笑了笑，那种笑，让陈老师觉得很苦涩。也许日久生情吧，陈老师感觉雪姨对自己的感情跟别人不太一样，这让他越来越有所企盼。

罗老头失踪了一段时间，这让陈老师暗喜，以为他搬走了。后来得知他只是回老家处理一些事情去了，过十天半月便会回来的，陈老师又有点沮丧，不过起码这段时间看不到那令自己讨厌的身影了，也好。

陈老师和雪姨之间隔着的那层薄薄的纱，在雪姨一次发高烧后，终究是捅破了。

那天早上陈老师照例早早来到小公园，可却并没有见到雪姨的身影。一直等到大伙都来齐了，一对对跳起了慢三，雪姨仍然没有来。陈老师便开始担心了，掏出手机拨打雪姨的手机，却是关机的，这下他更是坐立不安，生怕雪姨出了什么事？他急匆匆往回赶，他知道雪姨住在二栋五楼，但究竟是"501"还是"502"他就不知道了。爬上五楼，陈老师因为走得太急，已是气喘吁吁。该按哪个门铃呢？陈老师犹豫了片刻。"501"的门被抹得很干净，而"502"的把手上却尽是灰尘，凭感觉，陈老师觉得雪姨肯定是住在"501"的。一阵悦耳的门铃声过后，又等了好一会儿，门才打开，一脸苍白的雪姨有气无力地出现在陈老师的面前。

发着高烧的雪姨不愿意去医院，陈老师便用物理降温法，在她的额头、手腕、小腿上各敷一块湿冷毛巾，隔一会儿便又换上冰毛巾，整个上午陈老师都不厌其烦地在雪姨的身边忙碌着。

午餐是陈老师用慢火熬了一个半小时的白粥，陈老师知道此时的雪姨没什么胃口，喝点白粥是最好的。陈老师把白粥端进卧室。

"来，喝点粥吧。"

"我没胃口。"

"没胃口也要吃东西的，这样病才好得快。粥里我只放了点盐，用慢火熬了很久的。"

"辛苦你了！"

"跟我还客气呀？能照顾一下你可是我的荣幸呢。"

陈老师对着雪姨调皮地眨巴了几下眼睛，雪姨笑了笑。

陈老师扶雪姨坐了起来，然后端起白粥，用勺子舀上一口粥，用嘴轻轻地吹几下，再把粥送进雪姨的嘴里。刚开始，雪姨死活不让陈老师喂，可她实在全身无力，在陈老师的再

三坚持下，只好由着他了。

一碗白粥吃完了，陈老师很自然地用右手摸了一下雪姨的额头，不错，烧退得差不多了。陈老师的手一触到雪姨的皮肤，雪姨突然全身发抖，把陈老师吓了一跳，以为她哪里不舒服了。问了半天也没问出个所以然，看着雪姨那羞红的脸，陈老师突然明白了。

雪姨一个上午都苍白的脸，此时多了几分红晕的色泽，显得楚楚动人，让陈老师又怜又爱。坐在床沿的陈老师，突然一把抓过雪姨的手："我，我喜欢你！"

陈老师的表白让雪姨的脸更红了，她想把被陈老师握着的手抽回来，可是陈老师却越握越紧，他用双手紧紧握着雪姨那纤细的手，雪姨的手很柔，柔得让陈老师感觉有点恍惚。

屋内，顿时陷入一片寂静。

不知过了多久，陈老师把雪姨的手轻轻放回空调被里，他把握出汗的双手在裤子上擦了擦，然后站了起来，坐到床头边，他鼓足勇气伸出右手去搂雪姨的肩膀。雪姨的头慢慢往陈老师这边倾斜过来，后来，她把头结结实实地靠在陈老师的肩膀上……

赢得雪姨芳心的陈老师觉得一切都变了！他不再孤孤凄凄，觉得每天都精神抖擞、精力旺盛。锻炼完后，有时和雪姨一起去喝早茶，连午饭一起解决了。有时到雪姨家去吃饭，有时雪姨来陈老师家做饭。勤快的雪姨还时不时会过来帮陈老师搞搞卫生、洗洗被子什么的。一个家，有了女人的收拾，那完全是变了样。看着变得窗明几净的房子，陈老师心里感到说不出的舒畅。

这日子才像是日子嘛，陈老师夜里躺在黑暗中感叹。

在陈老师生日的这一天，孩子们都赶过来陪他过生日。他们在华侨城附近的一个豪华酒店订了餐，先是喝早茶，然后是打麻将，晚餐也在这酒店吃。晚上，孩子们点了一大桌子的菜，一大家子十几口人热热闹闹地为陈老师庆祝生日。那一天，陈老师还收到了不少礼物，名牌鞋、名牌衬衣、戒指等等。陈老师嘴上呵呵地笑着，可心里却有点心不在焉。

终于，切完了大蛋糕，陈老师只是象征性地吃了几口。孩子们却玩得很欢，你追我追你的，还把蛋糕弄到别的孩子脸上，甚至衣服上。大人的笑声、孩子们的打闹，让陪了一整天的陈老师感觉有点头晕。

十点多，把陈老师送回小区门口后，孩子们各散西东。陈老师拎着打包回来的好几个铁饭盒急匆匆往家赶，一打开家门，把东西一放，陈老师便马上给雪姨打电话。不到十分钟，雪姨便按响了陈老师的门铃。

陈老师早已点好了两根红蜡烛，红红的葡萄酒正躺在透明的高脚玻璃杯里静静地等待着。陈老师把那些打回来的菜用微波炉热一下，装进漂亮的瓷碟里，一碟碟放在餐桌上摆好，看上去还是挺讲究挺丰盛的。把雪姨带来的精致小蛋糕也拿出来摆好，把灯熄灭，好一幅烛光晚餐的温馨画面，真浪漫呀。

　　雪姨今晚特意打扮了一下，大红的纱裙，衬托着她白皙的皮肤，在烛光中，雪姨一脸娇羞地望着陈老师，望得陈老师热血沸腾、意乱情迷。

　　两个人慢慢品着红酒，一瓶红酒不知不觉被他们喝进了肚子里，两个人都喝得满脸绯红。雪姨还送了件衣服给陈老师，打开一看，陈老师便喜欢得不得了。尽管雪姨一再强调这衣服是打折后花了一百元买的，可陈老师却觉得比自己儿女买的那件一千多的衬衣还要好看，特别适合自己。

　　陈老师迫不及待想试一下这件衣服，雪姨帮忙扣扣子。陈老师觉得今晚的雪姨特别像新娘子，还未等扣子扣完，陈老师就把雪姨拥在了怀里……

　　这一晚，雪姨留在了陈老师的家。

　　也就在这一晚，陈老师知道了雪姨只生了一个孩子的原因。原来在她儿子五岁的时候，她的丈夫便因车祸丧失了性功能，那么就是说雪姨整整守了几十年的活寡，她得忍受漫漫长夜寂寞的煎熬，还得忍受因没有了性功能而心态有点不正常、脾气变得暴躁的丈夫。陈老师没想到这个整天面带笑容、富有爱心的雪姨原来这辈子竟然活得这么累这么苦。说着说着，雪姨的眼里盈满了泪水，陈老师把雪姨紧紧抱在怀里。

　　第二天一大早，才五点多，雪姨便早早起了床。陈老师一再挽留，好久没有这样搂着一个女人睡觉了，他不愿意雪姨离开自己，可雪姨却说不想被人看见说闲话，非要离开陈老师的家。在打开房门前，陈老师把雪姨紧紧搂在怀里，好像生怕她一去就不再回来似的，雪姨踮起脚跟在陈老师的脸上轻轻亲了一下，羞涩地笑了笑开门出去了。雪姨那羞涩的笑，一直深深印在陈老师的脑海里，让他傻想了一天。

这天的晨练，雪姨却并没有跟陈老师跳舞。满心欢喜的陈老师来到公园的时候，雪姨已经在罗老头的怀里翩翩起舞，罗老头看到陈老师，示威似的对着他挤了挤眼，好像还搂紧了雪姨的腰，让陈老师看着心里好不恼火，这鬼家伙怎么那么快就回来了呢？无奈，他只好跟胖婶搭档，在跳快三的时候，陈老师特意绕到罗老头跟前，故意踩了一下罗老头那双崭新的新皮鞋，等罗老头回过神来，陈老师早已带着胖婶转得远远的，罗老头便带着雪姨狂追着陈老师，可怎么也追不上，惹得大家都笑个不停。

今天罗老头给雪姨带了一盒蓝莓，看着雪姨笑吟吟地收下，陈老师心里酸溜溜的。回去的路上，看着罗老头和雪姨边说边笑，陈老师气恼地放慢了脚步，慢慢往回走。快到楼下的时候，却发现雪姨正站在那里等着，她递过一个饭盒给陈老师。

"酱牛肉。你中午再炒个青菜就解决午餐了。"

"哦，谢谢。"

"怎么了？不高兴？"

"没什么。"

"你怎么像个孩子呀？傻傻的。那我回去了，今天要好好

搞卫生呢。"

雪姨说完便转身走了。看着雪姨那仍然苗条的背影，陈老师觉得自己是不是太小气了点，怎么像个年轻人一样爱吃醋呢？

握着仍有余温的饭盒，陈老师叹叹气往家赶。

那晚后，雪姨没有在陈老师家里再过夜。她总是在午休后带着一些吃的来到陈老师家，两个人温存两个小时左右，她便说要赶回家去做晚饭了，也不肯再留下来吃晚饭，这让陈老师有点费解。雪姨总说不想别人说闲话，想想好像也有些道理，陈老师也就随她了。这种恩爱的时刻，一般一个月有那么两次。雪姨已是五十出头，但她竟然还没绝经，而且让陈老师意想不到的是，雪姨在床上似乎有些疯狂，也许是因她守了那么多年的活寡，陈老师心里想。跟雪姨在一起，陈老师似乎也年轻了很多，这是他以前跟妻子在一起完全不同的感觉，这种感觉让他自己也震惊。

雪姨的事情，陈老师在一次家庭的聚会上，终于和盘托出。当时大家正在一起吃晚餐，陈老师的话一出口，屋子里顿时寂静了下来，大家突然都沉默了。陈老师想着孩子们都是知书达理的，这种事情应该能理解，可没想到孩子们没有一个支持。大女儿说着说着甚至哭了，她说她不能容忍家里多一个陌生的女人，而这个女人要代替她至爱的母亲的地位；儿子也反对，他说那个女人肯定是图陈老师的钱；当医生的女儿也不同意，她说这个人又不是知根知底的，无法对她放心；远在老家的小女儿也在电话里劝老爸要理智一点，即便要找以后也要找一个老家的人才可靠。

面对着儿女们的七嘴八舌，陈老师忍不住发了火。那顿饭，最终不欢而散。

陈老师跟雪姨提起这事，雪姨却安慰他："别急，慢慢来，孩子们得有一个过程的。"陈老师感激雪姨的善解人意，他觉得自己这辈子能碰到这样的女人真是很幸运。

这天跳完舞后，那个死罗老头竟然当着大家的面夸雪姨昨天给他做的饺子是多么的美味，他边说还边用挑衅的目光盯着陈老师。陈老师恨恨地盯着他那满是黑牙一张一合的嘴巴，心里很不是滋味。这天，陈老师没等雪姨，甩开众人，一个人大步往回走，他甚至连头都没回一下。

气呼呼刚坐下不久，门铃便响了，雪姨来了。陈老师把门打开，一句话也不说，转身便回到客厅的沙发上坐了下来。

"生气了？"

"我生什么气！"

"昨天我是做了饺子，罗老头一直嚷着想吃我做的饺子，说了好多次了，想着他经常送水果给我吃，我就答应给他送点尝尝。"

"我也喜欢吃饺子！"

"你怎么那么小气呢？我都是你的女人了。"

雪姨说着便靠过来，她双手搂着陈老师的脖子，嘴便凑

过来盖住了陈老师的嘴唇。

雪姨和陈老师在上午缠绵着，这是很少有的事情。后来，雪姨又把她带来的酿粄蒸热了两个人一起吃。中午，雪姨甚至给陈老师做了一顿丰富的午餐，还破天荒留下来和陈老师一起午休。陈老师的那些醋意，在雪姨的热情和身体中很快便烟消云散。

这段时间，陈老师感觉雪姨似乎有什么心事，脸上的笑容很少，话也少了很多，问她，却说没什么事。雪姨来找陈老师的次数也少了，这让陈老师心里隐隐不安。这天，陈老师去市场买到了很新鲜肥美的大闸蟹，他知道雪姨最爱吃大闸蟹了，又去水果店买了雪姨爱吃的紫色火龙果，按响了雪姨家的门。没想到给陈老师开门的竟然是罗老头，这让陈老师很意外。罗老头看见提着大袋小袋的陈老师也有点诧异，不太情愿地打开了门。

陈老师看见客厅的茶几上摆着很多进口的水果，雪姨围着围裙在厨房里忙碌着，看见是陈老师，热情地招呼着，脸上浮现这几天难得的笑容。陈老师把水果放在茶几上，大闸蟹提到厨房递给雪姨。

"哇！今天真有口福，又是大闸蟹又是大虾的，今天是什么日子呀，尽是我喜欢吃的菜。老罗，帮我倒杯茶给陈老师，我这手可很脏。"

"好咧。"

罗老头屁颠屁颠跑去倒茶了，像个主人似的。

陈老师有点落寞地坐在沙发上，看着罗老头还熟练地削着进口苹果，他心里真是很不舒服。本想告辞回家，心又不甘，自己走了，岂不是便宜了罗老头？

"陈老师，老罗，中午都在我家吃饭，谁也不许走！大家尝尝我的手艺。"雪姨在厨房里大声地说。

"当然不走了，早就想欣赏一下你的厨艺。"罗老头高兴地回应着。

陈老师却没有说话，他端着茶杯，慢慢喝着茶。陈老师喜欢喝茶，雪姨家的茶还没入口，他端起茶杯一闻便知道是好茶，茶香沁人。

罗老头手上的苹果还没削完，便听到雪姨在里面叫陈老师。

"陈老师，麻烦过来搭把手。"

"哎。"

陈老师赶紧放下茶杯，跑到厨房帮忙了。在厨房给雪姨打着下手，陈老师郁闷的心情好了不少，他是真不愿意和罗老头两个人待在客厅，又没什么话好说。递盘子给雪姨时，她把头凑过来偷偷在陈老师的脸上亲了一口，陈老师的心里顿时美滋滋的。

很快，一顿色香味俱全的大餐便全部做好了，一切准备就绪，雪姨又拿出了一瓶红酒。

"真是太香了！闻着都流口水呢。只是我不会做饭，也不会做家务，今天就辛苦陈老师和雪姨了！来，我先敬二位，谢谢！"罗老头一口菜还没吃，便先喝上了。

这葡萄酒味道真不错！口感很好，一点那种涩味都没有，陈老师正想问这酒是在哪里买的，雪姨说话了。

"先吃点菜，酒慢慢喝，这酒可是我自己做的。"雪姨边说边给陈老师和罗老头分别夹了一只大虾。

"自己做的呀？这酒太好喝了！比外面卖的好喝得多。"陈老师由衷地称赞着。

"是呀！我还从没喝过这么好喝的葡萄酒呢。我那儿子给我买的说是几百块钱甚至上千块钱的葡萄酒我看也不如雪姨做的酒，今天真是太有口福了！"罗老头附和着。

雪姨真是个美丽又能干的女人，能娶到这样的女人一起过完下半辈子，那该多好呀，陈老师在心里感慨。

虽然陈老师不喜欢罗老头，但这顿饭在雪姨的招呼下吃得还算是和睦。临走的时候，雪姨又分别给陈老师和罗老头一罐自己做的泡菜，两个人酒足饭饱后满意地告辞了。

陈老师本想去雪姨家顺便问她有什么心事的，罗老头在又不太方便说，他总感觉雪姨肯定是碰到什么不顺心的事了，可她为什么不肯告诉自己呢？回到自己的家里，陈老师趁着酒劲马上又拨通了雪姨的电话。

"睡了没？"

"在床上躺着呢。"

"这段时间你到底怎么了？"

"没怎么。"

"我不信，你肯定有事瞒着我。"

"家里的一些事。"

"告诉我。"

"跟你无关的，我也不想你跟着闹心。"

"你我现在还分彼此吗？"

"你就别问了。"

"不行，你一定得告诉我！"

"唉。"

"说吧。"

"是儿子的事。"

"儿子怎么了？"

"他要买房子。你知道上海的房子很贵的，可是不买的话，女朋友说要分手。我这老儿子都三十好几了，好不容易有了中意的对象。"

"差多少？"

"他说付完首付再加上装修什么的，还差三十万。我哪有那么多钱，这段时间东拼西凑的，勉强凑了十万，那二十万还不知在哪个角落呢。"

"我有，我借给你！"

"那可不行！你的孩子知道会骂死你的。"

"跟他们无关，这是我的私房钱。你别说了，明天我就转钱给你，再见。"

不等雪姨说话，陈老师便挂了电话。陈老师的存折上有

陈老师

五十万，这钱是以前和老伴存下来的，还有一部分是孩子们给的。老伴生病时，医药费都是孩子们支付，所以这钱一直没动。没想到现在能给雪姨救个急，陈老师心里挺欣慰的。

说到做到，第二天早上跳完舞后，陈老师便拉着雪姨去银行转账，把雪姨感动得泪水涟涟的。转完账，两个老人还去吃了日本寿司，虽然陈老师不太喜欢吃这些洋玩意儿，但看到雪姨吃得很开心，而且环境不错，他心里也挺高兴的。

在回去的路上，雪姨说一会儿写张借条给陈老师，她说儿子承诺在三年内会把钱全部还清。可是陈老师却说不用了，他说我把钱借给你，便是信得过你，写不写借条都是一样的。雪姨说，如果到时孩子真拿不出钱来还陈老师，自己大不了把现在住的这套房子给卖了，现在房价涨得很厉害，这套房可以卖一百六十多万呢。陈老师说："你可真是的，把房子卖了你住哪儿呀？等孩子有钱后再慢慢还便是，自己也不等着钱急用。"陈老师的话让雪姨很感动，在公交车上，雪姨把头轻轻斜靠在陈老师的肩膀上，那一刻，陈老师觉得自己无比幸福。钱财算什么？那是身外之物，能拥有真正的感情难道不比金钱重要？

这天夜里，雪姨十点多偷偷敲开了陈老师的门，两个人度过了一个愉快的夜晚。早上五点，雪姨便早早离开了。闻着仍有雪姨气味的被窝，陈老师觉得自己是幸福的。

雪姨的脸上，重现往日的笑容。看着她快乐地翩翩起舞，陈老师的心情也跟着灿烂起来。

这一天的家族聚会上，陈老师再次提出想和雪姨结婚的想法，但从没见过雪姨的儿女们同样是坚决反对。大家七嘴八舌，谁也无法说服谁，陈老师气得拂袖而去，那顿价值两千多块钱的海鲜宴，吃了不到一半，有些菜甚至还没上。看着老爸匆匆的背影，孩子们面面相觑。

雪姨知道后，一个劲儿地安慰陈老师，她说她不在乎名分，这样跟陈老师在一起她已觉得很幸福了。

"要不，你搬过来和我一起住吧？"

"那不好，会被人笑话的。"

"我们暂做'临时夫妻'，我想和你一起生活。孩子们的工作慢慢做，我到时一定要给你名分的。"

"什么年纪了，还'临时夫妻'？人家不得笑掉大牙呀？这样也挺好的，你想我的时候我就过来呗。"

雪姨怎么也不肯搬过来和陈老师同居，陈老师想想也是，怎么可以这样委屈人家呢，尽管他是巴不得每时每刻都能和雪姨在一起。

罗老头仍然经常向雪姨献着殷勤，现在陈老师对他送什么东西给雪姨已经不会吃醋了，他甚至有时和雪姨一起分享那些食物。他知道不管罗老头怎么做，都不可能得到雪姨的芳心的，雪姨早已成为了自己的女人，只是罗老头不知道而已。

雪姨真的是骨子里很浪漫的人，她会经常给陈老师小惊喜、小礼物、美食，她甚至会在半夜十二点突然来敲陈老师的门。跟她在一起，陈老师觉得就像年轻时谈恋爱一样，不，年轻时也没如此浪漫过。一想到雪姨，陈老师的心里总是漾满甜蜜。

孩子们在陈老师的坚持下，反对的声音弱了很多。那天，孩子们提出要见一下雪姨，他们想知道这个把老爸弄得神魂颠倒的女人究竟是一个怎么样的人？陈老师二话不说便答应了，他觉得孩子们见了雪姨后，肯定会改变看法的。雪姨犹豫了很久，才答应和他们见面。

在酒楼，面对陈老师的大家族，雪姨没有一点怯意。那天的雪姨穿得很得体，说话也很得体，她给那些小朋友们带了不少吃的过来。陈老师对雪姨那天的表现特别的满意。散场回到家，陈老师以为孩子们能给自己满意的答复，没想到他们仍然不愿意陈老师和雪姨结婚。儿子说这女人看上去是不错，但总让他有不安全感；大女儿说雪姨太妩媚，这种女人有点靠不住；二女儿更过分，她说雪姨是个很会装的女人，她的温柔她的得体都是装出来的。陈老师一听都气炸了，他搞不懂孩子们为什么会看雪姨不顺眼？这么好的女人去哪儿找呀？那天的家庭聚会，又是不欢而散。

得知孩子们意见的雪姨却并不生气，反而安慰着陈老师，她说孩子们反对是正常的，怀疑她也是正常的，日久见人心，最终孩子们会接纳她的。她越宽容，陈老师心里便越加内疚。

日子似乎过得很快，自从有了雪姨，陈老师几乎哪儿都不愿意去了，别说是老家，儿子、女儿家他也不想去，一想到他们反对他就来气，他每天就待在华侨城。

孩子们对雪姨的成见，在陈老师摔倒之后，终于有了些改观。

那天陈老师下楼晨练时，走得太匆忙，下楼时脚下一滑，他竟然踏空了，这一摔让他半天都起不来。等他好不容易从包包里拿出手机，他第一时间便拨了雪姨的电话，可惜雪姨并没有接电话，后来陈老师才想到此时的雪姨肯定在跳舞，手机放在挂在树枝上的袋子里，哪儿听得见。想着儿子离自己最近，陈老师便给儿子打电话。

当儿子、儿媳气喘吁吁赶到时，陈老师正坐在楼道上，好心的邻居搬来了一张凳子给他坐。儿子赶紧背着他下楼，到医院一拍片，陈老师的左小腿骨折了，但不算严重，都说伤筋动骨一百天，医生说起码得用三四个月来恢复，嘱咐这段时间要好好休息，左腿不能弯曲，隔一段时间来复查换药便可。当雪姨匆匆赶到医院时，医生刚把陈老师的腿用夹板固定好。本来医生想让陈老师住院，再观察一下，明天再回家，可陈老师最怕医院的气味，以前老伴在时，他天天在医院陪着她，现在一闻到那种气味他就觉得头疼、浑身无力。在他的坚持下，医生同意他包扎好后便回家。

本来儿子想把陈老师直接接到他家去，方便照顾，可是陈老师却不愿意，他说儿子、儿媳都要上班，他不想过去添

乱。可是陈老师这个样子得有人照顾呀，虽然拄着拐杖还能走一下，可买菜、做饭都是大问题。最后，儿子决定去家政找个男保姆来帮忙，陈老师也只好答应了。

儿子很快便带回一个保姆来，因为要得急，价钱比一般标准贵了五百元，每月包吃包住付三千块。陈老师一听那么贵，心疼得要命，嚷着自己不用人照顾也行，可儿子说已提前支付了一个月的工资了，陈老师这才没话。

没想到请来的这个男保姆，做饭难吃得很，陈老师干脆自己做。而且保姆特别的懒，不吩咐他就不怎么干活儿，老坐在那里看电视。此外还特能吃，儿子及朋友送来的水果、牛奶什么的，大部分都是他吃掉。雪姨每天都会过来看望一下陈老师，经常给他带些他爱吃的食物。每次雪姨过来，陈老师都忍不住跟她发牢骚，说儿子这三千块钱花得太冤了，除了能帮自己下楼去买点菜，其他事都不怎么会做。陈老师是比较随意的人，十块、二十块的钱他总喜欢到处放，陈老师发觉这些小钱经常会莫名地少一两张。所以，好不容易熬到一个月，陈老师便赶紧打发保姆走。儿子说再找一个保姆，陈老师死活不肯。这可怎么办？雪姨这时自告奋勇，她说买菜、做饭她全包了，她有时直接买好菜在家做好了再送过来，有时便在陈老师这边一起煮来吃。陈老师虽然心里有点过意不去，但却很乐意享受着雪姨无微不至的照顾。让陈老师不爽的是，罗老头也经常跟着过来蹭饭吃，虽然他每次都会提些东西过来，但陈老师很讨厌他的打扰。

那几个月，雪姨毫无怨言地尽心照顾着陈老师，陈老师都感觉自己长胖了。儿女们心里有点过意不去，说要付雪姨工资，可雪姨死活不要，她只肯收买菜、水果及生活用品的钱。她说如果收工资的话，她便再也不会帮忙了。她每天都去楼下的超市买菜，每天把小票留着，十天半月拿给陈老师报销一次。

在雪姨的精心照顾下，满四个月后，陈老师回医院复查，骨头恢复得很好，全家人都很高兴。

为了表示答谢，孩子们找了家高档酒楼专门宴请雪姨。大家正吃喝得高兴时，陈老师又提出了要和雪姨结婚的事，气氛顿时有点变了，闹哄哄的场面马上安静了下来，连那些正在跑来跑去的孩子们的脚步好像也放轻了。

"雪阿姨，你家儿子支持你结婚吗？"儿子首先打破了沉默。

"我、我还没跟他说呢。"雪姨的表情好像有点害羞。

"雪阿姨，非常感谢你这几个月以来对我爸的照顾。不是说我们信不过你，现在的这个社会防人之心不可无。如果你和我爸结婚，会牵涉两个大家庭，不像现在的年轻人结婚那么简单。"大女儿也开腔了。

"我知道。我只有一个儿子，我想他应该不会反对的。"雪姨小声地说。

"要不，你们同居吧，这样就不会涉及经济什么的，省了不少的事。"二女儿一向快言快语。

"什么话？你想人家雪姨没名没分跟着我过？就算她愿意，我也不想让她受这份委屈！"陈老师一听生气了。

"你们不同意就算了，我不想被人在背后指指点点的。"雪姨小声说。

"要不这样吧，如果你们真要结婚，我们去做个婚前财产公证好了，这样对大家都好。雪姨，你认为呢？"儿子说。

"我先问问我儿子的意见吧。"雪姨没说好，也没说不好。

不管怎样，起码孩子们是不再反对自己和雪姨结婚了，陈老师的心情好了不少。

后来，雪姨说儿子也反对她再婚，听说陈老师有四个孩子，说怕她受欺负什么的。儿子甚至让雪姨干脆搬到上海和他一起住。陈老师没想到这边孩子刚松了口，雪姨那边又出问题了，这让他难免有点沮丧。雪姨只说慢慢等吧，等孩子们想通了再议此事。

日子不紧不慢地过着，一晃，大半年又过去了。陈老师几次问雪姨她儿子的态度有没有什么改变，雪姨总说别急，正在慢慢沟通呢。

感情的事还没什么进展，雪姨儿子那边又出事了。那天陈老师正在午休，便被一阵急促的门铃声吵醒了，他不高兴地打开门，却发现原来是雪姨。雪姨神色慌张，脸色有点苍白，陈老师赶紧给她倒了一杯温开水。

"怎么了？"

"出事了？"

"出什么事了？"

"我那刚领取了结婚证的儿媳妇出事了，他们前段时间刚贷款买了部车，新手上路，在车水马龙的十字路口，她一着急，错把油门当成刹车，撞了一个老人，老人的头部当场血流不止，现还在重症监护室，已经在重症监护室待了十多天了，还没度过危险期，医药费又贵得吓人，每天要六千多块钱，儿子本不想让我知道，可现在他身上实在是没钱了，这才打电话让我帮忙想办法。你知道我身上也没钱了，上次儿子买房我还借了不少的钱。我想不到谁还能帮我，只好过来找你了。"

雪姨说完眼泪汪汪的，让陈老师看着好心疼。

"别着急，我还有点钱，你说吧，要多少？"

"儿子说先要十万。"

"十万？没问题，我明天给你取。"

"真是太谢谢你了，又跟你借钱，我都不好意思呢，可我实在没其他办法，只好厚着脸皮跟你开口。"

"别这么说。你我还分什么彼此呢。好了，别愁眉苦脸了，事情总能解决的。"

钱汇了半个多月后，雪姨说要去上海看一下，她说她总是不太放心。陈老师让她坐飞机去，可雪姨说那样太浪费，她说现在到处欠人钱，能省一点是一点吧，她说坐火车就行了。

陈老师那天给雪姨准备了很多路上吃的东西，整整两大塑料袋。他把雪姨送到了火车站，买了张站台票，帮雪姨提着东西上了火车，把她的行李都安顿好，这才依依不舍地下车。

雪姨的车座是靠窗口的，陈老师站在火车外一遍遍叮咛着雪姨，让她路上要小心，到了上海别太上火，没有什么解决不了的事情，有什么事情就跟他商量。雪姨一个劲儿地点着头，眼睛湿湿的。

火车缓缓开动，坐在车内的雪姨对陈老师摆着手，站在火车外的陈老师也拼命对着雪姨摆手，火车驶出陈老师的视线，陈老师心里发酸，眼睛竟也湿润了。他摘下眼镜，用手抹了抹眼中的泪水，怎么弄得跟生离死别似的呢，他嘲笑着自己。

没有雪姨的日子，陈老师好像干什么也提不起劲儿。早上勉强去跳了两次舞，便不想再去，没有雪姨的身影，陈老师发现自己对跳舞一点兴趣也没有。在那两天，陈老师发现罗老头也垂头丧气像只斗败的公鸡。第二天，罗老头跑过来问陈老师知不知道雪姨去了哪里？陈老师嘴上说不知道呀，心里却有点暗喜，原来雪姨什么都没有告诉这个罗老头，看来自己在她心目中的分量是不同的。

日子似乎过得很缓慢，陈老师天天数着日子过。两天过去了，一星期过去了，十天过去了，还有五天，雪姨就该回来了，陈老师盼望着。雪姨去到上海时，给陈老师打回一个报平安的电话。再后来，陈老师打她的手机便关机了，想必她是怕漫游话费贵吧。

明天，是雪姨离开的第十五天，明天应该就能见到她了，陈老师的心情似乎好了不少，下楼去买菜的时候，他甚至吹起了口哨。在楼下的超市，陈老师碰到了罗老头，罗老头一副弱不禁风的样子，感觉人一下苍老了不少，一问，才知道原来重感冒好几天了。

"陈老师，你真不知道雪姨去了哪里？"

"不知呀。"

"奇怪，怎么突然就失踪了呢？"

"是呀，好久没见到她了。"

"她到底去了哪里呢？她到底去了哪里呢"

罗老头好像是在自言自语着，也没跟陈老师打声招呼，便自顾自地走开了。望着罗老头落寞的背影，陈老师突然又有点同情他。

第二天，雪姨并没有回来。第三天，雪姨没有回来。半个月过去了，雪姨仍然没有回来！陈老师每天都拨打她的电话，可耳朵里传来的永远是那句很有礼貌的声音："对不起，你拨打的号码是空号。"难道雪姨忘记去充话费了？难道那个老人的医院费压得雪姨连话费都交不起？还是雪姨出了什么事呢？陈老师每天都胡思乱想着、担心着、失眠着。

每天晚上，陈老师装作散步的样子在雪姨的楼下徘徊，望着雪姨那永远黑着灯的房子，陈老师的心里是如此的难受。

已是深秋，陈老师在小区看着那一地的落叶，心里更是惆怅、落寞。对雪姨的思念折磨着他单薄的身体，他变得沉默寡语，甚至连这周的家庭聚会也取消了，没有雪姨的日子，他实在没心情。

早早醒来，陈老师孤寂地躺在床上，除了自己还能呼吸，屋子里的一切都是那么的冰冷，那么的无生气，桌子上、茶几上、甚至电视柜上，都蒙着厚厚的一层灰尘。晒好的衣服散落在客厅的凳子上，穿过的衣服凌乱地搭在房间的长椅上，地下几只袜子像被遗弃的孩子般东一只西一只散落在那里。

煮了碗速冻饺子，刚吃了几口，便吃不下去了。这饺子跟雪姨做的饺子比起来，实在是让人难于下咽。打开电视，却也看不进去，拿着遥控器机械地一个台一个台换着频道。

一声清脆的门铃音乐，打破了屋子里的沉闷。难道雪姨回来了？陈老师的精神为之一振，半躺在沙发上的陈老师快速地坐直了身子，连拖鞋也顾不上穿，跑过去开门。门刚一打开，陈老师的表情便僵住了，竟然是罗老头。

罗老头说在陈老师学跳舞时，雪姨已经跟他在一起了。罗老头住在陈老师对面的小区，中间只隔着一条道。他说雪姨让他神魂颠倒，他早就想跟雪姨结婚，无奈自己的儿子不同意，雪姨的儿子也不同意。雪姨叫他耐心地等待，她说孩子们总会想通的，他便只好等着。因为孩子们都不同意，所以雪姨不让他公开两个人的关系。罗老头说他原来很嫉妒雪姨对陈老师的好，可雪姨说她是不可能喜欢陈老师的，一想到他有四个孩子她便怕了。她对陈老师好，是因为觉得他一个人孤苦伶仃挺可怜的，雪姨的善良更是让罗老头感觉自己没看错人，对陈老师便没那么有敌意了。罗老头说没想到雪姨这个年纪了，还特别的浪漫，经常在半夜去敲他的门，并在他家过夜，但第二天一大早就早早离开。罗老头甚至有点羞涩地说，雪姨在床上很疯狂，让他好像一下年轻了二十岁。说这些的时候，罗老头眉飞色舞，甚至有点沾沾自喜。后来，说到雪姨的儿子买房子，他说他看见雪姨闷闷不乐，便主动提出借二十万给他。再后来，雪姨说她儿媳撞了人，他又二话不说借了十万块钱给她。而现在，雪姨突然莫名失踪了，而且已经整整一个多月了，仍然没有一点她的消息。罗老头说这段时间他一直坐立不安，他担心雪姨会出事。说到这里，罗老头突然说，难道雪姨骗了我的钱后就玩失踪？不对呀，她还有那套房子呢，人走了，房子还能走了不成？

听着罗老头的诉说，陈老师几乎没插嘴，他像个哑巴般坐在那里，脸上一点表情也没有。

罗老头那露出黑黑牙齿的嘴在陈老师面前不停地一张一合，他的表情很丰富，他的动作很夸张，他一边说话一边手舞足蹈，罗老头的话语和张牙舞爪的动作一点点掏空着陈老师的心。

罗老头走后，陈老师把门"呼"的一声关上。陈老师失神地靠在门上，如雕像般一动不动。罗老头的话如晴天霹雳，炸得陈老师魂都没了。

那一天，陈老师在家傻待了一天，连楼都没下。

第二天下午，陈老师决定再去雪姨家看看。刚走到她的楼下，便看见有人正大包小包热火朝天搬着东西，东西是往楼上搬的，想必又有新住户住了进来。陈老师上楼的时候，那些人正往上搬着一台笨重的电脑桌，陈老师只得跟在他们屁股后面慢慢往楼上挪。搬电脑桌的人在五楼停了下来，歇了一会儿，然后直接把桌子抬进了雪姨的家。陈老师这才看见雪姨的家门大敞着，他心里一喜，脚步顿时轻快了很多。刚把腿迈进客厅，却发现里面忙碌的身影并不是自己所熟悉的。原来的家具都还在，本来并不算大的客厅里横七竖八地堆了不少新搬来的东西。

"请问，你们是雪姨的亲戚吗？"

"雪姨？谁是雪姨？"

"那你们搬的东西是谁的？"

"我自己的呀。"

"可这房子是雪姨的。"

"我不知道谁是雪姨。这房子是我刚租下来的。"

陈老师的脑袋"嗡"了一下，他差点站不稳身子，捂着胸口喘了几口粗气，陈老师看见了一个熟悉的身影正靠近了过来。

"你们是谁呀？"罗老头边说话边跨进屋里。

"我是房东，这是我的新租户。怎么了？"一个胖胖的女人从罗老头的身后挤了进来。

"房东？这房子不是雪姨自己买下来的吗？"

"谁告诉你这房子是雪姨的，她只是我的租户，她这租户还不错，爱干净，家具保护得也好。当年她一下签租了五年，每月都很准时地把钱打到我的账上。这不，上月房子到期了，她便走了。她这人还很大方，后来自己添置的家具全部留下来了，厨具也一应俱全，连好多衣服都说不要了呢。"

"你知道雪姨搬哪儿去了吗？"罗老头气喘吁吁地问道。

"好像说去她儿子那儿了，她儿子在四川做生意呢，说是要过去帮儿子带孩子。"

陈老师和罗老头面面相觑。

后来，罗老头报了警，警察却查不到雪姨的踪迹，原来她的身份证也是假的。陈老师在派出所门口徘徊了好多次，却终究没进去，他害怕别人笑话自己，也害怕儿女们笑话自己。自己一生勤俭，没想到老了却被骗了几十万元，陈老师不能原谅自己。

"你把这房子卖了吧，我决定回清远定居，票已买好了，上午十点的，我现在就出门去车站。"陈老师没等儿子说半句话，便匆忙把电话给挂断了。陈老师拖着两大箱行李，头也不回地离开了这个熟悉的叫"锦绣花园"的小区。

陈老师站在路边拦截的士，在那儿站了十多分钟，终于拦下了一辆的士。司机把后车厢打开，陈老师把行李箱放了

进去。

"请问去哪儿？"

"华侨城。"

"华侨城哪儿？"

"锦绣花园。"

"锦绣花园？"

"锦绣花园！"

"你身后不就是锦绣花园吗？"

"开车吧，带我去锦绣花园。"

"你这是耍人吧？"

"赶紧走呀，不然我告你拒载。"

"你有病吧？"

"你才有病呢。"

陈老师和的士司机吵了起来，陈老师吵得脸红脖子粗，额上的青筋凸现。他们的争吵声引来了不少人围观，的士司机让陈老师下车，可他死都不愿意，他扯着司机的衣服大声嚷嚷着，口水喷了司机一脸。

围观的人越来越多，人流堵塞了马路，这个红绿灯路口被堵塞住了，不一会儿，下一个红绿灯路口也被堵塞住了。吵闹声、说话声、喇叭声，此起彼伏……

吵着吵着，陈老师突然看见了站在人流之中一个熟悉的身影，这不是雪姨吗？他愣住了。陈老师松开司机，快速推开车门走出去，雪姨转身往前走，陈老师撒开腿在后面紧追。

陈老师跑得满身大汗，他脱下了身上的外套，往地下一扔继续奔跑。陈老师那双大一码的新皮鞋跑得掉了一只，陈老师索性把另外一只鞋也脱了下来。

光着脚丫的陈老师越跑越快，沿着深南大道一直跑下去……

保安小黄

一

正在修建的道路上杂乱地堆着沙土、水泥、作业的工具，被挖出的水沟裸露出纠缠在一起乱七八糟的管子，几个工人正弓着腰卖力地锄、铲、挖，灰尘像雾一样笼罩着这条窄窄的街道。

小黄直着脖子在马路边等了快半个小时，公共汽车仍然没有踪影。头还晕晕乎乎的，昨晚在亲戚家喝了太多酒了，不然也不会没赶上最后一班车回宿舍。终于，"603"公交汽车喘着气姗姗而至，随着汽车"嘎"的一声呻吟，灰尘如浓烟般迎面而来，大家纷纷用手捂住鼻子，小黄不管不顾地一个箭步第一个挤上车，从口袋里掏出深圳通放到刷卡机上，"嘀"的一声刷完了卡，然后一屁股坐了下来。车上已基本坐满了人，小黄边把深圳通往口袋里塞边扭动那酸酸的脖子，小黄斜眼望了一下，旁边坐着的是一位漂亮的女孩，小黄偷偷把屁股往右边挪了挪，右腿挨上了女孩那雪白的左腿时小黄眨了眨眼睛，那女孩厌恶地白了一眼，小黄抬起屁股往旁边移动。下一站到了，汽车又"嘎"的一声停了下来，站台上焦急的人群鱼贯而入。一个白发苍苍的老人颤颤巍巍地站在了小黄的旁边，小黄眯上眼睛当作没看见，旁边坐着的漂亮女孩赶紧给老人让座。突然，小黄疼得龇牙咧嘴差点跳了起来，小黄睁开眼一看，女孩那又尖又细的高跟鞋正狠狠地踩在自己从凉鞋里露出来的小尾指上。女孩什么也没说，仍旧用那厌恶的眼神冷冷地扫了小黄一眼，快步走到前面伸手拽住吊环站立着。小黄嘴里"嘟嘟囔囔"地说了几句谁也听不清的话，然后把头转向了窗外。树底下，一群民工正盘腿坐在那里打牌，几个挂着锄头挑着扁担的民工站在旁边看热闹，旁边横七竖八地放着干活的工具。一辆小车停了下来，车上的人摇下车窗说了几句什么，等着工作的民工们丢下手里的牌全部围了上去。

真险，差一分钟就迟到了，小黄打完卡后长长地舒了一口气。小黄在男厕所里转动着身体左瞧瞧右望望："嗯，这身新保安服不错，不管是颜色还是款式都比原来的好。"小黄觉得自己帅气了不少，他有点得意地"嘎嘎"干笑了几声。

走出厕所，今天刚来上班的小张早已笔直地站在一楼借书的通道旁边，小黄走到他面前，一脸严肃地跟他交代着一些注意事项，然后靠在借书处的柜台上跟几个女孩有说有笑，不久便找借口上楼巡逻，一层一层往上逛，跑到电脑室时小黄甚至还趁机上了会儿网，跟那个叫"快乐宝贝"的女网友

调了几句情便匆匆下线。在这图书馆已经待了两年多了，鬼精的小黄很懂得安排自己的工作。

小黄重新回到一楼时，一个小时就过去了。一个穿着迷你裙、低胸小吊带的女孩袅袅婷婷地从小黄的身边走过，一股幽香扑鼻而来，小黄贪婪地伸长脖子往女孩那两条细细的吊带中间看，小黄的喉结动了几个，像是艰难地在吞什么东西，小黄的目光随着那渐行渐远的女孩浑圆的屁股左右摆动着。突然，一声刺耳的"嘀嘀嘀"响起，小张不知所措地站在那里，眼睛求助地望着小黄，小黄燥热的身体像是被人用冷水泼了般突然清醒过来，他马上伸出右手，果断地拦住了正要离开的男青年。

男青年在保安室红着脸乖乖地拿出了藏在裤头里的书。"老规矩，写一份深刻检查，并罚款五倍的书价。"小黄对着男青年和跟随在自己身后的小张说道，然后便把小张打发去值班了。男青年苦苦哀求能不能少罚点，他说他失业很久了一直找不到工作，身上也没多少钱，因为特别喜欢这本书，所以才会想到把书偷出去，他说他真的是第一次，并保证下不为例。这种情况小黄见多了，他闭上眼睛冷冷地说："那我们就只好把你交给派出所了。"男青年搜遍了全身的口袋，十块五块一块的零钱皱巴巴地堆在一块儿，可还是差五块钱。小黄说："你赶紧把检查书写好，这五块钱实在没有的话只好到时跟领导说一下情了。"男青年把检查书写好后，小黄看也懒得看便挥挥手让他走人。

小黄从乱糟糟的钱里抽出十五块迅速放进自己的口袋里，然后把其余的钱夹在书里走出保安室。一楼借书的柜台上，阿丽正低着头忙着借书还书，阿红坐在旁边的转椅上煲着电话粥，不时发出痴痴的笑声。好不容易等她打完电话，小黄把钱递给她，小黄说："那人身上的钱都在这里了，共八十块，那本书是二十块，差二十块。"阿红说："好，我会跟主任说的。"然后开了张单，让小黄签了名。图书馆所有的程序小黄都早已烂熟于心，可以钻的空子小黄是绝对不会姑息的，图书馆对借阅过期罚款、偷书罚款、污损书罚款都管理得很不到位，基本上一个人操作就行，根本没有人监督，这也正合了小黄的意，用小黄的话说"这就算是给我的福利吧，谁让你们工资给得那么少"。

　　今晚是小张值班。小黄下班后拿着饭盆一边吹着口哨一边转动着手上的钥匙来到食堂，一看到那些饭菜小黄顿时没了胃口，明显少油的青菜显得黄黄的，有几根长头发夹杂在肥猪肉炒豆芽里。"晚上只有临时工在食堂吃饭，食堂师傅就胡乱应付，这饭菜根本就不是人吃的！"小黄在心里狠狠骂了几句，气呼呼地离开了食堂。

　　脱下保安服换上自己的衣服，小黄捏着口袋里那十五块钱，心情突然好了许多。小黄径直来到"得意"快餐店，这家餐厅的饭菜味道不错，而且价格实惠，小黄偶尔会来这儿打打牙祭。湖南小妹见到小黄满脸堆满了笑容，小黄要了一份辣椒炒鸡杂饭，小妹很快把饭菜和免费送的汤端了上来，

小黄吃得满头大汗。"这辣椒真够辣，不过辣得过瘾！"小黄边擦汗边自言自语。时间还早，店里吃饭的人不多，小黄招手叫来小妹跟她调笑了好一会儿，才满足地剔着牙走出店门。

又闷又热的夜晚，待在宿舍里真是受罪。小黄揣上二十块钱关门走人。步行一百来米便到了隔壁的花圃，那里已有几个人开始打牌了，桌子上凌乱地放着一些纸币。小黄站在胖子后面看他们打牌，又打完一盘，胖子赢了10块，尿急的胖子提着裤子往厕所跑，心急的牌友让小黄坐下来顶替胖子。今天运气真差，小黄只打了三盘，兜里的二十块便输得精光，早已手痒痒的胖子一把拉起小黄自己一屁股坐了下去。小黄没心没思地站在那里又看了一会儿，拿起旁边放着的茶杯，一口气喝了好几杯，然后一路上踢着一块白色的小石头往图书馆走。

图书馆已经下班了，值班室里小张正歪在椅子上看电视，见到小黄就赶紧把身子坐直了。"好好值班，别只顾看电视，隔一段时间要出去巡逻巡逻。"小黄板着脸孔对小张说道。小张连说"好的好的"，两只手交叉握着放在腿上不安地搓来搓去。小黄拿起遥控器换了一个台，中央电视台正在播放"同一首歌"，小黄半个身子斜靠在沙发上，嘴里跟着电视哼唱，这个节目结束后，小黄这才伸伸懒腰回到离这儿不远的宿舍。

刚躺下不久，小黄便听到敲门声，"这么晚了谁还会来找自己？肯定是小张有什么事吧。"小黄一脸不耐烦地穿鞋开门。门一打开，小黄的脸马上堆起了笑容："叶主任，有事呀？"

叶主任一只手提着两瓶啤酒，另一只手提着塑料袋，里面装着一大袋花生和鸡爪、鸭头等熟食，这让小黄有点受宠若惊。小黄赶紧把东西接过来，一手把窗台上的报纸摊开放在房间唯一的桌子上，啤酒盖用牙一咬开，一人手抓一瓶酒，小黄坐在床上，叶主任坐在凳子上，边吃边聊。

来人是馆里的办公室主任，也算是小黄的半个老乡，平时小黄跟他的接触也不算多，不过见面时两人很自然会说起家乡话，这让小黄有一种亲切感。今天主任的突然来访，让小黄有点摸不着头脑。叶主任天南地北地瞎聊了一阵，突然说："我想提你为保安班长，每月工资涨一百，你觉得如何？""有这等好事？"小黄当然巴不得，小黄激动得都不知该说什么好了。

两周后，全馆开例会，叶主任先是宣读了一些上级文件，然后宣布刘副馆长退休之事，接着宣布小黄即日起提为保安班长，在众多临时工羡慕的目光中，小黄的腰杆挺得笔直笔直。

这天的晚餐，小黄是在得意快餐店解决的，他甚至还叫了瓶啤酒，要了份小炒，一个人吃得津津有味。酒足饭饱，小黄站起身打着饱嗝晃晃悠悠往外走，不经意和拿着抹布的湖南妹撞了个满怀，湖南妹那并不丰满的胸贴在自己的身上时，小黄不禁颤抖了一下。自己也二十好几了，至今还没真正碰过女人，想到这里，小黄深深地叹了口气。

吃完饭，小黄吹着口哨往宿舍走。这一晚，叶主任又提着一袋水果来敲小黄的门。这段时间，叶主任隔三岔五就来找小黄，而且每次都是在小黄不值班的时候来，每次都会带上些吃的，这让小黄既感动又有点不安。叶主任跟小黄谈论的话题越来越广，他甚至连老婆经常一个人跑去跳舞也告诉了小黄，没想到平时一脸风光的叶主任也有不少烦恼事。

二

阿红上四楼跟财务结账去了。阿丽急着要上厕所，小黄临时顶替她坐在服务台进行帮读者借书还书的工作。一个读者还书的时候，小黄发现那书有一页破损，要求读者付罚款五元，读者辩解说借的时候就是这样的，小黄说借的书破损的话我们会贴有一张纸并盖上章的，说完他还专门找来贴有这样标记的书给这个读者看，这个读者只好自认倒霉交了五块钱。小黄看了看站在远处的小张，拿着笔装模作样地在罚款栏里比画了一下，见小张眼睛盯着其他地方，把那张五元钱迅速揉成一团塞到口袋里，然后象征性地打开抽屉又把抽屉关上。又一个读者走向服务台，小黄若无其事地接过读者递过来的借书证和书，先把书消磁，用红外线扫描仪扫一下借书证，再扫一下书上的条形码，然后在书的背面盖上还书日期，最后把书递给读者。阿丽回来了，小黄站起身，回到自己的岗位上。

晚上，小黄刚刚洗完澡，坐在凳子上，一只腿架在另一张凳子上，右手拨弄着湿漉漉的头发，眼睛盯着电视。电视上香港言情剧的男女主人公正在床上热吻，当男主角把手伸到了女主角衣服里的时候，突然响起了敲门声，小黄极不情愿地转过身去，看见叶主任正在门外向他招手，小黄赶紧站起身扯了扯衣服往门外走。

　　叶主任这次提来的是葡萄酒，他说是放了很久的陈年好酒，还带来一只盐焗鸡和一包油炸花生米。打开酒瓶，酒气飘香，果然是一瓶好酒。晚上食堂里那猪食一样的饭菜早已在小黄的胃里消化完了，眼前的美食让小黄不自觉地吞了一下口水。小黄把葡萄酒慢慢倒进一次性的杯子里，黄主任打开裹着盐焗鸡的草纸，一只手按住鸡，另一只手一使劲儿，两只鸡大腿先后被撕裂了下来。接过主任递过来的鸡腿，小黄张开大大的嘴巴一口就咬掉了大半只。很快，整只鸡就只剩下鸡头鸡翅膀鸡屁股了，小黄把鸡翅膀递给叶主任，自己拣起鸡头就啃。一直在和小黄聊足球的叶主任突然问小黄："你对黄丽印象如何？"小黄一时有点反应不过来，他用手背擦了擦油油的嘴角："黄丽？跟她不太熟哦。"叶主任说："不熟悉也有感觉的嘛。"小黄左手拿着鸡头，用那沾满油的右手挠了挠头发，不好意思地说："她长得很漂亮，打扮得有点像妖精。"叶主任听了哈哈大笑。后来，话题便一直围绕着黄丽。小黄记得信息部的主任黄丽是去年才被调进馆里的，调进来一个月就当了副主任，半年后升为主任。叶主任说："小

黄呀，黄丽可不是一般的人，人家是有后台的，不然能一下子当上主任？人家那些干了上十年的老员工都还什么都不是呢。"小黄想了想，点了点头。叶主任说："小黄呀，现在刘副馆长退休了，馆里空出一个馆长的位子，你觉得谁更合适当副馆长呀？"小黄说："那肯定是您更有资格了。"小黄虽然书读得不多，但他看叶主任经常和罗馆长出双入对关系密切，便趁机巴结一下主任。叶主任听了小黄的话眉开眼笑。他喝了一口酒说："小黄呀，我可是图书馆的元老，图书馆一建立我就来上班了，时间真快呀，一晃十多年就过去了，混了那么多年，才混了个主任，唉。我是去年才被罗馆长提拔为办公室主任的，罗馆长被调进馆里不到半年黄丽就当上了主任，听说他们两个以前就认识。"

这一晚，小黄知道了黄丽很多的事情。黄丽的老公还在内地，她现在是一个领导的情妇，叶主任还说黄丽想当副馆长，说到这儿的时候叶主任很明显地撇了撇嘴："这样的女人也能当领导？也配当领导？"这些事情都是小黄第一次听说，而且是从叶主任嘴里说出来的，小黄觉得跟叶主任的关系一下子密切了起来。

酒足饭饱，叶主任告辞了，看着叶主任那矮矮胖胖的身影消失在蒙蒙夜色中，小黄转身把吃剩的东西收拾好扔到垃圾桶，关上门双手放在脑后在床上呆呆地躺了半天也睡不着。

黄丽突然推开小黄的房门，她跳上床紧紧抱住小黄，上来就亲他的嘴，小黄被她亲得头脑一片空白，不知道怎么就脱下了自己的衣服，也不知黄丽几时把自己剥得光溜溜，小黄的身体紧紧和她纠缠在一起……小黄浑身是汗，衣服紧紧地贴在身上很不舒服，醒来却发现只是一场梦，一场那么清晰那么逼真的梦，小黄把湿湿的三角裤脱下来扔到地上，继续美滋滋地回味刚才的梦。

第二天，小黄上班快一个小时了，穿着水绿色性感吊带裙的黄丽才扭着腰肢慢悠悠地走过来，高跟鞋敲在地板上有节奏地发出"咯咯咯"的声音，小黄觉得那声音挺好听的。经过小黄身边的时候，"咯咯咯"的声音突然停了下来，黄丽突然对他微笑了一下，小黄受宠若惊地赶紧说："黄主任早！"黄丽的樱桃小嘴向上一扬对着小黄又是泯然一笑，然后迈开瘦直的双腿继续走，看来黄丽今天心情不错，目送着黄丽的背影，小黄又想起了昨晚的梦，身上突然一下就热了起来。

没多久，突然听到二楼有激烈的吵骂声，小黄以为有读者在闹事，赶紧三步并作两步跑上楼去。原来是黄丽在叶主任办公室闹，她在质问叶主任为何让财务扣她的工资。以前黄丽上班也是想几点来就几点来，大家也就装作看不到，但从上个月开始正式员工也实行打卡上班，所以这个月叶主任让财务扣了黄丽的全勤奖。黄丽说："你凭什么扣我工资？"叶主任就凭你半个多月都迟到，还经常早退，这次只扣你全勤奖算是警告你，下次还这样连工资也要扣。"黄丽继续说："你算什么东西？你有什么资格扣我的工资？"叶主任说：

"就凭我是办公室主任。""什么办公室主任！写个材料都写不通顺。"黄丽越吵越大声。叶主任气得脸红脖子粗："我写材料写不通顺，那你来写。你又会什么？你不就是凭姿色调进来的么？""什么也不懂，也好意思当主任！"黄丽脸上青一阵红一阵，"你算什么！我就当主任怎么了？我还告诉你，只要我愿意，我能分分钟当馆长你信么？"两个人吵得不可开交，引来了很多读者的围观。后来，罗馆长和其他部门的主任闻讯后把黄丽一直往电梯里拉。"你等着瞧，欺人太甚！"站在电梯里的黄丽一边跺着脚一边用手指着站在办公室门口的叶主任，狠狠地说道。

这个星期都是小张值夜班。晚上，百般无聊的小黄又揣上二十块钱放口袋里，往花圃走去。小黄曾试过一晚上就把一个月的工资都输光，输得他连单位的伙食费都交不起，从此之后他给自己定了条规矩：每次过来赌博最多只带二十元，赢了当然是好事，输了的话最多把二十元都输光便不再赌。今晚他们打的是斗地主，小黄只在旁边站了几分钟，身上的钱都输光还欠人家一百块的胖子便垂头丧气地离开了，小黄坐上了牌桌。今晚小黄的运气真不错，手上经常都捏有大小王炸，没几局下来，他就赢了五十元。一个小时下来，小黄居然赢了一百多块，又打完一局，实在憋不住尿的小黄赶紧撒腿往厕所跑。小黄急急忙忙提着裤子出来的时候，看见叶主任正向自己走来，原来是小张告诉主任自己在这里的。小黄问叶主任要不要玩玩，脸色青青的叶主任说好。叶主任一屁股坐在小黄坐过的凳子上，从口袋里拿出一沓钱"啪"地放在桌子上说："来，我们玩大点的。"刚才大家都说小黄的位置是财位，但叶主任一来牌风就完全转变了，基本局局都是输，眼看着桌子上那叠厚厚的钱越来越少，小黄都替主任捏出一把汗。叶主任把口袋里所有的钱都输光后，拉着小黄离开了花圃。叶主任说："走，陪我喝酒去。"小黄点点头便跟在他的屁股后面走。在建行门口的柜员机里，叶主任用银行卡又取出一叠钱，然后拦下一辆的士，来到"新城市"酒吧。

一下车，看到从楼下到楼上一字排开的都是年轻漂亮穿着暴露的女孩，第一次来酒吧的小黄惊呆了，穿行在那些身上洒满各种香水味的女孩身边，小黄觉得自己呼吸都有点困难。

在那小小包厢里，叶主任叫了两位小姐。比较年轻的女孩先坐在了叶主任的旁边，另外一位小姐便在小黄的旁边坐了下来。小姐们的身材都很火爆，那开得很低的领口在迷离的灯光下不停变幻着颜色，小黄浑身发烫。小姐把酒杯端给小黄，她靠得很近，那富有弹性的柔软身体紧紧贴在小黄的身上，小黄像被电击了一般不知所措。叶主任好像很习惯这种场面，他的手总是不安分地游离在女孩的身上，甚至伸进衣服里，小黄却不敢，任由小姐靠着自己，往自己嘴里灌着酒，小姐的手放在小黄大腿上的时候，他也一动不敢动。小黄很紧张，小黄很激动，小黄很兴奋。后来，小黄觉得自己

身上汗越来越多，裤子越来越窄，他想去厕所，他有点不舍地推开坐在自己怀里的小姐往卫生间走去。在卫生间里，小黄却半天拉不出一滴尿来。

表情怪怪的小黄刚走出卫生间，便听到叶主任说"差不多了，我们回去吧。"叶主任掏出钱，塞在两个小姐的乳沟处，又趁机摸了一把，然后出门结账。望着小姐们款款离去的背影，小黄有点失落。

回去的路上，叶主任说："小黄呀，女人这东西，玩玩便可，千万不可来真的，尤其是这些地方的女人，调剂一下心情就好。"小黄望着窗外"嗯"了一声，算是回答。叶主任又说："小黄，你有女朋友么？"小黄垂着头摇了摇。叶主任又问："你没谈过恋爱？"小黄点了点头。叶主任说："原来是这样呀，改日有合适的女孩我帮你介绍一个。"

三

"小黄，黄丽主任叫你马上去一趟她的办公室。"手里还握着话筒的阿丽远远便对着小黄大声喊。"她找我会有什么事呢？"小黄心里七上八下。小黄一跨进黄丽的办公室，黄丽便把门关上并反锁。

"小黄，昨天晚上是你值班么？"黄丽的眼神很冷。

"是的。"小黄站在那里腿有点打战。

"昨晚有人来找过你么？"

"有，叶、叶主任来找过我。"

"他找你什么事？"

"没、没什么，也就是坐坐，说说话。"

"小黄，你昨晚在信息部复印过资料？"黄丽的眼神咄咄逼人。

"是的。"小黄回答得很小声，心里却在打鼓：她怎么会知道？

"是叶主任叫你帮他复印资料的？"

"是的。"小黄低下了头，看来纸包不住火呀。

"你知道复印的是什么东西吗？"

"叶主任要复印的是身份证，还有一些资料我没看。"

"好，我知道了，看来你还是挺诚实的，有需要的话我会再来找你，你要记得自己说过的话。"

"嗯。那我，下去值班了。"

回到岗位上的小黄心里却还是一直忐忑不安。黄丽怎么会知道昨晚叶主任来找我？怎么会知道是叶主任让我来复印资料呢？昨晚自己一个人值班，小张出去玩儿了，这事是谁告诉黄丽的呢？小黄很费解。

叶主任昨晚到图书馆的时候，已快十一点了，脸红红的叶主任身上酒气很重，他说刚和朋友吃完饭。他让小黄打开信息部的门复印一些资料，小黄当时还说服务台就有复印机干吗要去信息部呢。叶主任说"你不懂的，你上去开门就是。"小黄记得第一张复印的是叶主任的身份证，当时位置没放好，

保安小黄

他重新复印了一次，那张没用的复印件好像就被自己随手放到复印机上面的一堆纸里了。后来又复印了四五张打印好的资料，叶主任说资料很重要他要亲自复印，一式复印了五份，那资料小黄只依稀看到抬头写着什么"各位领导"。复印的时候，叶主任嘟囔了一句"等着瞧"。小黄当时隐约觉得资料可能跟黄丽有关，没想到今天才刚上班就被黄丽叫上去问话，看来此事闹大了。

叶主任是下午才来上班的。刚进办公室不久，黄丽便冲进去跟他扭打在一起。小黄和小张闻声赶上去的时候，叶主任和黄丽已经被罗馆长和信息部的赖主任拉开了。黄丽披头散发，上衣的纽扣被扯掉了一颗，而叶主任的脸被黄丽的指甲划得红一道紫一道，上衣左手的袖子都被扯烂了，办公室里的椅子被掀翻在地，地上凌乱地躺着笔、文件夹、印泥、杯子碎片等，一片狼藉。

后来，馆长又把小黄叫上去问话。小黄重复了一遍上午跟黄丽说的话，罗馆长叹了叹气，对小黄摆了摆手示意他可以走了。

这件事闹得沸沸扬扬，连续几天，图书馆的人都在议论纷纷。小黄才知道叶主任那天复印的资料是状告黄丽的，诉说黄丽在工作上的种种不是，说她仗着有后台三天打鱼两天晒网等等，要命的是，叶主任可能因为喝了酒，忘记将那放在复印机里的原件拿出来了。早上信息部赖主任想复印资料的时候，发现了那几张丢在复印机里的资料，看完后他脸色大变，马上拿给了平时和他关系很好的黄丽，而黄丽后来又在复印机上找到了叶主任的身份证复印件，然后找小黄核实。

叶主任那段时间脸色很不好，平时把头抬得高高的叶主任现在走路却总耷拉着脑袋。黄丽果然有手段，不到一个月，叶主任就被撤了职，回到阅览室当普通的工作人员。

宣布撤职的那一晚，叶主任又来找小黄。自和黄丽打架以来，叶主任是第一次来找小黄。叶主任提了熟食和两瓶白酒，那一晚，叶主任很少说话，只顾闷头喝酒，小黄也不知道说什么话好，陪着叶主任一杯接着一杯地干。

叶主任喝多了，后来哭了。喝醉了的叶主任摇摇晃晃地往外走，小黄想送他回去，但是被他拒绝了。看着叶主任跟跟跄跄的孤独身影，小黄心里也酸酸的。

四

小黄跟着陈老师学得很认真，练了一会儿，小黄就找到感觉了。下月底文化局要举行交谊舞比赛，馆里现在每天都请文化馆的陈老师给大家培训，图书馆男的太少，所以把小黄也拉上去顶数，没想到从来没学过跳舞的小黄却最有悟性，几天下来就跳得像模像样了。女孩子们都纷纷找小黄练舞，每天搂着不同的女孩跳舞，小黄的自我感觉从来没有如此好过。小黄发现自己爱上了跳舞，甚至晚上上班的时候，他一个人在值班室也比比画画地偷偷练习。

　　两个多月练下来，慢三、慢四、水兵、牛仔、伦巴、探戈的基本舞步已大概掌握，带着那些女孩在舞池上转动，小黄的心里美滋滋的。比赛结束，图书馆获得了第二名。

　　比赛完后，陈老师便没再来了，已习惯了天天跳舞的小黄有点郁郁不乐。虽然有不少的地方都有舞厅，但是离小黄住的地方都不近，而且门票最少也要十元，小黄偶尔忍痛花点钱去过过瘾，但因没有自己的舞伴总是不能尽兴。

　　过了一段时间，小黄得知亲戚在附近准备开一家舞厅，这个消息让小黄喜出望外。终天盼到了开业的那一天，小黄特地调了班，早早赶到舞池。当时正是一窝蜂跳交谊舞的高潮时期，新装修的舞厅环境很温馨生意更是格外红火，夜幕降临，红男绿女就一群群往舞厅涌，亲戚高兴得合不拢嘴，小黄一有空也往舞厅跑，有时也帮忙维持一下秩序什么的。

　　一来二去，小黄有了几个熟悉的舞伴，其中有一个舞伴看上去快四十了吧，长得很胖，估计有一百五十斤，一舞起来，全身的肉都在颤抖，她还特别喜欢跳快三，每次拉小黄跳完快三，小黄都累得非要坐下来休息一会儿再继续上阵。慢慢地，这个女人几乎成了小黄的专职舞伴，因为她来得特别早，一来就粘上小黄整晚不放，小黄也慢慢习惯了和她搭档，心想这女人跳舞还是很不错的。中间休息的时候，胖女人总是急匆匆地冲到门口买上两瓶饮料，自己边走边喝，走到小黄桌边的时候她已喝了大半，另一瓶递给小黄。小黄刚开始觉得有点不好意思，后来也就习惯成自然了。不久，小黄知道了女人的名字——"芬姐"。

在阅览室上班的叶主任越来越沉默了，也很少来找小黄，偶尔来那么一两次，可小黄都跑舞厅跳舞去了。小黄现在甚至都很少见得到他，以前他当主任的时候，一上班便要在保安室嘱咐几句，并且围着服务台转一圈问问情况才上办公室，他现在上班却总是从后门进来直接上电梯。出事后小黄也有点怕见他，总觉得好像是自己出卖了他似的，虽然这并非小黄的错。不久，下面每个镇都要建立一个像样的图书馆，叶主任被借调到镇里指导工作，一年半载也不会回来了，听到这个消息，小黄松了一口气。

今晚不用值班，小黄照例吃完饭就往舞厅跑。没想到芬姐比他来得更早，坐在沙发上正笑吟吟地望着他。小黄总觉得今天的芬姐跟往日不太一样，后来才发现芬姐今天化了妆，化了妆的芬姐比平时漂亮很多，穿的衣服也特别漂亮，芬姐就是胖点，其实人长得不错。小黄感觉芬姐今天看自己的目光跟平时也有所不同，好像很深情。搂着芬姐跳慢三的小黄甚至都不敢正视她的目光，一看见她的眼神，小黄觉得自己的心就跳得特别快。

很快，十点半了，该散场了。小黄正要离开的时候，被芬姐一把拉住了。

"走，陪我去唱歌，顺便吃点东西。"

"这，太晚了吧，我要回去洗澡了。"

"不行，你今天非要去，今天是我的生日！"

"那，好吧，可我没有礼物送你。"

"不用，你陪着我就行了。"

肚子正饿得"咕咕"响，正好明天休假，小黄不再推辞，和芬姐一前一后往外走。出租车在金龙酒店的门口停了下来，芬姐径直往KTV包厢里走。小黄发现原来芬姐唱歌很好听，小黄其实一直也喜欢唱歌，但是这种场合很少来。这一晚，小黄的歌喉也得到了充分的发挥。芬姐不仅歌唱得好，酒量也非常不错，一杯接一杯地和小黄干，喝得小黄都有点找不着北了。唱累了，芬姐选舞曲来放，搂着芬姐的小黄跳得摇摇晃晃的，但是别有一种风味。小黄发现，芬姐身上的香水味很好闻，喝了酒的小黄很有劲儿，右手使劲搂住芬姐的腰，几乎整个人都贴在了芬姐的身上，喝多了酒的芬姐"咯咯咯"地笑着，后来，芬姐把两只手紧紧放在了小黄的脖子上。

芬姐买单的时候，小黄觉得世界都是摇摆的，未走出包厢，小黄就重重地摔倒在地。芬姐赶紧上前扶着小黄，小黄走得跌跌撞撞，迷迷糊糊中，好像上了电梯。小黄在芬姐的搀扶下进了一个漂亮的房间，小黄看到一张大大的床，他直直地躺了下去，芬姐给他脱鞋，帮他挪好位置。芬姐跪在床上帮小黄垫枕头的时候，在酒精的作用下，小黄一把抱住了芬姐，小黄清楚地听到芬姐一声低沉的呻吟。

这一夜，小黄成了真正的男人。这一夜，小黄知道了女人的滋味。这一夜，小黄横冲直撞，肆意发挥着男人的本能。这一夜，芬姐一直都在叫。这一夜，芬姐精力旺盛不知疲倦。

这一夜，小黄没想到芬姐竟然泪流满面。

临近中午，小黄迷迷糊糊睁开眼，便看见了芬姐深情的眼神，小黄突然脸红了。头还隐隐作痛，芬姐温柔地凑上前吻小黄，小黄在芬姐的亲吻中感觉舒服了很多，头脑越来越清醒的小黄也开始热烈地迎合着芬姐，原来和女人在一起是如此的快乐。小黄一翻身，又把芬姐压在了身下。

在酒店房间里吃完午餐，芬姐软软地靠在小黄的怀里。

"你是不是觉得我很胖很难看？"

"没有呀，你只是丰满。"

"其实，三年前的我才九十五斤。你信么？"

"我信。"

"独守空房已经整整三年了。自从我老公几年前患了性无能后，他晚上喜欢变态地折腾我，后来我实在受不了，就开始暴饮暴食，什么都往自己嘴里塞，没几个月就把自己弄成现在的模样了。跳舞也是我其中一种发泄的方式，我需要打发时间，我需要麻痹自己。"芬姐又一次泪流满面。小黄轻轻地帮她擦眼泪，把芬姐紧紧地搂在了怀里。

虽然书读得不多，但小黄知道和芬姐在一起是不道德的。时间长了，小黄在享受着肉体快感的同时却也有点担忧，想过放弃，一想到芬姐那满脸泪水楚楚动人的样子，小黄又欲罢不能了。说实话，和芬姐在一起是快乐的，芬姐排解了小黄的孤独和寂寞，芬姐的细腻、芬姐的百般照顾都让小黄感觉特别的温暖，芬姐也给予了小黄肉体上从来没有过的快乐。

小黄欲罢不能。

这一晚，芬姐和小黄跳完舞后，又悄悄地一前一后往酒店跑。走在后面的小黄刚抬腿要进酒店的门，芬姐却急急忙忙跑了出来，原来她今天忘记带钱包了，小黄自己又囊中羞涩，只好讪讪地往回走。

芬姐跑上来拽拽小黄的衣角低声说："走，跟我回家，家里没人。"

小黄犹豫了一下，还是跟着芬姐走了。原来芬姐家离图书馆很近，这个小区小黄之前来过的，罗馆长也住在这儿，小黄曾帮他搬过馆里发的大米。芬姐告诉小黄几栋几号后，她便先走了，小黄坐在花坛里等了二十多分钟才向芬姐的家走去。一到芬姐的家门口，芬姐便打开虚掩的门把小黄快速拉进去。一关上大门，喘着粗气的芬姐就一把抱住小黄，在黑暗中，在客厅里，小黄和芬姐纠缠在一起。对面楼阳台上的灯很亮，小黄在最后一刻清晰地看到了压在自己身上的芬姐那极其痛苦的表情。

后来，小黄又去过芬姐的家几次。每次，芬姐都不开灯，两人在卧室、书房、客厅甚至厨房紧紧纠缠。小黄发现在芬姐的家里做爱更刺激更有味道，而芬姐，也更疯狂。只是，每次小黄去她家，她从来没有开过灯，小黄也没问过她原因。很多的事情，小黄觉得没必要知道，比如芬姐的老公。

寒冷的冬夜，风很大，阳台上花盆里的花草被风吹得左摇右摆。小黄搂着芬姐躺在客厅的地板上，地板芬姐用棉被垫着，软软的很舒服，身上的被子被掀到一旁，两个人的身上还在冒着热气。芬姐往小黄的嘴里塞了一块儿德芙巧克力，又香又甜的口感瞬间充盈了整个舌头。刚吃完一块儿，口里含着巧克力的芬姐把嘴凑上来，小黄一张开嘴，芬姐调皮地把嘴里的巧克力用舌头放进了小黄的嘴巴里，两个人的舌头互相缠绕，小黄像充了电似的，又和芬姐缠绵在了一起。

等小黄穿戴好衣服，已是晚上十一点多了。芬姐说突然很想吃狗肉煲，小黄也特别喜欢吃狗肉，两个人便先后出门。深冬的夜晚小区很安静，偶尔有一两个行色匆匆的人走过。小黄站在小区的大门旁边等芬姐，一阵冷风袭来，小黄打了个哆嗦，赶紧把衣领竖起来。不久，芬姐出来了，两个人保持一定距离默默地站在路边等车，不时跺跺被冻得冰冷的脚。等了二十多分钟，好不容易看到一辆的士从远处驰来，芬姐赶紧伸出手去拦，的士快靠近时芬姐却看到并不是空车。芬姐有点沮丧地收回手，然后走过来伸手挽住了小黄的胳膊，小黄愣了一下，也就任由着她了。的士突然在他们面前停了下来，从车里面下来一个人——罗馆长，小黄愣住了，罗馆长也愣住了，芬姐的手快速地缩了回去。罗馆长一句话也没说，抬腿离开。

芬姐的嘴一张一合，她说刚才那个下车的人是她老公的领导，她说她老公以前是办公室主任，后来被一个女人搞下台了……

芬姐又往嘴里塞了一块儿大大的狗肉，她边嚼边说："你觉得领导会把今天的事告诉我老公么？"

　　小黄没有说话。架在小煤气炉上的狗肉"咕咕咕"地冒着热腾腾的气，花椒、八角、陈皮、狗肉香味四溢，在这寒冷的冬夜，很诱惑人，但是小黄却一口也吃不下去。

的士佬

一、宝安73区：学生小情侣

五点半手机闹钟声一响，只穿着裤衩光着膀子的的士佬很不情愿地慢慢睁开双眼。他感觉整个人晕乎乎的，头疼得厉害，的士佬揉揉生疼的太阳穴，紧皱着眉头，随即又把眼睛闭上。昨晚得知老婆又怀孕的消息，折腾得他几乎一宿没怎么睡觉。

家里已经有三个孩子，难道再生一个？现在生意惨淡，怎么养得起呢？这娘们，怎么那么容易怀孕呢？的士佬一般隔两个月便回老家待上十天半月，陪陪老婆和孩子。上月回家，本来是请了十天的假，可那次，自己也就待了两天，因另一个司机家里突然有事，老板心急火燎地把的士佬从家里叫回深圳。回去后的士佬染上重感冒，第一天烧到晕晕乎乎的，哪有力气和老婆在一起。到第二天烧退了，才终于和老婆缠绵了一下，没想到这样就中招了！老婆也是奇怪，生三个孩子不嫌累不怕痛，让她去结扎却死活不肯，她的身体又

不适合上环。老婆又不肯吃避孕药，而的士佬也不愿意用避孕套，生完第三个孩子后，老婆没少去医院打胎。

　　的士佬在电话里让老婆去医院打胎，可丈母娘这段时间身体不好，谁来服侍老婆呢？还有那三个整天玩得像野孩子似的儿子们谁来管呢？老婆说要打胎需要被照顾，的士佬哪请得了假呢？和自己搭档的司机，他老妈得了癌症，他正在老家医院陪着老妈等做手术呢。现在老板只好临时请了个司机和的士佬搭班，这时候要想请假，简直是不可能的事！老婆一直想再生个女儿，这也许是她一直不愿意结扎的原因，她说要不就把孩子生下来好了，大不了到时花个一万八千的给她另买个户口呗。的士佬一听马上反对，这三个儿子都不知要怎么养大呢，小儿子的户口都还没上，一想到就头疼，哪里还可以再生一个孩子？夫妻俩意见不一，在电话里吵了起来，后来老婆"啪"地把电话挂了。

　　早上六点是交班时间。的士佬翻了个身，整个人趴在床上又赖了五分钟，这才不情愿地起床洗漱。一出门，便碰上好几个还睡眼惺忪的同行，大家互相打了下招呼。这是宝安的七十三区，这里住了很多开的士的人，几乎都是广东雷州人。大部分司机都把家属接到了这里，孩子在就近的民办学校读书，他们的老婆有些就近开个小店，有些去领手工活在家做，也有少数去工厂打工，而有些就干脆打打麻将买买菜过日子。像的士佬这样把老婆放在老家的人不多，毕竟一个人孤身在外很寂寞很不容易。

早上六点的73区已热闹不已，卖菜买菜的人川流不息。这里固定的菜档、肉档有不少，但流动小贩更多，把人挤得走路都要东躲西闪的。的士佬经过鱼档时，那个干瘦的卖鱼佬正举着刀往一个大大的鱼头上剁下去，顿时鱼血四溅，的士佬的蓝色工作服后面也被溅上了好几滴鱼血。的士佬并没有发觉，他目不斜视地急步往前赶着，走到马路对面，的士佬跑到佳联超市旁边的包子铺买了四个肉包和一瓶豆浆，掏出三块钱递给老板，转身走人。搭档司机早已把车停在那棵大大的榕树下，看见的士佬走过来，他揉着红红的眼睛开门下车。两个人随便聊了几句，哈欠连连的搭档便赶回去睡觉了。的士佬一口一个包子，吃完四个包子后，喝了几口豆浆便把车打着火。豆浆太热，一会儿凉点再喝，这几年的士佬总是感觉眼睛视物模糊，特别是晚上，对面的车灯射得他眼睛直流眼泪。虽然是夜班比较赚钱，特别是现在禁止酒后开车后晚上的生意几乎比白天多四分之一，可眼睛不行，尽管的士佬也想多赚点钱，但他也只能无奈地选择开白班车，这一开就是两年多了。

　　刚把车开出不到一百米，便有两个中学生拦车。两个中学生双手紧扣，都穿着快要短到肚脐眼的校服上衣。今年流行把校服改短，但的士佬左看右看也看不出这样有什么好看？现在的学生总喜欢把校服折腾来折腾去。几年前是流行穿长长的校服，每个学生恨不得穿到膝盖以下的上衣，现在突然又流行短装了，唉，真不知现在的学生怎么了？也许今

天生意会不错，起码有个好开头，往日有时等半个钟头也载不上客，这附近的士太多了！的士佬的心情顿时好了不少。一个男学生和一个女学生上了车，他们一起坐到后排的座位上。

"到边度？"这些学生喜欢说白话，的士佬便用白话问。

好半天都没听到回答。的士佬透过后视镜一看，两个看上去至多才读初二的学生正紧紧抱在一起吻得激烈，怪不得没空回话呢。如此的场面的士佬看得多了，可是学生真的还好小呀。他没再继续问，时间尚早，这对小情侣肯定并不着急去上学的，他们只是想在一起亲热亲热罢了。汽车缓缓地向前开着，到了下一个红绿灯路口，红灯亮了，车停了下来。

"随便转啦，七点之前送到 XX 中学就得啦。"那个小男生用标准的白话说完，嘴巴便又迫不及待地粘在了女生的唇上，的士佬甚至看见那小男生把手伸进女生的上衣里。幸好自己生的都是儿子，否则如果是自己的女儿这样，那不得气死呀，的士佬在心里叹了口气。

那个小男生把小女生压倒在凳子上，他整个人几乎趴在女生的身体上。如此激情，确实少见，这让的士佬心里特不舒服。眼不见为净，的士佬懒得再去偷窥他们，他把音响打开，把音乐调得很大声，可尽管如此，后面的亲吻声仍然被的士佬听得一清二楚。如果是夜晚，估计这对小情侣会做出更出格的事情来。的士佬的好心情突然就没了，他有点烦躁，把车开得很慢，后来，他索性打开车窗，燃起了一根香烟。

终于到点了，的士佬如释重负，把那对小情侣送到了学校门口。小男生付钱的时候，的士佬看见他鼓鼓的钱包里有一大沓钱，小男生把钱递给的士佬，的士佬翻出两块钱要找给小男生时，他已拉着女生的手下了车头也不回地走了。肯定又是富二代！自己像他那么小的时候，身上连一块钱都没有呢，的士佬看着小情侣的背影摇了摇头，把刚才买的豆浆一饮而尽，纸杯顺手就扔到了车窗外，然后发动车子继续往前开。

二、宝安 30 区：出轨的男女

车子兜到宝安妇幼保健医院门口，一个满身大汗留着寸头三十多岁的男子挥手拦车，的士佬把车停了下来。男子转身到树荫下扶着一个年轻的女孩慢慢走过来，女孩长得挺漂亮，应该也就二十岁左右，看上去很虚弱的样子，脸色青白，紧皱着眉头。

"都是你害的！"女孩一上车就指责那男子。

"宝贝，对不起！"男子上前去搂女孩的肩膀。

"走开！"女孩把男人的手甩开。

"是我错了，以后再不让你受这些苦！"男子又去拉女孩的手。

女孩没说话，她把男子的手甩开，突然哭了起来。女孩越哭越大声，越哭越伤心，男子手忙脚乱地递着纸巾。

"别哭了，我一会儿去把你想买的那款三星手机买来送你。"男子哄着女孩。

"真的？我要的那款是最新款的，而且是最大的那种。"女孩的哭声弱了下来。

"我知道，我买最新的最大的最贵的那一款不会有错了吧？"男子继续哄着女孩。

"这还差不多。回去你得给我煲鸡汤好好补身子。"女孩把身子往男子身上靠，双手搂住了男子的胳膊。

"好的，我一会儿就去买鸡。"男子亲了亲女孩的头发。

"我妈说了，流产很伤身体的。你得在这段时间好好照顾我。"女子的声音变得娇滴起来。

"我会的。你把我们的事告诉你妈了？"男子显得有点心慌。

"说了，怎么？不可以呀？"女子的声音立马提高了八度。

"可、可以呀。"男子回答得有点结巴。

"你今晚不许回家！"女子娇滴的面孔突然又变得严肃起来。

"这……我陪你到两点好不好？你知道我不可以不回去的。"男子央求道。

"不行！你就那么怕老婆呀？我为了你受了这么多苦！刚才在手术台上，疼得我死去活来的，你躺上去试试，你们男人就知道快活。"女子很委屈地说道。

"对不起，宝贝，让你受苦了。我会加倍补偿你的！但今晚，我真的要回去，女儿发烧了，现在还在医院打点滴呢。再说，我不回去，我那老母亲睡不着觉的。"男子很为难地说道。

"我不管！在你心目中谁最重要呢？我？你老婆？你妈？还是你女儿？"女孩生气地问。

"当然是你最重要了！"男子把脸凑过去。

"那你今晚必须陪我！"女孩毫无商量余地地说道。

正在这时候，男子的手机响了。男子把食指放在嘴唇边做出"嘘"的手势，这才接起。女孩把头凑近去听男子讲电话，男子并没有多说什么，只是"嗯""好的"，几句话后便挂断了电话。

"干吗？"

"女儿还是高烧不断。我老婆让我现在去医院。"

"那你不陪我了？"

"我一会儿再回来陪你好不好？"

"不行，你还要去给我买鸡呢。"

"宝贝，乖，我必须得去医院一趟，去完医院后我就去买鸡。你不是一直想买'Apple'吗？这样，你一会儿先下车到顺电去，慢慢挑手机和电脑，挑好了我回来买单。你就在商场等我行不行？"

"那，好吧。不过你得早点来陪我哦。"

"没问题。师傅，麻烦拐到顺电去。"

"好咧。"的士佬嘴上答应着，放慢车速在前面路口掉了

个头，加大油门往前开。

到了顺电门口，男子从钱包里掏出一叠钱，应该有一千多块吧，塞到女孩的手上，让她买点吃的东西，接过钱的女孩笑成了一朵花。下车后女孩直奔商场，脚步轻快了很多，跟刚才从医院出来时相比有点判若两人。

"师傅，麻烦到人民医院去。"男子说完，把车窗摇了下来，点燃了一根香烟。的士佬本来想跟他说车里禁止吸烟，话到嘴边又咽了回去。

"师傅，麻烦快点好吗？"男子在路上不耐烦地一直催促着的士佬。

的士佬也是有孩子的人，他此时很理解这个心急如焚的男子，的士佬嘴上一直答应着，车快速往人民医院飞驰。

到了医院门口，共三十七块钱的车费，男子掏出四十块钱递给的士佬，匆忙下了车快速往前跑。

医院门口，一个妇人拿着一大堆氢气球站在那里售卖，有喜羊羊、灰太狼、海绵宝宝、美羊羊、白雪公主、超人等图案的气球，男子买了只白雪公主图案的气球，快步踏进了医院门口。

三、宝安 2 区：丧母的男人

人民医院门口正在修路，一路上坑坑洼洼的。来医院的车很多，的士佬好不容易才把车调了头，车头刚摆正，就有人伸手拦车，两个男人上了车。两个男人的裤脚都卷得高高的，湿湿的裤腿一高一低，脚上套着脏得看不出原来颜色的解放鞋，身上的衣服又是水泥又是白浆，想必是在哪个工地干活或搞装修的工人吧。其中一个二十岁左右的男人眼睛红红的，上车后双手抱着头，把头埋在双腿膝盖间一动不动，另一个四十多岁的男人歪在后座上，闭上双眼小眯，却又不时睁开眼睛瞟一眼旁边的男人。

"回工地还是回你住的地方？"四十岁的男人小声问道。

"回工地。"二十岁的男人声音沙哑地说。

"你还是回住的地方休息一下吧？"四十岁的男人继续说。

"回去干吗？到处都是我妈的影子。"二十岁的男子声音有点哽咽。

"唉，想开点吧。还是回去休息一下好，你这样的状态也不适合回工地干活呀，容易出问题的。今天我也不干活了，我陪你。"四十岁的男人叹了口气。

"今天是我妈生日。我本来打算下午请假带她去西乡步行街逛逛，给她买件衣服，晚上再给她订个蛋糕庆祝一下。我妈是快五十岁的人了，还从来没有给自己过过生日呢，工头都答应了下午放我假的，可是，我妈却再也吃不到她的生日蛋糕了！"二十岁的男子"呜呜"地哭了起来。

的士佬默默把放在前面的纸巾盒递到后面，四十岁的男人接了过来，胡乱扯了几张纸巾递给二十岁的男子。

"唉，那丧天良的司机，不得好死！竟然撞了人就跑了，把你妈扔到草丛中一走了之。要不是被拾荒的人发现，你妈失踪了都没人知道呢。这种司机会遭报应的！"四十岁的男人很愤怒地说道。

"我一定要找到那司机！刚才医生说我妈才去世不久，就是被那司机耽误了时间，不然肯定是能救活的！我妈，死得太惨了！"脸上泪珠一串又一串的二十岁男子说道。

"要不，去出事的地方问问，看有没有目击证人？"四十岁的男人说。

"那么早，会有人看见吗？本来我都让我妈今天不要去卖菜了，可她就是不听我的，说是少去一天就少赚一天的钱。现在是钱没赚到，人也没了！我怎么就没把她拦住呢？都怨我！"二十岁的男子用双手扯着自己的头发。

"你妈一心就想多赚点钱给你娶媳妇，你妈是个命苦的人呀！早早离婚，一个人好不容易把你拉扯大。你出来打工了，她也非要跟着来，怕你在深圳吃不饱穿不暖的，尽心尽力照顾着你的起居。怕你没钱娶不上媳妇，起早贪黑去卖菜，中午还给人家做钟点工，没日没夜地操劳着。你妈太不容易了！"四十岁的男人感叹着。

"我对不起我妈！是我把她害死的！"二十岁的男子痛苦地呜咽。

"要不，找媒体吧？报社或电视台，我觉得最好是电视台，在电视上一曝光，知情人应该会出来作证的。"的士佬突然插了几句。

"有用吗？不过是可以试试，好像看过类似报道。靠我们自己找目击证人太难了，那个地方偏僻，而且那么早，有目击证人的话也不多的，不然司机怎么敢逃跑呢？你不可能天天二十四小时站在那里等目击证人吧？找电视台应该效果更好！"四十岁的男人附和道。

"找电视台？他们会理我们吗？"二十岁的男子眼睛亮了一下，随即又黯淡了下去，他扯起肩膀上的衣服蹭了蹭眼泪。

"试试吧，不试就绝对不可能。试了也许有可能。"的士佬又插了句。

"对，这位师傅说得对。这样，我们先去找电视台，不行就再找保安报呗。"四十岁的男人显得胸有成竹。

"我，还是先去出事的地方再打听打听，实在没有消息再去找媒体吧。"二十岁的男子有点犹豫道。

"那也行。师傅，先带我们去金威啤酒附近吧。"四十岁的男人把手枕到后脑勺说。

"好的。"的士佬答应了一声，他的心情也变得沉重起来。

在离金威啤酒厂附近的金福市场不远的地方，的士停了下来。

"师傅，多少钱？"四十岁的男人问。

"一共十八块。"的士佬看了下表，"十六块八，再加上两块钱燃油附加费，本来该收十九块的。"

四十岁的男人在裤兜里掏了老半天，先递过来一张皱巴

巴的十元，然后便是一个个硬币，递过五个硬币后，他在裤兜里掏了老半天。

"算了，就收你们十五元吧。"的士佬挥了挥手。

"那，谢谢师傅了！"四十岁的男人对着的士佬点了点头。

天色突然暗了很多，乌压压的黑云笼罩着这个城市。两个男人下了车。二十岁的男子穿的那破了个洞的 T 恤衫在风中一张一合地呜咽着。

四、宝安 35 区：受伤的清洁工

从金威啤酒厂出来，转了好久都没拉到客。车子驶到宝安 35 区富达公司附近时，的士佬远远看见公交站台旁边有个女的在拼命摆着手。透过后视镜，的士佬发现后面有几辆空的士。的士佬一加油门，车"嘎"地停在那妇人旁边。

"师傅，麻烦你等一下，我扶我老公过来。"

的士佬点了点头。

妇人扶着老公一拐一拐地走过来，的士佬发现男人的脚用一块旧毛巾包住，一根黑色的鞋带系着毛巾，血迹渗了出来，把毛巾都染红了。女的穿着威利公司的蓝色服装，男的穿着保洁公司的绿色制服，两个人看上去应该都有五十多岁了。

"师傅，到西乡人民医院。"妇人说。

"为何到西乡医院？打车去那儿得多远呀！去中医院不就行了吗？"男人不同意道。

"你傻呀！我们的医保是绑定在西乡医院的！你想自己花钱看病？"妇人白了老公一眼。

"这么麻烦！那我们坐大巴去，打车多贵呀！"男人嘟囔着。

"脚都这样了，你还心疼那点钱？命重要还是钱重要？"妇人提高声调。

"这伤不要紧的，坐公交也没事呀，很快就能到的。"男人辩解道。

"少啰唆！听我的没错。你看你，难得可以休息，却把脚弄伤了。"妇人埋怨着。

"我也不想呀，就是因为难得休息，所以买只鸡来煲汤，想好好补补你的身子，最近你老加班，气色不好。"男的说。

"你斩鸡就斩鸡，嫌肉不够，把自己的脚也斩上凑数？那得多长时间才能好呀？怎么去上班呢？"忧虑的妇人却也来了点幽默。

"斩鸡斩到一半时，水开了，壶一直在响，我就急着想先去泡开水。没想到我放水壶的时候，一不小心碰到了切菜板，放在菜板边沿上的刀就掉了下来，正好掉到我脚上了。刚开始斩鸡的时候，我发现刀有点钝，所以磨了下刀。刀被我磨得太锋利了！"男人有点无奈道。

"你总是这样，做事就那么不小心！水滚了你慌什么呀？

的
士
佬

这下倒好，把自己伤得那么重。刚才我接到电话都吓死了，以为你整个脚趾都被切掉了呢，这样你以后可怎么干活儿呢？我们怎么缴正在读大学的儿子的学费呢？"妇人唠叨着。

"放心吧，没大事的。"男人安慰着老婆。

"伤筋动骨一百天！我看应该是伤到筋了。这样你肯定上不了班，你们领导肯让你请那么长的假吗？"妇人说。

"不肯就拉倒，现在找工作容易得很，到处都需要人，扫地这又脏又累的活儿有几个人愿意干呀！在这个小区做了那么久了，工资也没加过，我早就不太想干了！大不了我去旁边的超市上班，听说福利比我们这儿好呢。"

"只能走一步算一步了，唉。"女人叹了叹气。

"也好，这段时间我就在家好好当家庭'煮男'，让你吃好点！这段时间你老这不舒服那不舒服的。"男人心疼地说道。

"你呀，说得倒轻松。今天我临时请假，这个月全勤奖又泡汤了。整整两百块钱呢，够我们买一星期的菜了。"妇人惋惜地说。

"我都跟你说我一个人没问题的，你偏要陪着我去医院。男人，这点伤算什么？两百块钱可不少呀，你还得扣今天的工资呢。"男人说。

"我不陪你我放心呀？再说，社保卡放哪儿你知道吗？去医院你一个人又得挂号又得排队又得交费，你的脚可以让你这么折腾吗？尽说废话！"妇人的声音里明显透着心疼。

"没事，两百块钱也不算多，改天我去买福利彩票，中个几百万几千万的以后就不用干活儿了。"男人逗妇人道。

"你做白日梦呀？还几百万几千万？我看你呀，最多也就是个中十块钱的命。真能中大奖，恐怕你就要去找十八岁的姑娘了，男人有钱都变坏！"妇人的语气轻松了些许。

"不会的，中了头奖我肯定不会找十八岁的，我至多也就找个二十岁的姑娘。"男人笑嘻嘻地说。

"找死呀你！还没中奖就想着抛弃我！"妇人也笑着擂了一下男人，她的手正好落在男人的膝盖上。

"哎哟！"男人疼得叫了一声。

"哎呀，我忘记你的脚伤了，没事吧？"妇人赶紧俯下身子去抚摸男人缠着毛巾的痛脚。

"你想谋杀亲夫呀？看我上不了班就下毒手呢。"男人继续逗着妇人。

"没个正经的。真没事？"妇人轻轻打了下男人的手臂。

"没事呢。"男人笑着回答。

说话间，西乡人民医院到了。表上显示是十七元八角，四舍五入，一般是收二十元。没想到妇人只递了十九元给的士佬，全是一元一元的纸币，她说是早上卖废纸赚来的钱，就这么多了。

的士佬笑了笑，没说什么，把钱接了过来。

妇人扶着男人一拐一拐地往前走。风越来越大了，一只黑色的塑料袋子在风中飞舞着，飞着飞着，落在了妇人挽

扶男人的手上。妇人停下脚步，正想把塑料袋扔掉，塑料袋却又被一阵更大的风吹了起来，越飘越远，很快便没了踪迹……

五、宝安 45 区：小姑娘九九

车子拐到 45 区时，风越来越大了，天空也漆黑得像黑夜一样。的士佬暗喜，这种突变的天气生意最好了！经过富源花园门口时，豆大的雨点开始"噼噼啪啪"敲打着车窗。站在公交候车亭的一对没带雨伞的母女伸手拦下了的士，少妇赶紧打开后座把五岁多的小女孩先塞进车里。

"师傅，到四区图书馆。"少妇说。

"好的。"的士佬边回答边发动车。

"妈妈，出门时我不是叫你带伞吗？你怎么不听呀？"小姑娘发话了。

"哦，九九，妈妈错了。妈妈穿鞋的时候把伞落在鞋柜上了，妈妈后来下到一楼时才发现，可我又不想爬上八楼去拿伞，都是妈妈的错！"少妇摸了摸女儿的头发。

"不听小孩言，吃亏在眼前吧。"小姑娘很老成很严肃地说。

的士佬听着小女孩奶里奶气的声音心里在发笑。

"嗯，九九说的没错，妈妈以后会听话了。"少妇笑了。

"这还差不多。"小姑娘把头靠在妈妈的胳膊上。

"我的宝贝没淋湿吧？"少妇摸了摸女儿身上的衣服。

"没有，就湿了那么一点点，不会感冒的，妈妈你就放心吧。"小姑娘玩着套在凳子上的白带子道。

"那就好。九九，今天准备借几本书呀？"少妇问。

"借两本吧。叔叔，我们坐车到图书馆可以刷深圳通吗？"小姑娘把头伸到前面来。

"小朋友，不好意思，我这里不可以刷深圳通的。"的士佬忍住笑道。

"为什么呀？不是所有车都可以刷深圳通吗？"小姑娘嘟着嘴巴问。

"因为、因为我的车不是公交车呀。"的士佬说。

"妈妈，那怎么办？你不是没钱了吗？叔叔又不让刷卡。"小姑娘把头缩了回来。

"九九呀，没事，坐车的钱妈妈还是有的。"少妇回答道。

"妈妈骗人！刚才叫你买雪糕你就说没钱。"小姑娘不高兴了。

"雪糕吃多了对身体不好！刚才要是买了雪糕，我们现在就坐不了车了呀，我们就会被大雨淋湿，你会感冒，妈妈也会感冒的，那就得花好多钱去看医生呢。"

少妇为自己辩解道。

"都是妈妈的错！刚才要是你带了伞，我们就不用坐叔叔的车，我们就可以刷深圳通呀，这样，我们就有钱买雪糕了。"小姑娘把嘴巴噘得老高。

"九九说得对！妈妈错了！妈妈以后不再犯这种错误了。"少妇向女儿表着决心。

"小妹妹，你在哪儿上幼儿园？"的士佬太喜欢这个可爱的小姑娘了，他忍不住想多和她说几句话。

没想到刚才一直叽叽喳喳说话的小姑娘却突然沉默了。

"妈妈，是不是等爸爸回来了我就可以去读幼儿园了？军军、小胖、妞妞他们的爸爸都在家的，为什么我爸爸就不在家呢？我到底有没有爸爸呢？"小姑娘过了好一会儿突然问道。

"九九，每个人都有爸爸的！只是你爸爸去了很远的地方，一时还回不来。"少妇解释道。

"叔叔，你知道哪儿有工资高的工作吗？爸爸不知道什么时候才能回来？妈妈说等她找到工资高的工作就可以让我上幼儿园的。"小姑娘突然又把头伸到前面来。

"对不起呀，小朋友，叔叔也不知道呢。"的士佬回答。

"叔叔，你开车是不是有很多的钱？要不，你教我妈妈开车好吗？"小姑娘继续问道。

"开车不赚钱的，小朋友。"小姑娘的话又把的士佬逗笑了。

"不赚钱那你还开什么车呀？没出息。"小姑娘白了的士佬一眼。

"叔叔没读到书呀，所以只会开车。你要好好读书，可别像叔叔一样哦。"的士佬仍然笑着说。

"九九，不准没有礼貌。"少妇说。

"对不起哦，小孩子乱讲话。"少妇接着对的士佬说。

"没事，小姑娘好可爱！呵呵。"的士佬说。

"嗯，我一定要好好读书，我长大要赚好多好多的钱，我要给妈妈买最漂亮的裙子。"小姑娘眨巴着大眼睛说道。

"小朋友，真乖！"的士佬表扬九九。

"谢谢宝贝，我等着那一天，等着九九给妈妈买好多好多的漂亮裙子。"少妇紧紧搂着女儿，眼里好像有泪光。

雨越下越大，雨刮拼命地挥舞着，可挡风玻璃前面仍然是白茫茫的一片，视线很不好，什么都看不清。有些地方开始积水，车缓慢地行驶着。

好不容易来到了宝安图书馆，车刚停下来，雨突然也停了，白白的阳光洒了下来，让人感觉刚才的暴雨恍如一梦，这天气真是说变就变哪。

少妇付钱，开门，下车。

"叔叔再见。"小姑娘下车后，回过头跟的士佬摆了摆小手。

然后，九九小姑娘挣脱妈妈的手，蹦蹦跳跳地往图书馆的台阶奔去。

图书馆旁边的杜鹃花开得正艳，粉粉的花儿在微风中如绽开的一张张笑脸，一朵花儿随风轻轻飘落下来，正好落在九九的身旁，九九欣喜地捡了起来。

看着小姑娘可爱的身影，的士佬无声地笑了。

六、宝安 19 区：中午休息

从图书馆出来后，的士佬兜了大半个宝安城区，竟然没载到一个客人。现在空的士越来越多，满大街都是，再加上那些蓝牌车和电动车抢客，这生意是越来越不好做了。

后来，的士佬又载了几个客人，这几个客人都是一个人坐车的。奇怪的是，他们好像约好了似的，除了上车时说到哪儿下车问多少钱以外，他们没再说一句多余的话，这让的士佬一时不太适应。

中午十二点，的士佬的肚子开始"咕咕咕"地叫着。的士佬在前面拐了个弯，来到十九区的一个大排档旁边把车停了下来。的士佬右手食指勾着空水壶的绳子，一晃一晃地摇着走进店里。

"鼎嘛？今日食麦野？"胖胖的老板娘远远便热情地用白话招呼着。

"食鲍鱼。你有矛呀？"的士佬打趣道。

"有！你有钱咩麦都有啰。"老板娘笑着回答。

"食唔起呀。就食寻日嘅饭算了，鱼香肉丝，辣辣的，开胃啊。"的士佬把凳子移开，一屁股坐了下来。

"好嘅，一份鱼香肉丝饭。"老板娘大声吩咐着厨房。

这家大排档是的士佬的定点饭店，一个老乡开的，价格便宜，因为是熟客，汤和饭都会比一般客人的多好多料。吃完后还可在餐厅包房的旧沙发上休息一下。

走了一上午，的士佬又渴又累。善解人意的老板娘送来了一大杯冰水，的士佬"咕噜噜"一口气便喝完了。快餐很快也上来了，的士佬狼吞虎咽起来，一碟饭很快就进入了他肥肥的肚子里。汤却很热，今天的汤是海带绿豆骨头汤，是的士佬最喜欢喝的汤，他一小口一小口慢慢喝着，连续喝了两碗。虽然有风扇吹着，喝完热汤，的士佬也已是满身大汗。他索性把上衣脱了下来，一身肥肉露了出来。人到中年，虽然没吃什么好东西，可这肚腩却是越来越大，像怀孕几个月似的。

正好有几个客人进来，的士佬觉得自己光着膀子不太好，熟门熟路地走进其中一个包厢里，打开风扇，在那个有点破旧的沙发上躺了下来。不一会儿，累了一上午的他便鼾声大作。

七、宝安 30 区：出事了

休息了三十分钟的的士佬准时醒来。每天中午，吃饭、闲聊三十分钟，然后睡觉三十分钟，已经成了他一种雷打不动的习惯。喝了一大杯老板娘早已泡好的不冷不热的绿茶，拿上老板娘早已为他装满水的水壶，的士佬摆了摆手扬长而去。

暴风雨过后的宝安并没有增添一丝的清凉，极其的闷热！热辣辣的太阳烘烤着大地，柏油路都快被烤出油来了。

空调这段时间时好时坏，老板为了省钱也不愿意拿去修，让的士佬对付着再用会儿。上午制冷效果还不错，这会儿突然又有点失灵了。的士佬把温度调到最冷状态，汗却仍然顺着背直往下流。的士佬气得要命，用手拍打了几下空调，差点想再用脚踹上几下解恨，但空调仍然没任何反应。没办法，的士佬只好把四个车窗全部打开，虽然吹进来的风是燥热的，可是别无选择。这种鬼天气下，街上的行人都少了很多，的士佬兜了好久，兜到原宝民派出所附近时，才看见路边有一对老夫妇在拦车。

这对老夫妇是手牵着手站在路边等车的。每次看到头发花白的老夫妇相互搀扶的背影，的士佬总是很感动。两个人风风雨雨携手过了一辈子可真不容易呀！如今老了感情还那么的好，怎能不叫人感动呢？老伯很有风度地先打开车门，一手扶着车门，让老伴先坐进去，然后他才颤颤巍巍钻了进来。

"小伙子，麻烦送我们到74区宝安新村，我们要去女儿家。"老太太用非常标准的普通话对的士佬说。

"好的。不好意思，我的空调有点问题，如果你们觉得风太大，就把车窗往上摇。"的士佬抱歉地说。

"没关系，热点正好能出出汗、排排毒嘛。"老太太爽朗地说。

"谢谢。"的士佬那不咸不淡的普通话自己听着都不太舒服。

"小伙子，生意不错吧？"老太太问道。

"不好呀，现在车多，竞争大。"的士佬叹叹气说。

"现在油价涨得厉害，对你们的收入肯定有影响的。不过，小伙子，要知足呀，现在大家的生活是越来越好了。"老太太笑着说。

"也是，小时候我们都吃不饱饭呢，现在想吃什么有什么。"的士佬也笑了。

"现在社会稳定，大家基本丰衣足食，我们是挺满足的。我们俩老退休了，不用再为工作而忙碌，我觉得美好的生活才真正开始呢，对吧？老头子？"看来这老太太很爱说话，她转过头去问老伴。

"系呀系呀。"老伯用白话回答着老太太。

"羡慕你们呀，现在是享福的时候了。"的士佬说。

"我们辛苦了一辈子，也该享受了嘛。我有空去公园跳跳广场舞，老头子去打打太极拳，我俩还参加了我们小区的老年合唱队，我觉得生活过得很充实。"老太太很满足地说。

"不错，我老了能这样过我就满足了，呵呵。"的士佬羡慕地说。

"小伙子，等你老了，生活就更好了。"老太太说。

正说着，老伯突然捂着胸口"唉哟"叫了一声。

"怎么了？"老太太紧张地问。

"怎么了？"的士佬几乎是同时问道。

"胸口疼。"说话之间，老伯的脸上已是冷汗直冒。

"你们身上有带什么药吗？"的士佬问。

"没有呀，平时他身体挺好的。怎么办？小伙子，掉头吧，去最近的医院，我们去中医院。"老太太着急地说。

"好的。"车正驶在沃尔玛旁边的路上，的士佬正准备往右拐，这会儿他只好把方向盘拼命往左打，正好绿灯亮了，他快速地把车调了头。

老太太一只手扶着老伯的腰，一只手轻轻抚摸着老伴的胸口。老伯的眉头越皱越紧，呻吟声越来越频繁。

"让老伯慢慢躺下来吧，看是否好一点？"的士佬心里也很着急，他一边加快车速一边说。

"老头子，你可不能有事呀！你得挺着，很快就到医院了。"老太太担心得快哭出声来。

车子驶到临近国土局的那个红绿灯路口时，正好黄灯在闪烁，心急的的士佬踩了下油门准备快速冲过去。刚冲到路中间，一个三十几岁胖胖的少妇骑着电动车从右边突然窜出来，车上载着一个三岁多的小男孩，不知是电动车刹车失灵还是怎么回事，电动车直直地往的士上撞，的士佬当时就吓出了一身冷汗，赶紧把刹车踩死，可已经来不及了，只听"呼"的一声巨响，电动车撞向的士头，电动车瞬间侧翻在地，小男孩被抛向了半空，然后那个小男孩奇迹般地落在了的士前盖上，慢慢滑落在地上……

倒在地上的小男孩"哇哇"大哭，脸被擦伤了，牙齿掉了一颗，满嘴是血，那个胖胖的少妇倒在稍远的地方呻吟着。

的士佬头都大了。

　　的士佬拼命暗示自己要冷静。他熄了火，正好看见跟在车后面不远处有一辆空的士，他赶紧拦下的士，把两位老人一一背到那一辆的士上，告诉司机老伯得了急病，吩咐司机尽快送到中医院。那辆的士载着两个老人迅速离开了，的士佬抱起地上哭泣的小男孩，简单检查了一下，发现他只是皮外伤，感叹这小男孩命大，心里也松了口气。天气很热，地面烫人，的士佬把小男孩抱到的士上坐着，然后马上打"122"报警，边打电话边向胖胖的少妇走过去，还好少妇戴了头盔，头和脸都没事，手被擦烂了，膝盖受的伤最重，看上去有点血肉模糊，估计是骨折了……

　　等交警过来拍照，然后送少妇和孩子去医院检查、拍照，足足折腾了一下午，的士佬身上没多少钱，只好打电话让老板先送几千块钱过来。检查结果和的士佬预计的基本一样，孩子除了缺了一颗牙齿和手上一点皮外伤，其他一切正常，少妇左膝盖骨折，其他无大碍。

　　虽然主要责任在于少妇，但终究是四个轮子的车撞了两个轮子的车，的士佬还是得负大部分责任。车被交警扣了，向老板借了五千块钱交了检查费和办住院手续费，一直折腾到傍晚时分，的士佬才从医院走了出来。

　　外面，夕阳如血。

的士佬

8、宝安 74 区：收工

这次事故还不知要花多少钱解决呢？的士佬心里没底。那个被撞伤的少妇虽然看上去不像泼妇，但是她那个虎背熊腰壮实得像头熊的老公可不是好惹的主，一来到医院就大吵大闹。

走了两百多米，的士佬来到公交车站等车，等了十几分钟，挤满了人的"605"中巴终于姗姗来迟。等车的人很多，的士佬好不容易挤上了车，车上再也站不下人了，一个女孩急匆匆地挤了上来，可她只能站在车门口，车门也关不上，司机让那个女孩下车，等下一辆车再上。女孩很不情愿地下了车，司机赶紧把门关上。的士佬站在车门口处，一只手拉着吊环，一只手拿着空水壶，脑子空空地在车上晃荡着，到了宝安新村站，的士佬随着人流下了车。

平时，六点钟一接班，的士佬便会来到旁边的丰顺肠粉店解决晚餐。有时是一碟肠粉，有时是一碗面，有时是一份快餐，但今天的士佬什么也不想吃，没有一点胃口！的士佬直接来到佳联百货旁边的东苑杂货店。

"老板，给我来一包芙蓉王！"的士佬冲着里面正在忙碌的老板大声喊道。平时只买三块钱一包的香烟，今天的士佬也不知自己怎么了？就想抽芙蓉王。

"好咧。怎么，今天发财了？碰到富婆了？"老板打趣道。

"是呀，我发财了！"的士佬说完从裤兜里掏出钱付了账，然后径直走到报架旁，拿了一份宝安日报，的士佬把上衣一脱，搭在右肩上，把空水壶往桌子上一放，然后一屁股坐在老板放在外面的藤椅上，把双脚翘到另一张塑料凳子上，埋头看起报纸来……

突然，城管的大喇叭声响了起来。城管的车来了，工作人员在车里大声地喊着话。瞬间卖香瓜的、卖山药的、卖鸡蛋的、卖衣服的、卖拖鞋的、卖毛巾的、卖老鼠药的、卖蟑螂药的……纷纷四处逃窜。

的士佬头也没抬，继续看他的报纸。嘴上的香烟没停抽一下，地上已经堆了不少的烟头，的士佬继续腾云驾雾。

卖鸡蛋的妇女一手拉着车一手牵着三岁多的儿子拼命往前走。突然，小男孩被脚下的西瓜皮绊了一下，因担心板车上的鸡蛋被自己弄翻，顾不了那么多的妇人只好眼睁睁看着儿子摔倒在地。城管的车越来越近，妇人扔下儿子拉着板车拼命往前跑。小男孩一个人孤独地躺在地上"哇哇"大哭，双腿拼命往上蹬着……

的士佬把不多的香烟扔到地上用脚踩灭，把衣服扔到凳子上，光着膀子大步跑过去，牵起地上的小男孩，一把抱了起来。

老 曾

一

老曾提着一大袋美子喜欢吃的零食，骑上他那二手的助力车，在晚风的吹拂下，兴高采烈地往家赶。

老曾上班的地方旁边是一个不大不小的超市，今天晚上五点半到六点半正好有特价活动，老曾便把老陈抓来替了一下自己的班，风风火火跑到超市"捡"便宜去了。买完单，把东西提回办公室，老陈把袋子打开想拿些好吃的过过嘴瘾，却被老曾一把抢了回去。他说这些都是买来孝敬老婆的。老陈笑着骂了一句"妻管炎"，便推门出去了。老曾刚喝了一口水，手机响了，老友李强打来的，得知老曾在值班，随便闲聊了几句，说好久不见了，有空再到老曾家和他喝上几口酒。刚放下李强的电话，美子又打来电话，让老曾下班后买点鸡蛋回去，老曾说："不是跟你说了我今晚要值班吗？"美子在电话里"哦"了一声，说她一时忘记了。

晚上九点，同事老陈又晃荡着来到办公室，老曾从隔壁小店买来一包花生，两个男人喝着茶嚼着花生，天南地北瞎侃着。茶足肚饱，老曾突然很想回一趟家，他想把买的零食带回去给老婆美子一个惊喜，美子最爱吃零食了，看到这些东西，她肯定高兴得两眼放光的。跟老陈磨了会儿嘴皮，又跑出去给他买了包五块钱的烟，这才哄着老陈勉强答应了帮他顶一个半小时的班。

　　锁好车后，老曾嘴里轻哼着小调往楼上走。老曾住在顶层八楼，八楼的房租能便宜一百元，虽然上楼有点累，但能省一百是一百。爬到七楼的时候，老曾便气喘吁吁了，嘴里再哼不出轻松的调调。打开七楼至八楼中间的防盗门，老曾的汗水已浸湿了上衣，湿透了的上衣紧紧贴在了身上。八楼有两套房，以前房东住在这儿，在七楼多装了一道防盗门，也是因为多了这一道防盗门，安全系数高了很多。老曾和对面的邻居都把一些杂物整齐地放在过道上，比如空煤气罐，鞋架也摆放在门口，这些东西都从未丢失过。老曾把手里提着的东西放在地上，正准备脱下皮鞋换上拖鞋时，却发现那暗红的塑料鞋架上，放着一双黄色的男士皮鞋，老曾一时有点恍惚。这双皮鞋鞋跟磨得有点歪了，但是鞋面却擦得油亮。这鞋看着有点熟悉，老曾在脑子里迅速过滤了一下，老曾认识的人中穿休闲皮鞋的并不多，老曾想起来了，他知道这双鞋的主人是谁了。这双鞋还是自己陪着李强一起去买的，当时正好有特价活动，花了一百五十元，不过那已是去年的事了。

老　曾

老曾站在门口有点不知所措，进去？还是转身？老曾感觉有什么东西在身体里猛窜着，好像马上就要从身体里冲出来。老曾像个傻子般在门口站了很久，仍然不知道自己该何去何从？如果进去，一旦发现美子和李强有什么，该会控制不住自己想把他们杀了吧？老曾不知道自己在门外站了多久，眼看请假的时间要到了，老曾这才拖着沉重的步子一步一步往下走。下午美子和李强相继打来电话，是故意的吗？不然怎么可能那么巧？老曾不知道自己是怎么把车骑回公司的，老陈看到他失魂落魄的样子感到很费解。

"怎么了？怎么又把东西给提回来了？"老陈边吐着烟圈边问道。

"忘带钥匙了。"老曾有气无力地回道。

"你老婆不是在家吗？"老陈觉得很奇怪。

"别废话了，把东西拿回去吃！"老曾把手里的东西扔给老陈。

"今天怎么这么大方？不像你的性格呀。"老陈嬉皮笑脸道。

"你要不要？赶紧滚。"老曾吼了一声。

"吃错药了？要！不吃白不吃。"老陈拿着东西扬长而去。

老曾真后悔今晚突然想给美子惊喜。什么惊喜呀，迎接自己的却是惊吓。老曾的脑海里一时浮现穿着性感吊带睡裙的美子在媚笑，一时浮现身体强壮的李强对着美子傻笑，一时又浮现两具赤裸裸的交缠的身体……这种折磨让老曾坐也不是站也不是，在那间小小的办公室里来回不停地走来走去。门口进进出出的人老曾懒得去搭理，不像往日，每一个走进公司的人都被尽职的老曾死死盯着，生怕有坏人溜进来。

老曾的手一直紧握着手机，拨了无数次电话号码，最终却没有按下那个拨出键。老曾很想问一下美子，可是又不知该怎么说。这一夜，老曾躺在办公室的沙发上辗转反侧，一点睡意都没有。

第二天，老曾眼睛浮肿，无精打采地拿毛巾擦着脸，隔壁小店的老板娘阿丽摇晃着一身肥肉提着一盒东西走过来。

"没吃早餐吧？"

"没。"

"来，趁热吃，肠粉，我知道你喜欢吃的。"

"多少钱？"

"什么钱不钱的，拿去吃吧，本来是买给小孩吃的，他赶着去上学，浪费了可惜。拿着吧。"

"谢谢。"

"客气啥？看你脸色不好，昨晚没睡好？"

"是。"

"那早点回家休息吧。"

"嗯。"

阿丽是个离了婚的女人，一个人带着孩子开着一间杂货店。老曾有时帮她换一下煤气、扛一下重东西、换一下开关什么的。一个单身女人不容易，老曾觉得能帮的就帮一下。

今天的阿丽穿着一件水红色的连衣裙，这鲜艳的颜色倒是很衬她白白的皮肤，款式也很适合有一百三十多斤体重的她。阿丽对老曾很好，经常做了好吃的端过来给他吃，老陈老取笑老曾说阿丽是看上了老曾，老曾说他瞎说话。嘴上这样说，其实老曾心里也有点感动，阿丽确实对自己不错，好像是有那么一点的意思。如果自己是单身的话，说不定还真有戏呢。

回到家里，老曾环顾屋里，没有什么异样。冰箱里倒是放着不少的水果，也许是李强提来的吧？美子昨晚肯定搞了卫生，家里看上去整洁、干净，看来她心情不错。老曾打开电视，把腿放在茶几上，嘴里吞云吐雾吸着烟。要是美子在家，是不允许老曾在房间里吸烟的，她对老曾吸烟是深恶痛绝，其他的事情老曾都可以听美子的，唯独戒烟这事，老曾态度很坚决，说自己没什么其他不良嗜好，烟是他唯一的寄托，美子也奈何不了他。

美子很困，闭上了眼睛，却又睡不着。虽然盯着电视，其实是什么也没有看进去。中午美子是不回家的，她带饭去单位吃。美子在一家公司当仓库管理员，公司有饭堂，但美子喜欢自己带饭，中午拿进微波炉热一下，可免去排队打饭的辛苦，自己做的饭菜既合胃口又放心。老曾吃了碗泡面，没什么味道，后来加了好多辣椒，辣得他眼泪都出来了，但那碗面好歹是吃进了肚子里。其实老曾并不太喜欢吃辣椒，美子却是无辣不欢，恨不得连青菜都放上一把辣椒，儿女也受她的影响，特别喜欢吃辣椒。想起孩子，老曾心里非常挂念，因为没有深圳户口，两个孩子今年只好回老家读高中，这让老曾很不习惯也不太放心。

吃完午饭，老曾觉得自己眼睛睁不开了，赶紧跑回房间躺在床上，可总感觉有点怪怪的，就是睡不着。床单的颜色是美子喜欢的紫色，老曾左嗅嗅右嗅嗅，并未闻到有什么味道，相反，反而有一种淡淡的清香。不对，前天睡觉盖的好像不是这套被子，老曾爬起来走出阳台一看，果然看到阳台上方的竹竿上，那套素色的被子正随着风飘来荡去沐浴在阳光下。又是搞卫生又是换被套，心里没鬼需要这样做吗？是想消灭证据吧？老曾越想越气，把床上的枕头和被子都扔到了床底下。

尽管困得不行，老曾还是睡不着，躺在床上、沙发上甚至地上，可就是无法入睡，便又爬起来吸了几根烟，电话响了，是美子打来的，问老曾买了菜没有，老曾没好气地说没买，便把电话挂断了。

闷在家里心里更是堵得慌，老曾索性骑上车出门，在大街上晃荡了好久，不知不觉又骑到公司附近，正犹豫要不要拐弯离开时，却被不知从哪里钻出来的阿丽叫住了。

"帮我看一下店，我去交一下水费。"

不等老曾答应，阿丽就抖着她的肥肉匆匆离开了。老曾只好把车停在店门口，进去帮阿丽照看她的杂货店。老曾刚坐下正想喝口茶，没想到拥进来好几个人要买东西，幸好阿丽店里的商品都是标有价格的，老曾便开始忙碌起来。老曾

几乎没停歇一下，直到阿丽回来，阿丽把打包的龟苓膏递给满身冒汗的老曾。

"辛苦了！来，吃点龟苓膏解解渴解解毒。"

"谢谢。"

"我看你脸色不怎么好，不是生病了吧？"

"没事，就是没睡好。"

阿丽打开抽屉整理了一下堆得乱七八糟的钱，脸上笑开了花。

"我才走开那么一会儿，居然生意这么好呀。"

"就是，忙死我了。"

"看来你要多帮我看看店，我一上午都在打苍蝇呢，鬼影都没几只。"

"好，干脆我给你打工得了。"

"我可巴不得哪！我请你当老板好了。"

把那一碗冰冻的龟苓膏吃下肚去，老曾感到舒服了许多。和阿丽逗逗乐，老曾心里好像也没那么闷了。

后来，阿丽又挽留老曾吃晚饭，尽管老曾一个劲儿说不用，可阿丽哪里听得进去，风风火火跑去买菜了。

看着阿丽提着一大堆的菜回来，然后又开始挥着汗忙碌地洗呀切呀，本想回家的老曾挺过意不去的，就恭敬不如从命了。阿丽的儿子住校，周末才回家。虽然只有两个人，阿丽却做了六菜一汤，撑得老曾肚子都快要炸了，皮带往后松了两个扣。阿丽的手艺很不错，做的菜色香味俱全！阿丽并不知道老曾喜欢吃什么，做的却全是老曾喜欢吃的菜。老曾好久都没吃过如此丰盛可口的菜了，再就着冰镇的啤酒，感觉很爽很舒服。也许是酒精的作用，喝得满脸通红的老曾看着坐在对面同样喝得满脸通红的阿丽，突然发现今天的她特别漂亮特别有女人味。阿丽长得很像老曾的初恋女友，老曾看着看着思绪便回到了过去，酒不醉人人自醉。

吃饭的时候，美子又打来电话，问老曾在哪里，老曾回了她一句"不回去吃饭"便把电话挂了，这在以前可是从来没有过的事情。此时，老曾很不想听到美子的声音，听到她的声音身体便好像被什么刺了一下般难受。后来，美子发来信息问老曾怎么回事，是不是受了什么刺激，老曾并没有回她。

和阿丽天南地北地聊着天，感觉很轻松。听阿丽说着她的故事，老曾对这个女人又多了一份敬佩。阿丽吃过很多的苦，跟着老公白手起家，没想到等生活稍过得舒服些，老公却又有了外遇，把家里的钱都倒贴给了那个女人，原本打算拿来买房的钱也被那个女人败光了。眼里容不得沙子的阿丽一气之下便和老公离了婚，带着儿子重新开始一切。阿丽看似轻描淡写地说着那些往事，但老曾却看到了她眼里的泪。

吃饱喝足，老曾却又不知该去哪里？他不想回家，不想去面对美子，可也不能老待在阿丽的店里吧，虽然跟她在一起感觉挺好。没地方好去，老曾最终又回到了公司。看着老陈那张诧异的脸，老曾说今晚我替你值班，老陈还以为老曾

开玩笑呢。

老陈一走，老曾又有点后悔了，自己一个人待在这里值班也同样无聊，还不如找个谁出去喝喝酒吹吹风。老曾给美子发了条信息"值班"，便靠在沙发上又抽起烟来。

二

一连几天，老曾都没有回家，他每天都值班。到了第五天，美子扛不住了，气呼呼地来到值班室找老曾，闻着一屋子的烟味，看着还在吐着烟圈的老曾，美子气得眼里冒火。

"为什么不回家？"

"值班。"

"每天都是你值班？"

"是。"

"为什么？"

"不为什么。"

"你肯定有问题。"

"我喜欢值班。"

看得出来，美子一直在压抑着自己的情绪，毕竟她不想把老曾的饭碗给弄丢了。不管美子怎么问，老曾都不怎么回答，他只是一个劲儿地抽着烟。最后，美子也拿他没办法。看着美子悻悻离去的背影，老曾心里也挺难受的。其实老曾也很想知道真相，他也有想和美子好好谈一谈的冲动，可是他又害怕，他也不知道自己在害怕什么？害怕如果美子真的承认了她和李强之间的关系，自己会很没面子？自己会很冲动？老曾说不出心里的感受，也无法控制自己的思虑，他只想逃避。

老曾天天值班，让老陈百思不得其解，不过他乐得清闲，每天晚上出去玩儿，半夜神采奕奕地回来，问他，说是泡妞去了。老陈自从老婆去世，已经独身了好几年，想想也是不容易。尽管老曾对老陈喜欢去发廊叫小姐早有耳闻，尽管老曾并不喜欢男人这样在外寻花问柳，但他还是很同情老陈的。不过想着辛苦赚来的钱便花在这些女人身上，老曾又很替老陈不值。

第六天晚上，老曾其实有点想回家了，但他还是继续留在了值班室。正当百般无聊，便一个人走进了办公室，隐约发现了一个人影，当老曾看清楚是李强那张脸时，他有点蒙了。老曾努力想挤出笑容却好像笑不出来，自己都不知自己是什么表情了。他的表情有点不太自然地招呼李强坐下，掏出烟递给李强，可李强说他已戒烟了，并劝老曾也赶紧戒烟，说吸烟对身体不好，老曾没说什么，继续吸着他的烟。

老曾不知道李强突然到访的目的，有几次差点想问那晚李强是不是见了美子，话到嘴边又咽了回去。李强和老曾东一句西一句扯着不着边际的话，一点也没提那晚的事，如果李强和美子是没什么关系的，他干吗不提那一晚的事呢？干吗明知道自己要值班却会出现在自己的家里呢？这些问题一

老曾

直困扰着老曾。老曾还特意看了一下李强脚上穿的鞋，没错，就是那天看到的黄色休闲皮鞋，刺得老曾眼疼。

两个人喝了几壶茶，老曾正打算去阿丽店里买点啤酒和小吃回来，李强却说要告辞了。他说他还有事，今天正好路过，顺便进来看看的，没想到老曾真的在值班。临走时，他说改日找个时间去老曾家，两个人不醉不归。目送着李强的身影，老曾心里说不出是啥滋味。

第七天的晚上，老曾终于回家了。美子一看到老曾推门进来，便气呼呼地瞪着他。老曾也不管她，跑到厨房找吃的，没找到，就打开冰箱，把剩的饭菜拿到锅里去热了来吃。

"你到底怎么了？"

"没怎么。"

"没怎么你不回家？"

"这不是回来了吗？"

"莫名其妙那么久不回来，难道你不用解释？"

"解释啥？值班呀。"

"你是想把我气死吧？"

老曾不再说话，只狼吞虎咽地吃着。虽然美子的手艺不怎么样，但还是家里的饭菜好吃呀，哪怕只是剩的饭菜。老曾连续吃了那么多天的饭堂，吃得他都想吐了。那天想换换口味打了份快餐，没想到里面有只小蟑螂，现在想到还反胃。

吃完饭，洗完碗，美子去洗澡，老曾躺在沙发上看电视。家里应该好久没搞卫生了，灰尘满天，东西也堆得乱七八糟的，看来自己不回家对美子影响很大，平时美子还算是爱干净的人。

美子也不再说话，洗完澡便把遥控器拿在手上不停变换着台。沉默，让家里的空气十分凝重。老曾把自己关在阳台上，一根接一根地抽着烟，整整连续抽了一包，楼下不知是哪一家夫妻正在大声地吵嚷着，不时还能听到把东西摔在地的"呼呼呼"的声音，又夹杂着小孩的哭闹声。家家有本难念的经，老曾叹了叹气。

晚上，夫妻俩躺在床上，背对着背，各怀心事。都知道对方没睡，两个人却各自在黑暗中沉默。

冷战的滋味并不好受，但老曾唯有如此选择。老曾的工作又恢复到了以前该值班时值班该回家时回家的正常程序。这段时间，只要是老曾值夜班，阿丽便一会儿拿点水果过来，一会儿拿袋花生过来，老曾怎么推辞都不行，她扔下东西便走。

这几天，老曾看见老陈总耷拉着脑袋，没有了往日的神气，人也变得沉默了。问他，却又什么也不说。这天晚上，正在值班的老曾正打算在沙发上躺下睡觉时，老陈提着啤酒和一些熟食过来了。闷头喝了好久的酒，老陈这才打开了话匣子。

"我中招了！"

"中什么招？"

"我好像得了性病了。下身痒得不行，而且还长了像痘痘一样的疙瘩。"

"啊？都跟你说了少去那些场所，你偏不听，这下麻烦了吧。"

"唉。"

"你怎么不戴套呀？现在的那些小姐哪有干净的。"

"有时戴，有时没戴，我不喜欢戴套，感觉不过瘾。"

"这下过瘾了吧？小心得艾滋！"

"别吓我。"

"去看了吗？"

"去了。"

"医生怎么说？"

"私人诊所，用了点药，没多大好转，花了我好几千。"

"活该！去正规医院看呀。"

"他们说包看好的，都花了那么多钱了，再等等看。"

"你呀，好好找个女人过正经日子才好，那些女人不干不净的，还要花那么多的钱，哪是长久之计？"

"难呀，像我这样的穷人，到哪儿找那么好的女人跟我过？"

"不管怎样，还是不要去找那些欢场女人了，浪费钱，而且对自己身体不好。"

"我也知道，可有时控制不了自己，一个人的日子，你是不知道有多凄惨呀。"

老陈说着说着，眼里竟然流下了泪水。老曾撕下纸巾递给老陈，心里也觉得堵得慌。后来，老曾又跑到阿丽的店里多买了几瓶啤酒，两个老男人喝得醉醺醺的，喝到后来，老曾的眼里也有了泪水，可他不想让老陈看见，赶紧拿毛巾擦了擦脸。

两个男人一人睡一张沙发。听着老陈的呼噜声，老曾半天没睡着，喝酒喝得头晕乎乎的，望着歪在沙发上睡得正香的老陈，老曾突然想到阿丽，如果阿丽能喜欢老陈，岂不是皆大欢喜？老陈其实人也不错，除了喜欢找一下小姐，各方面都挺好的，如果他有了女人，肯定不会再去那些场所的。想到这里，老曾有点激动，好像马上就能帮到老陈的忙似的。

第二天一下班，老曾便迫不及待地跑到阿丽的店里，对她做起了思想工作，说了一大堆老陈的好话。阿丽看着口沫横飞的老曾，没说话，只是听。等老曾停了口，阿丽这才发话。

"说完了？"

"说完了。"

"那你可以走了。"

"我觉得老陈人挺好的。"

"我没说他不好。"

"那不考虑考虑？"

"他不是我喜欢的类型。"

"你喜欢什么样的类型？"

"你这样的！"

老曾不知怎么接话了，只好转身走人。

虽然被阿丽泼了冷水，但老曾的心里竟然有那么一点美美的感觉，这辈子好像还没有谁这么明目张胆地对自己表示过好感呢。

美子这次也很沉得住气，继续保持冷战状态。只是，老曾注意到她最近买了不少漂亮的衣服，发型也改变了，这样一倒腾，人倒是显得年轻不少。

这天晚上，美子洗澡后，穿着性感的睡裙在老曾面前晃来晃去，老曾一下子便觉得全身燥热起来。四十几岁的老曾，身体还正强壮，好久没跟美子有肌肤之亲了，美子的打扮让他热血沸腾。

刚开始美子不让老曾靠近自己，但很快便开始配合。只是到了关键时刻，老曾突然变得疲软，他无法集中精力，脑海里浮现的总是那双摆在红色鞋架上的黄皮鞋。尝试着继续努力，还是不行。老曾满身大汗地从美子的身上翻下来，靠在床边大口大口地喘着气。美子把床上的被子和抱枕狠狠地扔到老曾的身上，从角落找到自己的衣服抱在胸前，狠狠地瞪了老曾几眼，便下床洗澡去了。

老曾胡乱套上衣服，跑到阳台上去吸烟。阳台上虽然有风，可那风却是燥热的，闷得老曾浑身不舒服。老曾一个人在阳台上发了很久的呆，楼下不知是哪家夫妻又在吵架，吵得很厉害，女人边吵边哭，哭得很伤心，从那断断续续的话中听出，好像是男人有了外遇。女的哭得很凄惨，男人吼得很大声，老曾听着很烦躁。

老曾重新洗完澡回到房间，发现美子还没睡着。看见老曾进来，躺在床上的美子"呼"地坐了起来。

"给我个理由。"

"什么理由。"

"别明知故问。"

"我也不知道。也许最近太累了。"

"累？外面有人了吧？"

"神经病。"

"这段时间你太不正常了！现在连在床上时也不正常，你让我怎么想？"

"生活真没劲。"

两个人说着说着便吵起来了，家里两个孩子读书的事情、公公婆婆的事情，甚至生孩子时照顾得不周的事情，等等，美子把什么老账都翻出来讲，美子是越说越激动，越说越委屈，说得泪流满面，好像跟了老曾后自己是全世界吃最多苦的女人。老曾窝火得不行，摔门而去。

老曾在楼下的大排档把自己灌醉了，提着酒瓶东倒西歪地回到住处，刚一进洗手间便吐得一塌糊涂……

三

阿丽对老曾的喜欢是越来越露骨了，对老曾好得简直就像是把他当作自己的老公一样，这让老陈嫉妒得不行，经常

拐弯抹角地问老曾是不是把这个老板娘给搞定了，老曾也不回答他，管他呢，让别人瞎猜去，自己行得正坐得直的。

今晚又值班，以前老曾很不喜欢值班，值班室的沙发太硬，睡得腰酸背疼的，远远不如家里的床舒服。可现在和美子的关系弄得有点僵，老曾更不喜欢待在家里对着美子那张没有什么表情的脸。

正准备休息时，阿丽打来了电话，没听清她说了什么，只在电话里听到她尖叫的声音。老曾吓得不轻，以为她碰到了小偷，赶紧从门后拿起不知是谁放在这儿的摩托车大锁，快步跑向阿丽的店。阿丽店的铁闸已拉了下来，只开了小门，老曾赶紧冲进去，发现阿丽正坐在一张凳子上瑟瑟发抖。老曾警惕地四处张望，并没有看到人。

"老鼠，好大一只老鼠！"

原来是只老鼠，老曾一直悬着的心放了下来。看着阿丽害怕的样子，老曾觉得很可笑，女人真是不可理喻！只是一只小小的老鼠，能吓成这样。老曾对打老鼠很有一套，很快便把藏在冰箱发动机后面的老鼠用铁钳夹了出来，猛地往地下一摔，用脚一踩，老鼠便一命呜呼了。阿丽看着血肉模糊的老鼠仍然心有余悸，让老曾把老鼠赶紧扔到外面的垃圾桶里去。

阿丽用抹布把地拖干净。这么一折腾，阿丽就满身都湿透了，肥人果然怕热。阿丽洗干净手，从冰柜里拿出王老吉扔给老曾。

"你喝口水，我先洗一下澡，一身臭汗。"

话音未落，阿丽已"噔噔噔"跑上阁楼去洗澡了。起码等了半小时，老曾才听到阁楼楼梯"吱呀吱呀"的声音，还未见人，便闻到了一股清香。

阿丽披着一头湿漉漉的头发，身上穿着一件粉色的睡裙，睡裙领子很低，远远的，老曾看到了阿丽胸前呼之欲出的丰满的两只尤物。老曾赶紧把头低下去，他感觉自己好像有点胸闷。

阿丽一坐下来便开始打电话，叫了一堆的外卖，老曾想制止已经来不及了。老曾不能离开值班室太久，阿丽便说一会儿把吃的东西都带去办公室。老曾刚回到办公室，阿丽便提着大盒小盒的食物过来了。阿丽换了件紫色的吊带裙子，外面罩了件蕾丝边短纱外套，虽然这裙子看起来仍然很性感，但比刚才那件睡裙可好多了。

"这裙子好漂亮！"

"是吗？谢谢。"

"最近发现你买了不少新裙子呀。"

"是呀，好看吗？"

"好看。"

"要的就是这句话，嘿嘿。"

阿丽边说边张罗着把那些吃的东西摆上茶几。老曾的值班到了下半夜是很自由的，只要待在办公室便可以了，几乎不会再有什么人进出。在如此的深夜，单独跟一个女人待在

办公室，这让老曾有点不太自然。夜，总让人有暧昧的感觉，老曾甚至不敢多望阿丽一眼。

没想到阿丽还带了一瓶白酒过来，老曾的酒量很一般，他看着阿丽把白酒倒进那一次性的塑料杯里，天哪，满满一杯，心想这女人的酒量肯定很不错，估计自己这一杯下去就差不多了，两杯的话肯定会醉。

老曾仍然话不多，听阿丽说着一些她朋友的故事。阿丽刚讲完她一个闺蜜的故事，话锋突然一转，她说那个狗男人得了癌症，听说最多只能活半年了。老曾一时没反应过来，不知道阿丽说的是谁。

"活该！把老娘整得这么惨，终于有报应了！"阿丽恨恨地说，然后一口气喝了大半杯白酒。

老曾不知道自己该说什么，他拿起酒杯跟阿丽碰了一下，自己也一下子喝了大半杯。阿丽嘴上说着狠话，可老曾分明看到了她眼里的泪。阿丽应该还是爱着她的前夫的，这个让她又爱又恨的男人突然得了病，她心里也是不好受的。老曾递了一只烤鸡翅给阿丽，赶紧把话题转到老陈的身上。

"你有认识的医生吗？"

"干吗？你哪儿不舒服？"

"不是，是老陈。"

"他怎么了？"

"他、他好像得了什么男人的病。"

"这老陈，我就知道的，我好几次看见他在发廊，你看，终于出事了吧。你们男人呀，真是搞不懂。"

"我倒是认识一个医生，是我的亲戚，他自己开了诊所，好像也会医这方面的病，我帮你问问。"

"那先谢谢你了！"

"谢什么呀？不过我真的很看不惯男人去嫖！你那天竟然还给我做媒，我最讨厌这种男人了！"

"其实他人不错，唉，就是一个人太寂寞了，才会做那些蠢事。"

"男人嘛，都是用下半身思考的动物。"

"不能一条竹竿打翻一船人呀。"

"呵呵，我知道你不是那样的人。"

阿丽的酒量真的很好，一大杯酒喝下去，除了脸有点红，看起来毫无醉意。而老曾喝完一杯后，心跳便开始加速。看着阿丽又给两个空杯子倒满了酒，老曾的汗都出来了，这喝下去自己估计得倒下吧。但老曾不想在阿丽面前服输，他只好硬着头皮陪着。

阿丽把第三杯酒喝完时，老曾的第二杯酒终于见了底。喝完这一杯酒，老曾感觉人轻飘飘的。阿丽已喝得满脸桃花，那件外套被她脱了下来扔在沙发上，性感的身材在老曾面前暴露无遗，老曾眯着眼睛望着阿丽，怎么看怎么妩媚，怎么看怎么的美，他突然有一种想过去拥抱阿丽的冲动。

老曾把第三杯酒喝到一半时，话便开始多了。而阿丽把第四杯酒喝到一半，眼泪便涌了出来。阿丽边哭边诉说着从

出来打工到现在的各种辛苦，诉说着对前夫刻骨铭心的痛恨，听到他患病又怎么的难过……老曾也开始说自己说美子，不知不觉把那晚的事情也说了出来，说着说着，老曾的眼里也有了泪水……

阿丽拿着纸巾走过去帮老曾擦眼泪，擦着擦着，两个人便拥在了一起。老曾在阿丽有点疯狂的吻里迷失了自己，他像找到一根救命稻草般紧紧抓着阿丽。阿丽关掉了办公室的灯，她把自己脱得一丝不挂，老曾也抑制不住开始脱身上的衣服，两个人滚倒在了地板上。可就在紧要关头，老曾突然清醒了过来，他一把推开阿丽爬了起来……

阿丽被老曾拒绝后，不恼不怒也不哭，她很冷静地穿好衣服，并把茶几上的东西都清理干净，扔到外面的垃圾桶里，甚至还把茶几抹得干干净净，这才告辞而去。阿丽离开后，老曾拼命用冷水洗脸，他为自己刚才的举动感到脸红，自己是有妇之夫，怎么可以做那种事情？明知道阿丽对自己有意思，自己更应该要理智一些，不然会害了阿丽也害了自己。

第二天下班碰到阿丽时，老曾的神情便不自然起来，而阿丽却像是什么事也没发生一样，热情地跟老曾打着招呼。

老曾待在家里足足想了半天，最后还是决定相信美子。结婚这么久，美子可从来没有做过什么出格的事情。而李强，一直是自己的好哥们，相信他也不会对不起自己的。老曾决定今晚好好问清楚那晚的事情，只要美子有个合理的解释就行。

想通了，老曾便觉得浑身有了劲儿。他开始大搞卫生，把家里打扫得一尘不染。还跑去市场买了鸡，杀了鱼，准备了一堆好菜，准备今晚好好露一手。算准美子的下班时间，老曾把一切准备妥当，就只差青菜没炒了，美子却打来了电话。

"我不回来吃饭了。"

"为什么？"

"晓红今天生日，我去她那儿。"

"现在过去？到那儿得几点了？"

"没办法，她非要我过去，最近她心情不好，和老公闹离婚呢。"

老曾气呼呼地挂了电话，望着一桌子的饭菜，一点食欲都没有了。一个人傻坐了好久，他突然想到了李强，便马上拨他的电话。李强说他正愁今晚吃什么好呢，老婆今晚加班，家里冷锅冷灶的。李强兴奋地答应老曾马上打车过来，哥俩好好喝一顿。

两个人聊起了很多的往事，说起以前一起共事时候的事，感慨万分。越喝越高兴，喝到最后划起拳来。两个人都喝到舌头打结时，老曾终于把一直想说的话说了出来。

"上次、上次我值班的时候，你是不是、是不是来过我家？"

"什么时候呀？"

"就那次你打电话给我，我正在值班的那天。"

"让我想想，让我想想，你值班？我、我来你家？"

"想清楚没？"

"哦，想起来了，那天在街上碰到了美子，她说你正好值班，不然想请我回你家吃顿饭的。美子说你最近老念叨着我，她让我给你打个电话，所以回家后，我便跟你联系了。"

"那晚你没来我家？"

"来了，我刚吃完晚饭，美子突然打来电话，说你家洗手间水龙头坏了，一直滴水，叫我过去帮忙修一下，我便买了个水龙头拿过去换了。"

"怎么没听你说过。"

"这么小的事情，有什么好提的，美子还特意熬了绿豆糖水给我喝，前后在你家就待了一个多小时吧。"

一切原来那么的简单！听完李强的话，老曾完全释然了，他为自己差点误会了李强而感到不好意思。只是他有点想不明白，为何美子没跟自己提半句呢？这有点不符常理，老曾还是有点疑惑。但李强说的话，老曾没有半点怀疑，李强一直是个很老实忠厚的人，相信他不会骗自己的。

借着酒意，感觉一身轻松的老曾执意要把李强送下楼，两个人互相搀扶着摇摇晃晃地往楼下走。看着载着李强的的士消失在视线之中，打着饱嗝的老曾才打道回府。

刚打开房门，美子便打来电话，说她今晚不回来了，晓红过生日她老公人影都不见，晓红情绪很不好，她得过去陪着她。老曾看看时间，都已十二点了，晓红是美子的闺蜜，住在离这儿二十多公里的地方，那么晚回来也不安全。其实，老曾心里是希望今晚美子能在家里，他觉得自己前段时间太过分了，他要好好补偿一下美子。

这一夜，老曾睡得很香，是这段时间以来睡得最舒服的一晚。

四

第二天，老曾上早班。晚上下班后，心情不错的老曾又跑去超市买了一堆美子爱吃的菜。一回到家便开始洗呀切呀，忙得不亦乐乎。可正准备下锅炒菜时，美子又打来电话，说今晚还要过去陪晓红，昨晚她老公一夜未归，晓红要死要活的，情绪极不稳定。挂了电话，老曾犹如大冬天突然被人泼了冷水般难受，也再无炒菜的热情。饭已煮好，老曾就着榨菜、豆腐乳胡乱吃了晚餐。

屋子里很闷热，老曾把电视频道换了个遍，也没有找到吸引自己的节目。老陈突然打来电话，他说他被公司炒鱿鱼了，不知道哪个多事的人把他的事告诉了领导。老曾问他病好了没有，老陈说还是老样子。老曾让老陈去找一下阿丽，她有当医生的亲戚，可老陈却说现在只想着在哪儿落脚，病的事情以后再说吧，反正也死不了人。老曾无能为力，只能好言相劝安慰几句。那么多年的同事，突然说离开就离开。放下电话，老曾的心情无比的沉重。

烦躁的老曾决定出去走走。走出外面，感觉舒畅不少，家里实在让人感觉太压抑了。

老曾在街上漫无目的地闲逛着。

逛街的、散步的、谈恋爱的……大街上，到处都很热闹。前面大超市的门口聚集了很多人，远远便听到了强劲的音乐声，老曾随着人流跑进去看热闹。原来是这家超市五周年的庆典活动，俊男靓女，载歌载舞，节目弄得还不错，只是也许是人老了，太强劲的音乐听久了让老曾感觉不太舒服。

老曾从人群中退了出来，继续漫无目的地走着。前面那栋漂亮的酒店是刚装修好的吧，以前老曾并不曾留意过，看着在酒店进进出出举止亲密的男男女女，老曾心想这些人有多少会是夫妻呢？应该大部分都是情人吧？可这些又关自己什么事呢？老曾哑然。

正要从酒店前面穿过去时，老曾突然有点尿急，他决定去酒店解决一下。尽管老曾只穿着T恤和短裤，甚至脚上穿的是拖鞋，但他却挺直胸脯走了进去，然后目不斜视直冲卫生间走去，还好，没人注意他。一身轻松地从洗手间走出来，酒店的空调吹得真让人舒服，老曾差点惬意地吹起了口哨。大厅摆着不少布艺沙发，背对着这边的沙发上坐着两个人，而老曾旁边的沙发上正好有几个人离开，老曾突然想坐在酒店"叹"一下空调，便一屁股坐在软软的沙发上，靠在沙发上开始闭目养神。

正当老曾差点睡着的时候，他听到隔壁男女的对话。

"我跟他说了今晚不回去。"

"真的？太好了，什么借口？"

"陪闺蜜呗。"

"我本来就是你的'闺蜜'，嘿嘿。"

"你是我的开心果，有了你，生活就充满阳光。我家死气沉沉的，跟他过日子，一点意思也没有。"

"我爱你呀，当然得让你充满阳光。"

"你今晚请假了没？"

"不说这些了，提起她我就来气。真是不想回家看见那张泼妇般的脸。"

"我离婚，你也离婚，我们一起过日子吧。"

"离婚？哪有那么容易，你我都各自有孩子，以后再说吧。"

"你答应过我的，我真的想和你在一起。我老公人不怎么样，却爱吃醋得很，那天他值班我故意说忘记了，然后又让他一个男性朋友打电话给他，他果然疑神疑鬼的，好一段时间都不正常。估计我再制造几次事端，他便会自动提出离婚了。"

"我们不谈这些了。一会儿你想吃什么？我请你。"

"每次说这些你便说不谈。还有，在同事面前，你总对我冷冰冰的。"

"要避嫌呀，傻瓜，我可不想别人知道你我之间的事情。"

"我可不管，哪天我要当众挽着你的胳膊，气死那帮对你虎视眈眈的女人。"

　　那女人的声音，老曾太熟悉了，但是老曾却不愿意相信自己的耳朵。他站起身，转过头望过去，背对着自己的女人披着散发正靠在一个男人的肩上，美子在自己面前从来都是扎着头发的，这女人应该不是美子。再往下看，那条水绿色的裙子，是老曾买给美子的生日礼物。

　　老曾体内的血液一下子便直往上涌。

英 雄

一

夜，闷得像蒸笼。树上的叶子无精打采地耷拉着，没有一丝的风息。室外的空调压缩机在超负荷运作着，老式的窗式空调更是拼命地在"呜呜"作响，空调水在寂静的夜里声音非常清晰地"一滴一答"往楼下掉。

保安英雄今晚值夜班，已是凌晨三点多了，他困得眼睛快睁不开了，又不敢趴在桌上睡。英雄坐在那张破了皮的沙发上，头一晃一晃的像在"钓鱼"，当头差点再一次磕到桌沿的时候，英雄赶紧坐直身子，使劲揉着自己的眼睛。杨桃，就是在这个时刻跟跟跄跄地从远处走来。

这么晚了，这个女人怎么了？是喝多了么？走路都走不稳。英雄有点好奇，又有那么点不放心，他站起来伸了个懒腰，用手抚了抚头发，快步走出值班室。那个女人也跌跌撞撞刚好来到值班室的门口，她瞟了一眼英雄，眼前一黑……

英雄赶紧用自己有力的双手托住这个女人。

"你怎么了？发烧了是吧？感觉你身上好烫！我该怎么称呼你？"英雄赶紧把这个浑身滚烫的女人扶进保安室坐下。

"嗯，我发烧了。我现在感觉全身滚烫得像马上要被融化了。头随时都要爆炸的感觉你懂吗？身上软绵绵的，一点力气也没有，手脚好像不是自己的，一点都指挥不了。哦，我、我叫杨桃。"杨桃半靠着值班室里的沙发眯着眼睛有气无力地回答英雄。杨桃突然有一股恐惧感，她觉得自己快要没命了。

英雄赶紧倒了一杯温开水给杨桃，随后又从抽屉里拿出一盒药，取出一粒药片递给她，英雄说这是他在香港的亲戚带过来的"必理痛"，这药对感冒、头疼、发烧都特别有效。

这种药杨桃没吃过，也是第一次听说，她看着英雄那双真诚的眼睛，犹豫了一下，把药片丢进嘴里吞了下去。坐了一小会儿，杨桃感觉自己好像舒服些了，看来这药的效果还真不错。杨桃道谢后便起身摇摇晃晃地出外去拦的士，杨桃觉得自己像要飘起来一样，每一脚都像踩在棉花上。这个地方有点偏僻，要拦辆车还真不是那么容易。

杨桃在风中站了不一会儿，英雄就跟了出来，他说他让在里面房间睡觉的同事顶一下自己的班，一个女孩子大半夜的去医院不太安全！他自告奋勇说要陪杨桃去，不等杨桃回答，便小跑着走到前面拦车去了。

医院里人来人往，病人很多。杨桃坐在急诊室里打着点滴，多亏有英雄帮着跑上跑下挂号交费什么的，不然一个人真是够呛。打点滴要两个多小时，英雄就坐在旁边给杨桃讲些笑话，讲讲他的家乡趣事什么的。杨桃平时跟他很少接触，也就是见面点个头打个招呼，没想到这小伙子还挺能说会道的。英雄起身上厕所去了，望着他那矫健的背影，杨桃觉得这一米七五的小伙子还真挺帅的，五官长得很端正，一双大眼睛炯炯有神。两个人竟挺聊得来。原来英雄是退伍军人，杨桃一直很喜欢军人的。英雄挺会照顾人的，是很机灵的一个小伙子，身上没有80后的浮躁之气。被一个小伙子如此细心地照料，杨桃心里暖暖的。

二

杨桃是公司的经理助理，平时上班总给人一种威严感。其实杨桃心里很脆弱，只是这种脆弱只有自己知道。她得在众人面前表现得像女强人，她也必须在众人面前表现得坚强。

自从那天英雄陪杨桃一起去医院看病后，两个人的关系近了许多。为了表示感谢，杨桃请英雄到"真功夫"吃了一顿饭。杨桃发现和英雄在一起挺开心，感觉自己也年轻了不少，和这个小自己八岁的小伙子聊起来并没有什么代沟，英雄其实挺优秀的，当保安有点埋没人才了。

杨桃的工作很忙，经常要加班到深夜，早上往往起得晚来不及买早餐。这天早上起来，正要出门上班的杨桃发现门上挂着一份早餐，打开来一看，是一份汤米粉。杨桃奇怪谁

那么好心给自己送吃的，顾不了多想，三下五除二把早餐消灭掉了。从那以后，杨桃每天早上起来，门上都挂着一份早餐，早餐每天变着花样，一会儿是肠粉，一会儿是河粉，一会儿又是面包牛奶等等。

这样的状况持续了半个月后，杨桃按捺不住了。有一天特地起了个大早，悄悄躲在门后透过猫眼观察外面，等待了半个多钟头后，杨桃终于看到了一张熟悉的脸孔——原来真的是英雄。杨桃把房门打开，毫无防备的英雄有点不好意思地用手挠了挠头。

"谢谢你！这太麻烦你了，以后不用给我送了。"

"没事，举手之劳嘛。你那么忙。"

"对了，那早餐钱是多少？我给你钱。"

"不用了，几块钱的事。"

英雄说完转身就走了，杨桃倚在门前望着他那帅气的背影渐行渐远，心里有点感动。

下午要和台商洽谈合同，这个台商精明又小气，杨桃陪着得处处小心。终于谈得差不多了，狡猾的台商却还不爽快地签字，只是口头上答应了。晚上，杨桃又得陪着客人去吃饭、唱 K。这台商酒量很好，杨桃都有点招架不住了，晚餐上被他灌得晕晕乎乎的，却还得陪着去 KTV。一行四人，就杨桃一个女人。进了包厢，妈咪很快领进来一群女孩子，她们在电视机前一字排开任由客人挑选。杨桃望着那一群浓妆艳抹、穿着性感的女孩子，脑海里浮现的却是市场上卖的猪肉，小贩在吆喝着多少钱一斤。这几个男人还挺挑剔，第一批女孩子中只选中了一个，妈咪很快又带来另一批女孩子，那两个男人终于挑到了满意的小姐。三个被挑中的女孩都是丰满型的，穿着低胸的衣服，那呼之欲出的乳房在迷离的灯光下让那几个男人魂不守舍。男人把女孩一把拽到自己旁边，手迫不及待地搂住了女孩的细腰，有个男人明目张胆地把手直接伸进了女孩的衣服里面。杨桃看着眼前的景象心里有说不出的难受，但她又不能表现出来。杨桃觉得自己不适合这样的环境，跑到经理旁边，在他耳边悄悄说自己先走了。经理色眯眯的眼睛正死死盯着女孩的乳沟，他没说话，沉默就是默认，杨桃赶紧拿包起身准备走人。台湾老板却一把把杨桃给拽了过去，他一边搂着那女孩，一边又要杨桃陪着喝酒，杨桃叫苦不已。台商一只手在女孩的大腿上抚摸着，一只手搂住了杨桃的肩，看着台商色眯眯的模样，杨桃像吞了只苍蝇般感到恶心。

　　杨桃被台商又灌了很多酒，再这样下去，必醉无疑。杨桃借口上厕所跑到外面去透气，脑子昏昏沉沉的，得想个法子脱身，不然今晚恐怕有难。杨桃突然想到了英雄，对了，一会儿让他来接自己。杨桃在手机里翻出号码拨号，英雄很快就接了，而且他今晚不值班，杨桃把地址告诉了英雄，英雄答应马上赶过来。

　　凌晨两点多了，三个男人起身和那些女孩道别，手却仍依依不舍地在女孩的身上游离着。杨桃以为他们会把小姐叫

出去开房，没想到他们只是过过手瘾，也许是嫌这里的女孩不够高档吧？杨桃搞不懂他们。四个人都喝得醉醺醺的，兴奋的台湾老板喝得最高，走路左晃右摆的，他还死死地拽着杨桃的手，这让喝得面红耳赤的杨桃也跟着他走得跟跟跄跄。杨桃几次想挣脱台商的手，可那家伙劲儿很大，根本无法动弹。在商场上摸爬滚打已经好几年了，这种应酬经常在所难免，杨桃也从最开始的害怕转变到现在的麻木，不过她有一条底线，偶尔让那些臭男人占占便宜也就罢了，但是不管什么情况，绝对不会跟客户上床。一个女人要在社会上混的确不容易，一个单身的女人更是难，杨桃有时身不由己。

一出大门，杨桃便看见了远远坐在花池边的英雄，想想他也等了有一个多小时了，杨桃心里挺过意不去的。司机很快把车开了过来，台商要上车的时候，借着酒劲使劲儿拉着杨桃叫她上车，此时英雄出现在了杨桃的身边，他一手搂着杨桃的肩膀，一手把杨桃的手从台商手里抽回，微笑着跟台商挥手再见。自始至终，英雄没说一句话，台商红红的眼睛死死盯着英雄，英雄把抽出的手轻轻搭在杨桃的细腰间，窗玻璃徐徐升起，台商悻悻离去。目送着车渐渐远去，英雄这才把手从杨桃的身上抽回来。

"对不起，我不是故意的。"英雄不好意思地用手扯了扯衣角。

"谢谢你才是！"杨桃对英雄莞尔一笑。

坐在回去的出租车上，两个人都没说话。杨桃闭着双眼，头靠在后座枕头上。杨桃能清晰听到坐在右边的英雄有点急促的呼吸声，不知为何，杨桃突然觉得心跳得有点快。

回到宿舍，英雄帮杨桃打开房门，便礼貌地挥手道别，杨桃以为英雄会进房间坐坐。关上房门后，靠在门上的杨桃突然有一种失落感。

儿子住院了。早上刚上班不久，婆婆就打来电话说儿子高烧不断，在医院住了两三天还没退烧，这才打电话告诉杨桃。杨桃一听慌了神，眼泪"叭叭"地往下掉。杨桃整天都神不守舍，根本无法专心工作，甚至把一份准备好的合同都给经理拿错了，经理当着众人的面发了一通火。下了班，杨桃没去饭堂吃饭，拖着沉重的脚步回宿舍，正在值班的英雄跟她打招呼，她也只是随意点下头，眼睛都没望他一眼便走了。

杨桃一回到宿舍就马上给婆婆拨了电话，婆婆说儿子已稍好些了，但还是三十八度。杨桃让婆婆随时把情况告诉自己，不行的话自己就请假回去看看。杨桃有气无力地躺在床上，往事一幕幕涌上心头，杨桃哭得一塌糊涂。

哭累了，杨桃迷迷糊糊地睡着了。听到敲门声，杨桃睡眼惺忪地醒来，一时都不知是白天还是黑夜。打开了房门，原来是英雄。英雄手里提着大包小袋，他把东西都放在茶几上，他说他知道杨桃没吃晚饭，又看见杨桃的房间一直亮着灯，所以下班后就去买了宵夜过来。杨桃看了下桌上的时钟，这才知道已是凌晨两点多了。肚子确实饿得很，中午杨桃就没怎么吃东西，所以杨桃也顾不上客气，坐下来大口吃东西。

英雄还带了两瓶冰镇啤酒，英雄把瓶盖用嘴咬开，杨桃直接拿起酒瓶"咕咕"喝了一大口，感觉心里舒服了很多。

东西吃得差不多了，英雄这才小心翼翼地问杨桃是不是发生了什么事。杨桃心里一酸，眼泪像泉水般不断涌了出来。英雄吓得惊慌失措，赶紧扯下纸巾递给杨桃，可杨桃的眼泪没完没了，英雄都不知道该怎么来安慰她。他犹犹豫豫地从对面走过来，坐在杨桃的旁边，轻轻地用一只手拍拍杨桃的背，哭得稀里哗啦的杨桃把肩靠过来，转过身用另一只手紧紧地搂住了英雄，弄得英雄不知道怎么办，想把她搂住又不太敢，只好还是笨拙地用一只手拍着杨桃的背，另一只手就那么垂下来紧紧地扯住衣角。

哭累了，杨桃离开了英雄的怀抱，英雄已是紧张得出了一身大汗。看着英雄被汗浸透的上衣紧紧贴着他的身体，杨桃问英雄是不是没谈过恋爱，英雄轻轻地点了点头。

也许在夜晚让人特别有倾诉的欲望。在深圳这个地方，没有人知道杨桃的经历，杨桃也几乎不谈家事，每天除了工作还是工作。可是，此时此刻，杨桃却不想再压抑自己，她把自己的故事全部告诉了英雄。

三

杨桃身高有一米六五，皮肤白皙，五官也长得很标准，读大学时可没少有人追她。丈夫是她的初恋，杨桃和丈夫是老乡也是大学同学，大二开始恋爱，毕业后双双回到家乡参加工作，不久就结婚了。成绩一直很优秀的杨桃在银行工作，待遇很不错。老公考上了公务员，在税务所上班。婚后，两个人甜甜蜜蜜地过了四年多二人世界的生活。结婚第五年，杨桃生下个大胖儿子。杨桃是个很善良的女人，和公婆住在一起关系处得很融洽，她对待公婆就像对待自己的父母一样，同样心地善良的公婆打心眼里喜欢这个媳妇。称职的工作、美满的婚姻、可爱的儿子，在外人眼里，这个家庭可是够幸福的了。杨桃不否认，最初的那几年是过得很开心的。后来，丈夫慢慢开始不着家了，他喜欢上了赌博，经常拉上一帮朋友打牌，凌晨两三点才回家。好赌的丈夫技术却不怎么样，十赌八输，弄得家里的经济情况很紧张。花光了家里的钱老公就开始到处借钱。杨桃为此很伤脑筋，还跟自己父母借了不少钱替他还赌债。这样的情形持续了一年多，不知丈夫是受了啥刺激还是良心发现了，他突然浪子回头，不再去赌了，对待工作也特别认真。慢慢地，本来就聪明的丈夫升为办公室主任。杨桃看在眼里喜在心上，愁眉不展的眉头终于舒展开来，幸福似乎又回到了这个家庭。

杨桃对于丈夫的上进感到欣慰。两年后，丈夫当上了副所长，杨桃觉得自己其实算是很幸运的人，许多人梦寐以求的东西自己都拥有了，可是不幸往往就在你毫不察觉的时候悄悄来临。暑假的时候，公婆带着儿子回农村老家住上一段时间。他们走后没几天，杨桃被单位派去上海出差。为了给老公一个惊喜，杨桃故意告诉他自己晚一天回来。在提前一天回来的那晚，坐晚班飞机回来的杨桃蹑手蹑脚地打开家门，轻手轻脚地推开卧室的门想给丈夫一个惊喜，却看见丈夫和自己最好的朋友赤身裸体地躺在自己结婚用的那张大床上，那一刻她觉得眼前这一切是如此的不真实，这只是电视剧里的情节？又或者只是一场梦吧。杨桃不愿意相信这种事会发生在自己的身上！她一刻也不想看见那对身上光溜溜的狗男女，她强忍住想上前把那对男女撕碎的冲动，抓起包包飞快冲出家门。

一个人在深夜四处游荡，杨桃的眼泪像断了线的珠子一样。失魂落魄的杨桃不知道自己该去哪里。游荡了两个多小时，走累了也哭累了的杨桃随便找了个宾馆住了下来。

和丈夫上床的好友其实是大学同学，是杨桃的死党。她也在机关上班，嫁了一个做生意的丈夫，和杨桃同年生了个儿子。刚开始她丈夫的生意还不错，后来被人骗了一笔钱后便开始走下坡路，再后来公司倒闭了，丈夫一蹶不振，整天游来荡去成了混混。为此，杨桃没少为他们家的事费心，在他们最困难的时候，甚至把自己的全部家当两万块钱都借给他们。好友无论是身材样貌还是谈吐修养都比不上杨桃，杨桃不明白丈夫究竟看上她哪一点了？这个自己曾经无话不说的朋友，这个曾经可以同穿一条裤子的朋友，这个曾经一只雪糕都要互相谦让的朋友，现在却是如此的陌生！躺在宾馆的床上，杨桃怎么也无法入睡，杨桃觉得自己快要崩溃了。

她像个傻子一样头脑一片空白，心里痛得快要窒息。在宾馆住了两天后，杨桃还是回家了。

故事就是那么的俗套，丈夫信誓旦旦地对杨桃说当时只是一时糊涂，那晚两个人喝多了酒做错了事，绝对不会再有下一次，杨桃糊里糊涂地也就相信了他原谅了他。公婆回来后，杨桃对此事也只字未提。也许男人都容易犯错吧，改了就好，一切重新开始。那段时间，丈夫的表现还不错，在家吃饭的次数比较多，对杨桃也挺关心。一切重新开始吧，杨桃对自己说。

几个月后，当那闺蜜约她去咖啡厅当面跟杨桃说她已怀孕了的时候，杨桃才知道自己受骗了。她说和杨桃的丈夫在一起已经有一年多了，现在有了孩子，她决定要和老公离婚，她说杨桃的丈夫也答应了要和她结婚。杨桃当时一句话也没说，等那个女人说完，她站起来转身走出了咖啡厅。

一踏出门口，杨桃泪如雨下。走到半路，突然又下起了大雨，风把路旁的树刮得东摇西摆，杨桃像个傻子一样在雨里一直走一直走，落汤鸡般的杨桃失魂落魄地回到家中。在婆婆的一再追问下，一直在掩饰情绪的杨桃忍不住放声大哭。婆婆知道真相后，气得浑身发抖。

晚上，丈夫对婆婆的审问沉默不语，最后，竟然推门而去。那一晚，丈夫没有回家过夜，那一晚，杨桃彻夜难眠。丈夫的沉默其实就是默认，任凭婆婆怎么跟他吵怎么跟他闹，他就是一副死猪不怕开水烫的样子。情绪低落的杨桃一直想

英雄

找个机会好好和他沟通，杨桃多想从他嘴里听到那孩子其实不是他的，可是他总说忙，根本不愿意和杨桃多说话。

那段时间，杨桃大把大把地掉头发，睡眠质量很差，有时一晚上只能睡两个多小时。看着儿子天真无邪的样子，杨桃经常忍不住偷偷流泪。虽然对自己疼爱有加的公婆一直站在自己这边，可是丈夫的心却是没有人能捆住的。有了一晚彻夜不归后，丈夫在家待的时候越来越少，后来他找借口说公司忙就干脆住在了公司，只是偶尔回来吃一两顿饭。杨桃的心越来越凉，人也越来越憔悴。

没想到，那个女人真的离了婚，真的把孩子生了下来，听说生了个女儿。杨桃和丈夫并没有离婚，那个女人就敢明目张胆地把孩子生了下来，这种打击对杨桃很致命。丈夫没有跟杨桃谈过要离婚的事，他像没事般照样生活照样工作。公婆扬言说不会认那个女人和那个孙女，虽说这话对杨桃是个安慰，但内心深处的痛谁又能安慰呢？杨桃也曾想过去告丈夫，但这样的话丈夫就会因重婚罪去坐牢，他的乌纱帽也会被摘掉，甚至会没了工作，善良的杨桃也不想致丈夫于死地，可杨桃又不希望儿子有一个犯罪的爸爸。最后，她想到了一个办法：逃！杨桃把工作辞了，那么好的工作说辞就辞，大家都不理解。杨桃有苦却难言，只是说想去外面闯闯。

杨桃把儿子托付给了公婆。公婆其实不希望杨桃离开，他们说这辈子只认杨桃这个媳妇，可是继续在这里待下去的话，杨桃觉得自己会疯掉。临走前的那晚，杨桃抱着儿子整整哭了一夜，一大早亲了亲睡梦中的儿子，依依不舍地拖着行李离开了这个自己生活了几十年的城市。

杨桃坐的是火车，一路上，她都盯着窗外的风景发呆。坐了两天一夜，终于来到了深圳。刚走到出站口，同学小丽便在不远处大声喊着杨桃，几年没见了，两个人紧紧地拥抱在一起，杨桃在小丽的怀抱中失声痛哭。小丽也是杨桃大学时的死党，毕业后便随着男朋友到了深圳，后来她和男朋友都考上了公务员，结婚后生了个可爱的女儿，在深圳买了车买了房，日子过得很幸福。

通过小丽的关系，杨桃进了一家事业单位。这家事业单位工作挺轻松，但工资不高，而且人事关系很复杂，人与人之间勾心斗角，让杨桃很难受。勉强在那家单位干了三个月，杨桃便跳槽了。

杨桃读大学时英语成绩很好，她自己找到了一份翻译工作。杨桃在那家公司从翻译升到了经理助理，干得很出色，在那家公司整整待了两年。后来公司新换了一个经理，那个经理看上了杨桃，想让杨桃做他的秘密情人，杨桃当然不愿意，于是这个经理就处处刁难杨桃，还经常发些下流的信息给杨桃，杨桃一怒之下辞职走人。

法律规定夫妻分居两年后可解除婚约，杨桃在离开家乡两年后，回去和丈夫正式离了婚。丈夫现在已是正所长了，事业上春风得意。善良的杨桃离婚时啥都没要，那房子也留给公婆了，想到儿子需要他们带。有人说杨桃很傻，可以趁机诈丈夫一笔钱的，可是杨桃做不到，她不是个贪心的女人，只想放彼此一条生路。虽然杨桃对丈夫有很多的恨，但他毕竟也是儿子的亲生父亲，想着他一个人顾两头家也不容易吧。虽然杨桃和丈夫离了婚，但公婆一直没认那个女人，他们不愿意和儿子、媳妇住在一起，两个老人带着孙子自己过。公婆对杨桃说，他们永远是杨桃的父母，杨桃感动得热泪盈眶。儿子由公婆照看，自己当然是很放心的，孩子爸每周也会回来看看孩子。虽然如此，杨桃还是觉得儿子很可怜，得不到正常的父母之爱，可是命运要如此捉弄人，也只能无奈面对，幸运的是公婆对孩子疼爱有加，自己也可随时联系儿子。

四

杨桃很平静地说完自己的故事，她奇怪自己竟然没有掉一滴泪，可她发现坐在旁边的英雄眼眶里却亮闪闪的。杨桃定定地盯了他一会儿，他突然站起身来，走到杨桃身边，把杨桃的头紧紧地抱在了怀里。顿时，杨桃的脑子一片空白。

这一夜，英雄和杨桃在沙发上相拥了一夜，累了杨桃就靠着英雄的肩膀眯一会儿。杨桃不知道这是不是爱情？跟一个小自己八岁的男孩，一个自己公司的保安！一切都是那么的不可思议！可是，这一夜，杨桃不想去考虑太多，杨桃需要男人的肩膀，需要男人的疼爱。第二天一大早，杨桃给婆婆打电话，得知儿子的烧完全退了，紧绷的心这才放松下来。

那一夜后，两个人真的走到了一起。杨桃不想让公司的人知道这些事，所以偷偷摸摸地和英雄交往。杨桃发现自己和英雄还是挺合得来的，两个人在一起时好像有说不完的话，原来英雄是个很风趣很幽默的人，经常把杨桃逗得哈哈大笑。

　　这样的情形维持了几个月后，杨桃决定去外面租房子。时间长了，两个人的感情难免会让外人看出破绽，这样对自己和英雄都不太好，不在公司住，省得让人去碎嘴皮子。

　　两个人选中了离公司不远不近的一个小区。这个小区很安静，附近还有个公园，闲时可去那里锻炼锻炼身体。杨桃搬东西都是一点点搬，神不知鬼不觉的。那些大件的物品都是公司的。租住的地方家具一应俱全，很方便省事。

　　正式开伙的那天，杨桃特地挑了下日子。适逢周末，英雄也正好休息。没想到英雄会下厨，他做了顿色香味俱全的大餐，两个人喝了一瓶红酒。美食、红酒、恋人，两个人都感觉特别的好，喝得脸红红的。酒足饭饱，杨桃正想收拾桌上的碗碟，英雄却一把抱起了杨桃往卧室走去。

　　推开卧室的门，雪白的床罩上，铺着一片片火红火红的玫瑰花瓣。那一刻，杨桃的心都醉了。这种画面，只有在电视上才看得到，没想到英雄会如此的浪漫。杨桃忍不住仰起头深深地亲吻抱着自己的英雄。这是英雄的初夜，看着他那笨拙的样子，杨桃幸福地流下了眼泪。

　　英雄是在单亲家庭中长大的。父母亲在他上小学三年级的时候离婚了，因为父亲有了外遇，那个女人有了父亲的骨

肉，她非要把孩子给生下来，父亲不得不跟母亲离婚。母亲为了儿子，一直没有再嫁。英雄对这种插足别人家庭的第三者深恶痛绝，当他听完杨桃的故事时，他流泪了。他想到了自己，他同情杨桃的遭遇。他理解母亲的痛，他知道母亲拉扯自己长大的不容易，所以，他觉得自己该好好对杨桃，好好去疼爱她。至于她比自己大多少岁，那些都不重要，他就想好好去保护这个女人。

从小跟着母亲生活的英雄家务活干得很好，把两个人临时租住的房子布置得特别温馨。杨桃工作忙，而且她本身也不太会做家务事，那些抹桌子、拖地的活儿都是英雄来干，煮得一手好菜的英雄自然也承包了买菜做饭的活儿。这么多年以来，在深圳独自打拼的杨桃终于又感受到了家的温暖。

杨桃对英雄还是挺满意的。除了文化水平比自己低一些、职位不怎么样，其他方面都很好。英雄对杨桃很迁就，处处让着她。以前杨桃和前夫在一起时，都是杨桃让着他。前夫是大男子主义者，家务事是从来不会去动手做的。偶尔杨桃有个感冒发热什么的，前夫也很少端茶倒水侍候她。英雄和前夫真是鲜明的对比，如果英雄不是比自己小那么多，杨桃就觉得这就是自己要的幸福了。高文化高职位又怎么样？对自己不关心不照顾，或者说把关心和照顾都给了其他女人，再高的文化再高的职位又有什么用呢？那也只是表面上让人感觉幸福。杨桃算是看透了。以前自己未离婚时，自己的家在别人眼里是多么令人羡慕的家庭，门当户对、儿子可爱、自己工作很好、丈夫又是领导，这让多少人眼红呀，可到头来却是一场空。杨桃希望英雄去读下夜校，混个大专文凭，换个合适的工作，别人就不会觉得两个人的差距太大了。可一想到两个人年龄的差异，杨桃心里就没底了。现在看起来两个人还算般配，可是再过五年、十年或者二十年呢？如果真的结婚了，以后他会嫌弃自己么？他的家庭又会接受自己么？儿子会接受他么？这些问题真的很伤脑筋，杨桃甚至不愿意去多想，也许顺其自然是最好的方式吧。

时间过得很快，转眼就过去了一年。在这一年里，杨桃和英雄相处得很融洽。杨桃越来越发现，英雄真的是一个很理想的丈夫。马上要放暑假了，杨桃特别想念儿子，她想把儿子接来深圳住上一段时间，可是自己又不能请很多天假，叫谁帮忙带好呢？英雄此时自告奋勇，他说他来照看孩子，正好这段时间他报名上了夜校，白天带孩子，晚上去上课。英雄打算辞掉目前的这份工作，缓一阵子后再找个新工作。英雄觉得两个人在同一家公司上班毕竟不太好，而且英雄也不想再干保安的工作了。杨桃听了觉得有道理，这事就算是定了下来，只是，她还是有点担心，不知道儿子会不会接受英雄。

儿子是自己坐飞机过来的，现在飞机上都有专门的无人陪伴儿童相关服务，这让大人省了不少心。那天杨桃正好要去见一个客户，根本无法脱身去机场，只好让英雄一个人去机场接儿子，之前也跟儿子说了这事，通过视频也让儿子看

到了英雄的样子。

懂事的儿子像个小大人，拍了拍胸脯说："没事，妈妈，你忙你的吧，其他人我都不理，下了飞机我只认英雄叔叔，你就放心吧。"

晚上杨桃回到家，儿子已和英雄混得很熟，两个人在客厅玩枪战。儿子听说英雄当过兵，便特别崇拜他，说自己长大后也要去当兵抓坏人。没想到英雄对小孩子也那么有耐心。看着两个人玩儿在一起的那股开心劲儿，杨桃心里的一块石头总算是落了地。杨桃抱着儿子泪流满面，日思夜想的儿子，终于真真实实地站在了自己的面前。儿子贴心地拿纸巾为妈妈擦着眼泪，他的小脸上，也分明有眼泪一滴滴地滚落下来。

杨桃的担心是多余的。儿子和英雄玩儿得可好了，他甚至更愿意和英雄一起玩儿，这让杨桃都有点嫉妒了。儿子有一天问杨桃："妈妈，英雄叔叔以后是要当我爸爸么？"杨桃反问他："那你喜欢他当你爸爸么？"儿子说："喜欢，超级喜欢！我不喜欢家里的爸爸，他从来不跟我玩儿的，也就是带我出去吃吃饭，特无聊。"前夫工作忙，又有另一头家，对儿子真的是很没尽到做父亲的责任，杨桃很无语。杨桃抱了抱儿子，深情地望了望英雄，英雄露出洁白的牙齿傻傻地笑着。

儿子在深圳待了一个月就回去了。前夫虽然没用心管儿子，却又望子成龙。才读一年级的儿子，又是学钢琴又是学画画又是学英语，本来他都不同意让儿子来深圳，说这样会耽误儿子的兴趣班课程，还是婆婆偷偷把儿子送上飞机的，待了一个月就无论如何都要回去了。

离别的时候，杨桃和儿子都哭得稀里哗啦，这一别又不知何时才能再见面了。杨桃心里好难受！目送着儿子进了安检门，看着他小小的身影一点点在自己眼前消失，双眼红肿的杨桃把头埋在英雄的怀抱中，英雄紧紧地拥着她。

回去的路上，英雄说："以后我们把儿子接来深圳一起生活吧。"杨桃望了望英雄，没有说话。接来深圳？谈何容易呀！没房没车，职业也不是固定的，也许明天就被炒鱿鱼了，怎么给儿子一个好的环境？怎么给儿子一个好的家呢？还是走一步算一步吧。

五

一个月后，英雄找到了一份在外资企业的工作，是为经理开车，工资福利都还不错，而且都是按照劳动法来的，晚上加一个钟头的班都会有加班费，一星期有一天半的假。英雄对这份工作还算满意。

马上要过年了，今年难得有五天假，可是得到年三十才放假。杨桃本想回去看儿子，可是票价太贵而且不好买。后来婆婆又说要带儿子回老家去过年，而且英雄也一个劲儿地鼓动杨桃跟他回老家过年，说是母亲催过好几次叫他带女朋友回家了。杨桃心里很矛盾，想回又不想回。眼看就到年

二十八了，在英雄的一再要求下，杨桃终于答应陪他回去过年。杨桃缠着经理又多请了五天的假，忙了一年了，杨桃想好好放松放松。

英雄的家在广东粤北地区，距离深圳有六百多公里。一路上，山清水秀，山路十八弯，坐在旁边的英雄眉飞色舞地介绍着一路的风景，杨桃很少插话，内心忐忑不安。已是年三十了，看到很多家的门窗上都贴上了红红的对联，漂亮的红灯笼被高高挂着，很多家的门前都挂着一串串的腊肉腊鱼，翠绿翠绿的菜园里各种各样的青菜在微风中轻轻摇曳，一群一群的鸡在草丛里啄着虫子，一群一群的鸭子在河里快乐地游来游去……这一切的景象让杨桃看着很舒服，如果在这样的环境里生活下去，也许人会活得更快乐一点吧?

回到村里，已是傍晚八点多了。到处都是灯火通明的，不少小孩在开心地嬉戏着玩耍着，大人们大多都在房间里嗑着瓜子看春节联欢晚会，有一些主妇还在厨房里收拾着忙碌着。英雄和杨桃刚走进村子，英雄的母亲就迎了上来，想必她时不时就跑出村口来迎接自己，杨桃的心里暖暖的。英雄的母亲看上去有点严肃，杨桃轻轻地叫了声"阿姨好"，英雄的母亲点了点头，从杨桃手中接过行李，领着杨桃往家里走。

家里的小黄狗还认识英雄，看见他便摇头摆尾的，对陌生的杨桃它也不认生。一直喜欢狗的杨桃忍不住轻轻地摸了一下它的身子，小黄狗竟听话地躺下来任由杨桃抚摸。

杨桃走进屋内，把行李都放好，洗了手，看到厅里的饭桌上已经摆满了一桌子热气腾腾的菜。"这是酿豆腐、这是炸腐卷、这是肉丸鱼丸汤、这是红烧福寿鱼、这是蒜苗焖五花肉、这是姜焖鸭、这是煎堆、这是炸油角、这是炸芋饼……"英雄向杨桃一一介绍着年菜。真是色香味俱全呀！杨桃的口水都快流出来了。杨桃也真是肚子饿了，坐在旁边的英雄不停地往杨桃的碗里夹菜，杨桃也不客气，大口大口地吃起来。看来阿姨的手艺真不错，很合杨桃的胃口。有些菜和小食杨桃是第一次听说也是第一次吃到，没多大会儿工夫，杨桃的肚子就撑得圆圆的了。杨桃端起酒杯喝了口客家酿酒，感觉真是好甜好好喝的酒，杨桃一口气把一杯酒都喝进了肚子里。吃得差不多了，杨桃满足地伸了一下懒腰，刚才坐车是坐得腰酸背疼的。杨桃的眼睛扫了一下英雄，只见他对着杨桃傻傻一笑，杨桃也笑了一下，抬眼看了一下对面的阿姨，发现她也正盯着自己，那眼神有那么一点的不自然，碰到杨桃的眼神，她赶紧低下头去扒碗里的饭。

　　吃完饭，杨桃帮着收拾了一下桌子，正想帮忙洗碗，却被阿姨推了出来。阿姨一个人在厨房忙碌着，杨桃和英雄坐在客厅沙发上看春节晚会。阿姨对自己的照顾很周到，但杨桃总是感觉阿姨好像对自己不是特别满意，也许是嫌自己年纪大吧？自己看上去的确是比英雄要大上那么几岁。

　　"你妈妈是不是对我不太满意？我感觉她都没怎么笑过。"杨桃碰了碰英雄的手问道。

"不会的，我妈妈就是那样的人，她平时也很少笑的。这么好的媳妇儿上哪儿找去？"英雄笑笑说。

英雄嘴里虽这么说，其实他心里也没底。之前只是跟母亲提过杨桃是个大学生，工资很高，老妈当时听了很高兴，觉得儿子真有本事，找了个这么能干的女朋友。但关于杨桃的年纪和离婚之事，英雄只字未跟老人家提起过，他觉得时候未到。就老妈刚才的举动来看，她应该是不够满意，她肯定看出来了杨桃比自己年纪大，英雄在心里叹了口气。

忙碌完的母亲也坐在客厅沙发上看电视，不时招呼着杨桃吃点心、水果，但她脸上始终没见有什么笑容。杨桃和英雄边看边谈论，老人家却坐在旁边很少说话。快到十二点时，老人家从屋子里拿出很大的一盒特红鞭炮叫英雄缠在门口的竹竿上去放，杨桃也跟着出去帮忙。十二点整，英雄点燃了鞭炮，震耳欲聋的鞭炮声此起彼伏，家里的小黄狗吓得到处乱窜。

母亲把洗澡水提到卫生间，嘱咐着让杨桃洗完就好上床休息了，坐了一天的车也怪累的。母亲说完便回屋休息了。农村很少有装热水器的卫生间，几乎家家用的都是炉灶旁边的热水池里的水。这里大部分人都是烧煤，炉灶周围都砌有热水缸，只要有煤燃着，就一天二十四小时都有热水，很是方便，省事也省钱。

杨桃刚脱了衣服，英雄便敲门进来，他也提了一桶水，坏笑着说要一起洗鸳鸯浴。杨桃上前故作粗暴地把英雄的衣服一件件扯开扔在地上，两个人笑着闹着，水花四溅。后来，英雄胳肢得杨桃娇笑不已，她也反过来胳肢英雄，两个人越闹越大声。突然，响起了敲门声：

"雄仔，快点洗，别着凉了。"

"哦，好的，妈，我就快洗完了。"英雄对着杨桃做了个鬼脸。

杨桃吐了吐舌头，赶紧快手快脚地洗澡。洗完后，英雄搂着杨桃回到客厅，却发现妈妈正一动不动地坐在那里，他有点不好意思地把手从杨桃的腰上收回来。

"雄仔，来一下我房间。"妈妈说这句话时脸上一点表情都没有，说完她便站起身走了。

杨桃注意到，英雄妈妈说话的时候，眼睛只盯着英雄，根本没往自己身上扫一下，仿佛自己不存在似的，这让杨桃心里很不是滋味。英雄把杨桃带进妈妈为他们准备好的房间，亲了亲她的额头，便转身去妈妈房间了。

杨桃一个人待在房间里，听着时钟"嘀嗒嘀嗒"地响，心里有点烦躁。远处、近处的鞭炮声一直没断，吵得杨桃更是心烦意乱。不知是英雄去得太久还是时间过得太慢，杨桃躺在床上辗转反侧就是睡不着。打开手机登录QQ，可是QQ上也没什么人，这大过年的，又有几个人那么无聊会上网上QQ呢。杨桃无奈地关上手机，眼睛直直地盯着天花板。杨桃想起了儿子，心里更是酸楚，今晚该给他打个电话的，忙起来竟然忘记了。其实也不算忙，是自己太紧张了，一想到英

雄妈妈的神情，杨桃就心里空空的。

不知道过了多久，英雄终于回来了。英雄的眼神有点闪躲，杨桃本来有很多话想问，可是张了张嘴却一句话也没说出来。

"睡觉吧。"杨桃对英雄说完便用被子把自己裹得严严实实的，并把身子转了过去。英雄上床躺下后，双手从后面紧紧抱着杨桃，杨桃一动也不动，眼泪慢慢地淌了下来……

杨桃醒来的时候，已是早上八点半了。杨桃昨晚没睡好，鞭炮声响了整整一夜，直到凌晨五六点才迷迷糊糊睡去。杨桃洗漱完毕，英雄的妈妈已把早餐端上了桌。

"阿姨，对不起呀，昨晚太吵没睡好，起晚了。"杨桃有点不好意思地说。

"没关系，年轻人，多睡一会儿挺好。我们老人想睡也睡不着，早上五六点就起床，习惯了。"英雄妈妈把热气腾腾的粥端到杨桃面前。

杨桃一直没追问昨晚谈话的内容，而英雄好像也把这事给忘记了，倒是英雄妈妈的脸上似乎多了些笑意。杨桃索性什么都不问不想，一切顺其自然吧，让自己快快乐乐地过个好年。

今年的冬天特别的冷，从年初一开始，小雨便一直淅淅沥沥下个不停，这样的日子特别容易睡着。杨桃放松了心情，觉也睡得特别的香，每天早上几乎睡到九点多才起床。杨桃爱上了这里一种过年时家家户户都要做的"萝卜板"，这种板的主要原料是萝卜，再加上香菇、虾米、鱿鱼等，和上糯米、粘米粉蒸成糕，冷切成片状放到油锅里煎，又香又可口。英雄妈妈做的萝卜板在村里是出了名的，软硬适中，吃起来特别的香。见杨桃那么爱吃，每天早餐香喷喷的萝卜板是必上的一道菜，杨桃吃得是津津有味，百吃不厌。

村里的人都很淳朴、热情，杨桃虽然和他们语言不通，但是杨桃从他们的脸上看得出那种质朴和真情。过年时，这里的老老少少都喜欢玩儿牌，玩儿什么"三公""争上游"之类的，一毛钱一盘，有时玩儿上一整天输赢也就十来块钱。吃完午饭，杨桃一般跟着英雄和村民玩儿这些扑克，玩儿到天快黑了，英雄妈妈站在门口大声喊他们回去吃晚饭这才走人。

今年过年这十来天的日子，是杨桃很多年以来最放松的一个年，也是过得最快乐的一个年。什么也不去想，能吃又能睡，杨桃都能明显感觉到自己的脸圆润了很多，穿在腿上的裤子都紧了不少。

日子过得很快，转眼假期就要结束了。英雄妈妈给杨桃带了很多家乡特产，有一大袋的煎板、一大袋的炸芋饼、一大袋的萝卜板，还有什么五香豆干、白渡牛肉干等，还有一麻袋的梅州沙田柚。离开村口的时候，杨桃的眼睛湿润了，她不知道自己是否再也不会回到这个地方了，她喜欢上了这里。

英
雄

六

回到深圳，莫名的紧张感和无形的压力让杨桃有点不习惯，再加上忙碌的工作，人马上憔悴了不少。在深圳，杨桃总是全身心都紧绷着，心里总是莫名烦躁，一直没问出口的话终于在一个夜晚向英雄开了口。

"你妈妈那晚跟你说了什么？"杨桃直直地盯着英雄的眼睛问道。

"没、没说什么呀。"英雄的眼神有点闪烁。

"没事，不管你妈妈是什么态度，我都能承受的。"

"真的没说啥，她就问了我是不是比你小？"

"你怎么回答她的？"

"我说你比我大三岁。"

"三岁？我明明大你八岁，你干吗要骗她？"

"农村有句俗语：'女大三抱金砖'，我想着这样说妈妈就不会有什么意见了吧。"

"纸包得住火么？她迟早也会知道的。"

"你有跟阿姨说我离过婚有个儿子么？"

"没、没有。"英雄低下了头。

"你……唉！那你妈妈那天究竟是什么态度？"

"她让我好好考虑清楚，她说女人老得快，尤其在生了孩子后。"

"那你怎么说？"

"我说我就喜欢你。她说如果我真的喜欢你，那就要一辈子对你好，不许以后又喜新厌旧嫌这嫌那的。"

"你妈妈真是个善良的女人。"

"嗯，我妈人很好的。"

"你妈妈要是知道了我的真实情况，估计不会答应你我的事的。"

"未必吧。不管怎样，我是爱你的，我要娶你做我的妻子。"

杨桃没再说话，上前紧紧地拥抱着英雄。

这段时间，杨桃总感觉胃不太舒服，吃什么都不香，总感觉身子软软的没什么力气，但是又很能睡。杨桃心里直犯嘀咕，难道自己身体出了什么状况？

周末，杨桃和英雄去逛街。街边有卖李子的，杨桃看到那青青的果子特别想吃，买了两斤拎回家。英雄尝了一个，酸得他赶紧吐了出来，急忙跑到洗手间去漱口。杨桃也试着吃了一个，却一点也没觉得酸，她一口气把两斤李子全部吃了下去，她心满意足，英雄目瞪口呆。英雄记得以前自己比杨桃更能吃酸的，今天的杨桃怎么那么反常呢？杨桃看着一大堆的李子核也觉得有点不可思议，她的脑子猛然一激灵：难道自己有了？这段时间太忙了，忙得都没去记那个日子。上个月例假究竟是哪一天来的呢？杨桃和英雄想了半天，好像是十号吧。今天呢？已经是二十五号了，天哪！原来已过以往例假日那么久了！自己竟然一点都没去在意。

英雄从药店买回来试孕棒，杨桃心里七上八下的，她拿着试孕棒跑去厕所把尿装到那管子里时，心里一直在祈祷，希望自己没有中招。等了一会儿，试孕棒上那两根线慢慢地红了。每次做爱，都有用避孕套呀，自己压根就没想到会怀孕，看来现在产品的质量是越来越差了，杨桃很无奈。杨桃曾打过一次胎，现在一想到当时的情景当时的那种痛仍然后怕不已。杨桃愁眉苦脸地从卫生间走出来，英雄并不懂怎样就算怀上了，一个劲儿地问杨桃。

杨桃没好气地说："一根线红就是没有怀孕，两根线红了就是怀上了。你自己看！"

英雄看到那两根红红的线时，高兴地跳了起来："我要当爸爸了，我要当爸爸了！"

英雄的反应让杨桃有点意外，这时候怀孕应该是件麻烦事，没想到英雄却那么的开心。英雄一把将杨桃抱了起来，在她的脸上亲了好几下，兴奋地抱着她转了好几个圈。

"亲爱的，我们结婚吧。"英雄的眼睛闪闪发光。

"结婚？怎么结？"

"随你呀，旅游或摆酒都行。"

"那工作呢？不要了？"

"结婚了也一样可以上班呀，再说不是有婚假产假么？这可是国家规定的假期。"

"你妈妈会同意么？"

"肯定会的，她做梦都想抱孙子呢。"

"结婚？我们有房子么？"

"家里有房子呀，这里嘛，暂时还是租房，等我们攒够钱了就买房子。孩子生出来后叫我妈出来带一下，或者让她带回老家去带。"

"把孩子扔给老人？我可不愿意！我得让孩子在我身边健康成长。"

"那就让妈出来带孩子，她肯定愿意的。"

生孩子哪有那么容易呀？自己和英雄的工作都有可能说丢就丢的，杨桃还想着要把儿子也一起接过来生活呢，一想到儿子，杨桃就很内疚，自己不能给他一个完整的家。自己大英雄那么多岁，万一以后英雄嫌弃自己，或者英雄妈妈知道真实情况后死活不同意两个人的事，生孩子出来不又把这个孩子害了么？

杨桃的心里乱如麻。

兴奋的英雄正要拨电话，说是要把喜讯告诉老母亲，杨桃把电话拿了过来。

"先别打，你让我好好想想吧。"

"好好想想？为什么？难道你不想要这个孩子？""生孩子是大事，要考虑清楚。别让老人一惊一乍的，考虑成熟了再告诉她也不迟。""我妈肯定特别高兴！她早就盼着这一天了。我们结婚吧，我们把孩子生下来，我就要有自己的孩子了，我太高兴了！"

英雄从冰箱里拿出花生米和酒，一边自顾自地喝酒一边

说道："老婆，你可不能喝，别把我们的宝宝喝晕了。"

看着如孩子般高兴的英雄，杨桃心里说不出是什么滋味。这是英雄第一次喊自己老婆，看来他是真的想和自己结婚，铁了心要这个孩子了。

喝了酒的英雄睡得很香，旁边的杨桃却几乎一夜无眠。左思右想，考虑来考虑去，杨桃还是决定不要这个孩子。孩子来得不是时候，生下了孩子就要给孩子最好的条件，否则怎么对得起孩子？但现在自己和英雄还正处于创业阶段，再说，自己对这段感情心里还是没底。

早上，英雄一醒来便摸着杨桃的肚子自言自语，杨桃又好气又好笑。杨桃躺在英雄的怀里，低言低语地想做他的思想工作，没想到英雄大发雷霆，杨桃第一次见英雄发那么大的脾气，一时都愣住了。

杨桃不再说话，默默穿好衣服，早餐也没吃就上班去了。

晚上，英雄妈妈打来电话，英雄直接把手机拿给杨桃，杨桃有点疑惑地接过电话。

"杨桃呀，把这个孩子生下来吧？雄仔从小到大都特别喜欢孩子。上午给我打电话时，他高兴得像中了彩票似的。"

"阿姨，让我再好好想想吧。"

"别再想了，你们就赶紧结婚吧，孩子生下来我会帮你们带。你们也老大不小了，雄仔都27岁了，女人不要等到年纪太大再生孩子，趁我现在还干得动，你们忙你们的工作，孩子生下来后一切琐事我全包了。"

"阿姨，我、我和英雄再商量商量吧。"

"杨桃，你一定要答应我。我也跟雄仔说了，以后他一定要好好待你的。你比他大，本来我是不太同意的，但大家都是女人，我也不想你以后过得不好。不过雄仔是个善良的人，他既然那么喜欢你，相信他会对你好对孩子好的。"

"阿姨，我知道，你们都对我很好。"

"结婚的一切事宜就按照你们的意思办，在家摆酒也行，出去旅游也行，我没那么封建，你们觉得怎么开心就怎么做。至于费用，你不用操心，这些钱我还是拿得出来的。"

"阿姨，给我几天时间，我们商量好了再答复您。"

"嗯，也行，不过你得答应我，一定要把孩子生下来，那可是我们陈家的香火呀。"

放下电话，看着英雄满怀期待的目光，杨桃的心里仍然七上八下。

七

一周后，英雄和英雄妈妈每天的轮流劝说最终打动了杨桃，但她建议还是先去医院检查一下，自己验的也未必准确，顺便看看孩子是否健康。英雄专门请了一天假陪杨桃去医院检查，要检查的项目很多，花了一千二百多元。做完 B 超，医生说："恭喜你们呀，怀上的是双胞胎！"两个人都惊讶得合不拢嘴，英雄马上打电话向母亲报喜，电话那头的母亲激

动得都哭了。杨桃今年已三十二周岁了，属于高龄产妇，医生说年纪越大怀孩子的概率就越小，一听说怀的是双胞胎，杨桃庆幸自己没把孩子给拿掉。怀上双胞胎，那是多大的喜事呀！

杨桃跟经理请婚假，经理听说她要结婚了，嘴张得大大的，从来没听说过杨桃和谁谈恋爱，突然要请婚假让他都有点不太相信。公司的业务实在太繁忙，处处离不开杨桃，经理为难了半天，终于同意给杨桃放三天的假。本来计划先回英雄家去领结婚证的，可是这么一来就根本没时间出去了。英雄有个亲戚在民政局上班，英雄妈妈说有时间了回去再补办结婚证也不迟，只好这样了。

英雄妈妈是希望两个人回去摆酒请客的，可是英雄和杨桃最终选择了旅游结婚，说是趁着杨桃怀孕反应还不厉害的时候去走一走，英雄妈妈也不好再说什么了，她托人汇了五千块钱过来给他们结婚用。假期时间很短，两个人选择了跟着旅行社的厦门三日游，这时候刚好是旅游淡季，每个人只付三百多元就行了。既然是结婚，两人花了三千多元买了张舒服的大床，把房间也简单布置了一下。

杨桃这次怀孕跟上次怀儿子不同，三个月了反应不是特别厉害，繁忙的工作勉强还能应付。到了五个月的时候，杨桃的腿开始浮肿，肚子也显得很大。经理看着她日益鼓胀的肚子很是头疼，杨桃也觉得自己工作得力不从心。到了七个月时，杨桃身体浮肿得更厉害了，走路时几乎都看不到脚，别说是加班，就是白天上班都很辛苦。公司只好又请了一个人帮忙，杨桃勉强支撑到怀孕八个月时，向公司提出请假。这个公司虽然规模不小，可是却不是那么正规，劳动法什么的都根本不管的。

经理看着杨桃鼓鼓的肚子，说："你是该休息了，你为公司辛苦了那么多年，公司再发一个月工资给你吧。等你生完孩子，公司需要的话你再回来上班。"

杨桃知道自己其实算是被辞退了。她心里挺伤感的，可是却很无奈。回到家，英雄妈妈端上来的鸡汤杨桃一口也没喝，她推辞说自己没胃口，回到房间就把门关上了。杨桃一个人在床上躺了很久，等英雄下班回来，轻言细语劝说了很久，她才出去吃晚饭。过了一个多星期，杨桃才算是把自己失业的事情想通。船到桥头自然直，等小宝宝出生后，自己再去找个合适的工作吧。

时间一天天过去，杨桃的身体越来越笨重，那小山似的肚子压得她感觉自己喘气都困难。这一个月以来，杨桃的胃口特别好，细心的英雄妈妈更是变着法子给她做好吃的，家婆说孩子在娘胎里就要补养好，出生后才好带，身体也会更健康。一天吃上五六顿，吃得杨桃的脸都胖得变形了，腿更是肿得不成样子，如小水桶似的，杨桃望着镜子里的自己都快认不出来了。杨桃知道孕妇运动的必要性，尽管走路很辛苦，却也坚持每天晚上出去散步，英雄上晚班时就让家婆陪着，英雄在家时就和妈妈一起陪杨桃出去走路。杨桃的身材已臃肿得不成样子，走起路来特别的吃力，走一段路就得停下来歇会儿。杨桃每天晚上回到家洗完澡，都得往大腿内侧擦药膏。因为大腿太粗了，走路的时候两腿内侧会互相摩擦，时间一长两腿内侧都被磨烂了，很是疼痛。晚上睡觉的时候，因为肚子太大，每次半夜想要转身的时候，都得下好大决心才敢把身子翻转过来。到了怀孕后期，杨桃都有点度日如年的感觉。

再过二十来天预产期就到了，杨桃和英雄已商量好到时去剖腹产，孩子的头挺大的，自己又是高龄产妇，想来想去还是剖腹产保险点。杨桃还说距离预产期还有十天的时候就去做手术，把孩子早点生下来，她实在是太难受了。家婆却不同意，说是要等肚子疼了才能去做手术，这样对孩子才好。最后一个月的产检是每周检查一次，每次杨桃去检查，医生都会告诉她又长胖了多少斤。现在的杨桃已经有一百五十多斤了，照这样下去，估计生宝宝的时候就得有一百六十多斤，自己怀孩子时的体重是一百零几斤，天哪，自己整整重了五六十斤，实在是太可怕了！

距离预产期还有半个月，杨桃在一天天数着日子。杨桃是上周五去做的产检，医生说孩子一切正常，比同月的孩子高出一周生长时间左右的个头。到了周一，杨桃发现胎动好像没那么厉害了，心想孩子是不是知道妈妈辛苦所以不那么折腾自己了。周二的时候，肚子里的宝宝只踢了杨桃一次。到了周三，宝宝好像动得更少了，不过杨桃还是没在意，心想刚产检完不久不会有什么事的。到了周四，杨桃觉得孩子越来越不对劲儿，好像在肚子里都不怎么动了，她询问了一下家婆，家婆一听慌了神，打电话给英雄让他赶紧请假回来，然后带着杨桃直奔医院。到了医院，妇产科的医生听了一下胎动，神色严峻地赶紧让护士准备手术，看着手忙脚乱的护士们，杨桃的心里有一种不祥的预感。

手术在紧张地进行着，半麻状态的杨桃能断断续续听到医生护士们的讲话声。终于，杨桃听到了孩子微弱的叫声，医生好像说两个都是儿子，杨桃心里舒了一口气，可是，后来又听到医生说要把孩子送到急救室去，迷迷糊糊的杨桃一下子昏迷了过去。

等杨桃醒来，发觉自己已躺在另外的房间里。房间里的灯光很刺眼。这个房间很大，有六张床，床上躺着刚生下孩子的产妇和待产的产妇，几个产妇的旁边都躺着或睡或哭的孩子，家属们人影匆匆，热闹得像菜市场一样。杨桃侧过身往床两边看，却并没有看到孩子。杨桃突然看见双眼红肿的英雄孤零零地坐在床边。

杨桃昏昏沉沉的脑子像突然被冰凉的水泼了一般异常清醒起来。知道真相后，杨桃一下子又昏迷了过去。

没有人能解释孩子为何会突然窒息。从肚子里被抱出来后，孩子就没多少气息了，英雄的妈妈得知后跪在医生的面前，恳求医生想尽一切办法救救孩子。医院还专门调来市里的权威医生，可是，两个儿子在这个世上只活了五个多小时

175

便相继离开了。医生们也觉得奇怪，明明几天前的检查结果还都一切正常，怎么突然会出现这种情况？这种情况几乎从未遇见过。

受了打击的英雄妈妈病了好几天，躺在床上起不来。可怜的英雄既要照顾家里的母亲，又要跑到医院照顾杨桃，还得想着法子准备好吃的营养的食品调理杨桃的身体。杨桃也算是坐小月子，丝毫不敢马虎的。几天之内，心里悲痛的英雄被折腾得瘦了很多，人看起来也一下子老了几岁。

英雄妈妈的病刚好些，便嚷着要回老家去了。她说她不能住在深圳，她心里受不了。英雄妈妈回家的那天也是杨桃出院的日子，英雄搀扶着杨桃刚踏进家门，正碰上提着袋子要出门的老人家。英雄把杨桃扶进房间躺下，赶紧又出去送老人家坐车。

杨桃虽然能理解英雄妈妈的心情，但对她不照顾自己坐月子就跑回老家去心里很不高兴。幸好英雄单位知道他家的情况后，允许他休一个月的假在家照顾杨桃，可英雄毕竟没经验，很多东西他都不懂，伤心过度的杨桃在月子里又总是哭哭啼啼的，弄得是心情不好身体也不好。

三个月过去了，杨桃仍然病歪歪的，她整天窝在家里哪儿也不想去。月子没坐好，杨桃经常会在蹲下去后要站立起来时右腿突然疼痛得站立不稳。眼睛因为月子里流泪过多也经常痛。妇科方面也有问题……

短短的几个月时间，好像一切都变了。那天杨桃强撑着身体去外面买了一叠报纸回来找招工信息，那花花绿绿的信息她却怎么也看不下去，那些五颜六色的字刺得她眼睛疼。

　　杨桃越来越沉默，家里的空气憋得英雄快要窒息了。英雄每天下班回来，家里都是冷锅冷灶的，一脸疲惫的英雄提着买来的菜马上就开始忙忙碌碌。尽管英雄想着法子逗杨桃开心，可是杨桃的面部表情好像僵住了，再也看不到她的笑容。英雄每问她一句话，杨桃就只用最简短的一个或两个字来回答他。

　　英雄越来越害怕待在家里。第二天如果不上班，他就出去找朋友喝酒。杨桃自然不肯和他出门，他便一个人去。刚开始出去时会和杨桃说一声，可是有一天杨桃跟他说这种事以后不用再跟她打招呼后，他便想走就走想喝就喝了，有时夜里十二点前回来，有时甚至凌晨三四点才回到家，反正杨桃也不会打电话催他，杨桃好像根本不在意他。

　　杨桃离过婚有过孩子的事终于被英雄的母亲知道了，保守的她强烈反对英雄和杨桃在一起，她说这种女人不好，还没过门就克死了两个孩子，以后肯定要克死英雄的。母亲甚至还发动深圳的亲戚朋友做英雄的思想工作。英雄心里很烦。杨桃知道英雄母亲的态度后，仍然是一句话也没说。

　　这晚，英雄又喝得酩酊大醉。从的士上下来后，他一路三摆摇摇晃晃地往家走，好不容易摸到了家门口，倚着房门怎么按门铃都没人开门。英雄掏了好几次口袋才终于把钥匙掏出来，然后插了十几次才把钥匙插进钥匙孔里把房门打开。

一进到客厅，英雄便吐得一塌糊涂。

英雄迷迷糊糊醒来的时候，已是凌晨五点。头昏脑胀的英雄挣扎着爬起来给自己倒了杯水，喝完后推开卧室的门，却发现卧室里空无一人。英雄一下子蒙了，把每个房间每个角落都找了一遍，仍然没有看到杨桃的身影，英雄疯了一样地往门外跑去。

第五天、第七天、第十天了，仍然没有杨桃的一点消息。胡子拉碴的英雄失魂落魄地在街上游荡着寻找着……

威 风

一

华高举着一张单子，笑得花枝乱颤。望着华那满是兴奋的脸，威风一头雾水，这娘们今天中了什么邪？华笑得好灿烂，笑着笑着，她却突然又哭了起来，而且越哭越大声。威风轻轻抚摸着她的背，她在威风的怀里哭得地动山摇，哭得威风莫名其妙。

"这是化验单，刚刚从医院拿回来的化验单！阳性！知道什么是阳性吗？就是说，我怀孕了！"华又哭又笑地说道。

此时威风盯着眼前好像有点不太正常的女人。威风笑不出来，当然威风也哭不出来，威风想自己此时的表情肯定很尴尬。

"我一定要把这孩子生下来！"平静下来后，华斩钉截铁地对威风说。

威风看了看华那张变得特别严肃的脸，没吭声。

"我终于可以向全世界证明华是一个正常的女人了！我不

是不会下蛋的母鸡，我有自己的孩子了！"华又开始激动。

"啪"的一声，打火机喷出的红色火苗蹿得老高，威风盯着这火苗发了好一会儿的呆，这才点燃一根香烟，靠在沙发上狠狠地吸着烟。

怀孕？生子？这些词让威风感觉自己的脑子突然混乱了起来。华在一边喋喋不休地说着什么，威风一点也没听进去。威风只顾拼命地吸着烟，一根接上一根。

二

从来没有跟威风要过名分的女人，开始把"离婚""结婚"这两个字眼搬进了每天的话题中。威风不知道怎么回答华，威风也不可能轻易给华什么承诺，所以更多的时候威风的态度是沉默的。威风的态度让华很烦躁，威风的沉默让架也吵不起来，华很郁闷。华做家务的时候，便故意弄出"乒乒乓乓"的声音，威风装作没听到，默默调高了电视的音量。

看着那个在厨房里忙忙碌碌的身影，威风心里是内疚的。想想华也跟了自己五年多了，每天下班回来不顾疲倦任劳任怨地操持着这个临时的家，家务活儿她都包了，把威风侍候得像个大爷似的。在这五年里，她出房租威风出伙食费，一直就这样搭伙过日子。威风连衣服都没怎么给她买过。遇上这样的女人，威风是有多大的福气呀。

华性格温柔，节俭持家，有这样的女人一直照顾着在异乡打工的威风，威风是很满足的。不过想起她曾做过的工作，威风心里又总是有点疙瘩，有时酒喝多了便难免会大声斥骂她盘问她，这个时候华会一声不吭任由威风胡作非为。

认识华的那一天，威风一直记忆犹新。那是一个闷热的夏天，晚上下班后百无聊赖的威风慢悠悠地走在街上，经过一间偏僻的发廊时，威风无意地往里面望了望，看见有几个女人并排坐着。这些女人大都浓妆艳抹，穿着让人流鼻血的低胸迷你裙，那波涛汹涌的胸、那雪白的大腿……看得威风是六神无主。

"大哥，进来按摩按摩舒服舒服嘛！"正当威风意乱情迷时，一个娇滴滴的声音传入耳中，还没等威风反应过来，便被一个老板娘模样的女人拉进了发廊。

"随便挑，想要哪个挑哪个，楼上有包间，她们会把你侍候得舒舒服服的。"老板娘笑嘻嘻地说。

这种架势威风哪里见过？威风紧张得直冒汗，手脚都不知怎么放。

"大哥，年轻点的三百，年纪大些的二百五便可。你倒是赶紧挑呀，她们保证让你满意！"老板娘继续说着。

老板娘的话更是让威风不知所措，威风站在那里像傻子似的。望着眼前这一张张迷离、渴望的脸，威风想赶紧离开这里，可腿却像是灌了铅，怎样都迈不动。威风在慌乱中把那几个坐着的女人扫了一遍，发现有一个女人看起来年纪稍大一些，穿得没那么暴露，看上去像良家妇女一样。老板娘

见威风盯着那个女子，便赶紧叫她起身。

"大哥眼光不错，这良家妇女款比较适合你。华，赶紧带这位大哥上楼。"老板娘对着那位女子说。

"哦，好。"那个女人一边答应着一边站了起来。

这个叫华的女子把威风带上了二楼。二楼的包间很简陋，房里就是一张床和一个小卫生间。华自顾自地先进卫生间洗澡了，听着那"哗哗"的水声，威风的心开始蠢蠢欲动。有多久没碰过女人了？七八个月了吧。伴随着花洒流水声，威风在脑子里把这个女人的衣服扒得一干二净……当一丝不挂的华从卫生间走出来时，威风全身的血液瞬时沸腾了，威风忘记了自己是谁，像只饿狼般扑了过去。

一个人出门在外好几年了，这是威风第一次找小姐。虽然一直有工友要拉自己去那些场所风流快活，但威风都克制住了。自己赚钱并不容易，去一晚便得花上几百元，想想就心疼。而且也担心那些小姐不干净，传染了什么病可就麻烦了，还不如自己解决，卫生、省钱。

威风今天却不知怎的，鬼使神差地走进了那个发廊，糊里糊涂便叫了小姐。事后，威风有点后悔，不过想到用了安全套，稍放心了些。只是这个叫华的女人怎么看都像家庭主妇，跟那些看上去就不是什么好货色的女人差别很大，真搞不懂她怎么会干这一行？可这又关威风什么事呢？威风不得不嘲笑自己。反正这种地方以后不会再去光顾了，威风轻轻拍打了一下自己的脸。

可是，在领取工资的那一天晚上，威风却不知不觉又来到了那个发廊附近。在经过发廊的时候，威风像上次一样忍不住往里望去，一眼便望到了坐在最外面的华，老板娘又适时地把威风拉去店里，威风又稀里糊涂和华去了二楼的包间。

有了第一次便有第二次，有了第二次便有了无数次。后来，老板娘见了威风不再招呼，只对着威风点点头笑笑，华马上起身挽着威风的胳膊直奔二楼。华的细皮嫩肉，竟让威风着了迷。华是威风除了老婆体验的第二个女人，在感觉上跟老婆完全不同的人。华好像很懂威风的身体，让威风在情欲中欲罢不能，隔三岔五便去找她。

后来，威风和华的感情越来越深，好像谁也离不开谁了，威风也渐渐知道了华的故事。

华初中毕业便来到深圳打工，这么多年来，她一直只顾着赚钱养家，上班、加班几乎是她全部的生活。工厂里几乎都是清一色的女工，男人很少，所以华没机会去认识男人。眼看二十好几了还没谈过恋爱，家里人着急了，到处托人给她找合适的对象。华的丈夫当时是邻镇的，也在深圳打工，家里盖有两层楼的房子。华的父母觉得他条件不错，春节回老家时便安排华和他见面认识，两个人匆匆见了一面，彼此的父母都觉得挺满意。虽然两个人对彼此没多少了解，但看着也算顺眼，感觉还可以，认识不久后便在父母的催促中匆匆结婚，从相亲到结婚仅仅十多天，是名副其实的闪婚。因为太匆忙，两个人甚至没有去办理结婚证。在农村，摆了酒

就算是正式结婚了，所以华也觉得没什么。婚后，两个人一起回到深圳。华原来的公司距离丈夫的住处有二十多公里，刚开始的时候两个人一个月只能相见一两次。丈夫住的是大宿舍，尽管丈夫也曾向她抱怨有时晚上一些夫妻不顾廉耻地偷偷挤在他们宿舍床上睡觉，弄得全屋子的大老爷们都无法安睡，令人讨厌！丈夫嘴上说反感，有时却也想让华跟着他去宿舍住，说要省钱什么的，他说别人能做的事情他为什么不可做？但华却说什么也不干，她觉得这种事情自己接受不了，宿舍里有十多个大男人呢，在这里跟丈夫一起睡觉算怎么回事？本来丈夫就是性欲比较旺盛的人，每次见面，一晚上要折腾华好几次，华无法想象在大宿舍里怎么过夫妻生活？岂不脸面全无！丈夫无法说服华，无奈之下，每次见面夫妻俩不得不去廉价的旅馆开房。后来，丈夫要求华搬过来一起打工一起租房。华刚开始不太愿意，因为她在那家公司干得很好，工资也不错，跟同事的关系也特别的好，但是丈夫不想过分居两地的日子，两个人为此吵了几次架。嫁鸡随鸡，华最后没办法，只好辞掉了原来的工作，在丈夫宿舍附近的厂房找到了工作，工资比原来的要低，环境也没原来的好。两个人租了间便宜的旧单身公寓住了下来。

搬过来后，华才算是真正了解丈夫。华发现他不仅好吃懒做，而且脾气很暴躁，还特别喜欢赌博。下班后回到家里跷着二郎腿看电视等吃饭，吃完饭一抹嘴就跑到楼下店里和人家打牌去了，打到夜里十二点多才回来。赢了就哼着小曲回家，输了回来就骂骂咧咧，好像是华欠了他赌债似的。华的父亲也喜欢赌博，为此和母亲吵了一辈子。华一直痛恨喜欢赌博的人，没想到自己嫁的丈夫偏偏就是这样的，都怪自己对他了解得太少。华不得不感叹这是自己的命。华也曾苦口婆心劝丈夫别老去打牌，可丈夫哪里听得进去。且丈夫打牌的技术又差，更多的时候是输钱，一输钱他便黑着个脸，看哪儿哪儿不顺看谁谁不舒服。忙完工作又要包揽全部家务的华有时难免便会和他吵架，丈夫一吵架还喜欢摔东西，这样一来便弄得鸡犬不宁的，邻居也颇有意见。工作的不顺、夫妻间时不时发生的吵闹让华觉得很疲惫，她后悔如此仓促结婚，早知道这样，还不如自己一个人过日子算了。可世间哪有后悔药可吃，每次跟父母通电话，华都强颜欢笑说一切都好。这所有的一切，华只得默默忍受。

华的忍让并没有让丈夫心存感激，反而他倒嫌弃起妻子来了，因为结婚那么久了，华的肚子一直没有鼓起来。这让丈夫百思不得其解。他觉得自己够勤奋的了，几乎夜夜没歇着，怎么华的肚子就一点动静都没有呢？家里的老人又一直催促着他们快点生个孩子，说趁他们现在还年轻，可以帮忙带孩子。丈夫也想早点生个孩子，不然会被人说三道四，可不管他怎么努力，华的肚子始终瘪瘪的，丈夫对华的态度便越来越不好。华又觉得很委屈，她感觉自己身体不错，这怀不了孕不一定就是自己的问题，但丈夫却一口咬定是她的身体有病。华叫丈夫和自己一起去医院检查一下身体，看到底

是谁的问题，可丈夫不愿意，他说他身体棒棒的，生一百个儿子都没问题。华便也赌气说不愿意去检查身体，两人因此经常吵架。后来，烦闷的丈夫又喜欢上了喝酒，每次喝多了他都要大闹一番。有一次丈夫喝多了，硬要和例假中的华过夫妻生活，他嘴里喷着酒气说不信自己就整不出个儿子来。华死活不肯。面对华的强烈反抗，丈夫甚至还打了她，两个人闹得天翻地覆。不明情况的邻居吓得报了警。面对着一屋子的警察和邻居，衣冠不整的华觉得特别的尴尬特别的丢脸，而丈夫仍然在旁边发着酒疯，他甚至大声问警察他想生个孩子有什么错？难道警察还管人家生孩子不成？他的话惹得大伙哄堂大笑，华恨不得地下有条缝让自己钻进去。从此之后，华总觉得邻居看自己的目光是异样的，这让本来就内向的华更是跟邻居们几乎不相往来。

因为怀不上孩子，夫妻俩一直吵吵闹闹地过日子，丈夫也越来越放肆，甚至开始去发廊找小姐，或去僻静处找站街女。刚开始的时候，他还隐瞒着华，被华发现过一次后，他非但不害怕，反而更光明正大地去找小姐了，每次还特地要跟华说一下才出门。华跟他是打也打了闹也闹了，从最开始的愤怒到最后的麻木。华也曾想过离婚，但她骨子里却又是特别传统的女人，离婚是件很丢脸的事情，她觉得这都是自己的命不好，怨不得谁，只能怨命。父母知道这些情况后，也认为是自己的女儿不会生孩子，一直劝华要忍耐，华便一直默默忍受着一切。到了后来，她发现自己对于丈夫的这种行为，已不会再嫉妒怨恨，她更担心的是丈夫会不会被那些小姐传染上脏病回来，再传染到她的身上。所以，晚上过夫妻生活时，华便不再像以前那样配合丈夫，经常无声反抗，惹得丈夫更是恼羞成怒，经常把华的身体掐得青一块紫一块的。

这样的婚姻让华很失望，她想或许真的是有了孩子才能挽救这一切了。于是，华决定一个人去医院检查清楚，没想到检查结果一切正常，这让她欣喜若狂。她把一叠化验单"啪"地扔在丈夫的面前。丈夫看了却不以为然，仍然坚持说自己没病，生不了孩子绝对不是他的问题，是华的问题。华让他去医院检查，他却坚决不去，两个人为此又大吵了一架。尽管日子并没有比原来过得轻松，丈夫对华也没有比原来好，但华的心情却好了不少。不管丈夫是不是有病，起码她知道自己不是"不会下蛋的母鸡"，这化验结果让她觉得腰板都挺直了不少。

没想到看了化验单后，丈夫却比以前更变态了，他甚至对华施与性虐待，让华一天比一天绝望。不久之后发生的事情更是让华差点崩溃。那天华因工厂最近不景气要裁员突然被开除，华是上午去上班时才知道的。看着公告上自己的名字，华并没有过度伤心，反倒感觉轻松了不少，也许真的该换一个环境了，华安慰着自己。把装有工资的信封小心翼翼地装进随身带的购物袋里，华一个人在外面游荡了一天，在一个公园里傻傻待了大部分时间。直到下班了，她才慢慢走

威风

回住处。华做好了饭菜，丈夫在该回来的时间没有到家，华又等了一个多小时，还是不见他的人影。华知道他不会回来吃饭了。华现在已懒得打电话问他。一个人吃着已凉了的饭菜，无滋无味地嚼着，前面的路该怎么走？华很茫然。

夜里十二点多，华才听到丈夫开门进来的声音。尽管华早已习惯了丈夫经常的夜归，但她在丈夫没有回来的时候，还是睡不着。只不过华不会再像以前那样在客厅傻傻地等着他，她早早就疲惫地躺在了简陋的床上。虽然华经常感觉和丈夫已形同陌路，但大家毕竟还是一家人，还是会有所牵挂，听到他回来的声音，华也就放心了。她侧过身，面向墙壁，闭上眼睛准备睡觉。灯却"啪"地突然亮了。在黑暗里待了几个小时的眼睛很不适应这突然袭来的强光，华一动不动地继续躺着，只是把眼睛闭得更紧了。华感觉到有一股酒气越来越靠近自己，还没反应过来，丈夫已走过来把华拉了起来，华只得无奈地慢慢睁开眼睛。那张喝得满脸通红醉醺醺的脸让华看了很厌恶，她把目光移向远处，却意外地发现门口站着一个女孩。华惊愕地以为自己出现幻觉了，右手用力揉了揉眼睛，那个看上去比自己年轻不少的女孩轻佻地对着华笑了笑。丈夫站到那女孩的旁边，他一只手搂着女孩的肩膀，一只手亲热地抚摸着那个女孩的肚子。

"知道吗？这里面、这里面有我的儿子！"他得意地对华说。

那个女孩把头靠在丈夫的身上，一脸挑衅的样子，好像华才是什么见不得人的第三者。华看着眼前这两个人，只觉得脑子一片空白。华没有说话，虽然她此时恨不得把这两个人给撕碎了，但是她却反常地沉默了。

华整理了一下睡衣，跳下床，从丈夫旁边挤身过去。华来到客厅，她打开电视，坐在客厅的旧沙发上，眼睛定格在电视上，看着电视上搞笑的节目，华甚至还笑出了声。丈夫和那女孩也来到了客厅，坐在沙发的另一端。丈夫当华是透明人似的，从冰箱里拿出那些华买回来的水果，一会儿削个苹果给女孩吃，一会儿把葡萄剥好皮塞进女孩的嘴里……华目不转睛地盯着电视傻笑，仿佛这客厅里只有她自己。华的反应让丈夫很意外，他不知道这娘们到底是怎么想的？便故意当着华的面和女孩又搂又抱，甚至还亲吻。华视若不见。笑累了，她关上电视回了房间。

躺下的那一刻，华泪流满面。她用被子蒙住头，把自己蜷缩在被子里一动不动。丈夫回到房间拿走了华算是最性感的一件睡裙。这件睡裙是棉质的，淡紫色，是华最喜欢的一件睡裙，是有一年的生日华买给自己的生日礼物。华平时很少穿它，习惯每天穿着便宜劣质的睡衣睡裤跑来跑去。华听着丈夫和那女孩进卫生间的声音，听着他们边洗鸳鸯浴边嬉笑调情的声音。

当丈夫和那女孩推开房门爬上自己的床，华异常愤怒，这是她万万没想到的。她原以为在这大热天，那一对不知廉耻的男女可能会睡在客厅的地板上，自己就当作是不认识的

人好了，随他们折腾去。可她没想到丈夫竟然无耻到要三个人睡一张床，非要用这种方式来折损自己仅有的尊严吗？华觉得丈夫真是太变态了，那个女孩也变态。

华缩在墙角，一动不动地装睡着。听着睡在同一张床上的他们在动手动脚地调着情，再后来，他们竟然开始做爱……忍无可忍的华再也装不下去了，她"腾"的一声起了床，从洗手间里提过来一桶水，泼在了那一对不知羞耻的男女身上，还没等他们反应过来，穿着睡衣的华拿上平时出门带的小钱包，冲出了家门。

华知道丈夫那晚的行为是想逼着自己离开他，其实只要丈夫对她说别的女人有了他的孩子，华是会同意离婚的。两个人平时在深圳打工，一般只有春节才匆匆回去几天，而那时往往是民政局放假的时候，所以两人一直都没有领取结婚证，心想反正农村里好多人都这样，等到孩子出生了才一起办结婚证。其实从真正意义上来说，两个人还算是非法同居呢，丈夫又何必费这些心思呢？华虽然是个传统的女人，但她也不是自私的人。既然自己不能给人家生孩子，那么所有的后果便得自己默默去承受，但那晚丈夫的行为彻底激怒了华，也让华彻底看清了他的嘴脸。

华很快便答应和丈夫离婚。两个人的存款不多，存折都在丈夫身上，丈夫不愿意给，华便一分钱也没要，只把工厂最后补的工资留着，带了几件换洗衣服和一些生活用品，净身出户，离开了那个住了好几年的所谓的家。走在大街上，华的眼泪不停地流着，惹得路人个个都奇怪地望着她。

华只在普通的旅馆住了一晚，第二天一早便投奔一个在从前工厂时的要好同事。以前那小同事刚进厂时华一直很照顾她，华听说她现在混得不错，便试着打电话想叫她帮忙找工作。同事听到华离了婚没地方住时，便热情邀请华去她家住。许久不见同事，不想竟穿戴时髦如脱胎换骨般变了个人，让华惊叹不已。虽然这崭新豪华的三居室是租来的，但那租金却贵得吓人，华得不吃不喝工作两个月才租得起。坐在同事家那真皮沙发上，华既羡慕又有点忐忑不安。

华在同事家住下来了。刚开始的时候，同事的行为让华感觉有点神秘，接个电话也要躲着华。同事白天在家睡大觉，一到晚上打扮得花枝招展出门，半夜甚至天亮时才回到家，而且经常喝得醉醺醺的。华当时就有点心存怀疑，但又不方便打听，后来无意中知道真相后，华很震惊。她没想到曾经那么单纯的一个女孩子，如今会堕落到干"小姐"这一行。她甚至想马上搬离这个地方，可又一想自己能去哪儿呢？同事似乎看出了她的心思，自己主动摊开来聊。

"我以前在工厂拼命干活儿，累得只剩下半条命，到了月底也没有存下多少钱。而现在只是晚上出去工作，有时一天赚的钱就是原来一个月的工资呢。"同事一边优雅地吐着烟圈一边说道。

"果真这么好赚钱？"华很惊讶地问道。

"当然了，我骗你干吗？我知道，也许你心里会看不起我，不过我无所谓了。这年头，有钱才是王道！我不想再过那种没钱被人瞧不起的日子。现在我回到老家，哪个人不羡慕我？我建的房子可是全村最漂亮的！谁管你这钱是怎么赚的？有钱就是有本事！"同事继续吐着烟圈说道。

"我就是那个一直被人瞧不起的穷人。"华轻轻地叹了口气。

"要不你也一起试试？反正又不会亏本，无本净利的工作呀，哈哈。不过女人也要有招数和方法让男人肯为你多花钱，嘻嘻。怎样？干不干？"同事笑得花枝乱颤。

"我、我不行，我哪里懂男人，我也不会讨好男人。"华羞红了脸说道。

"只要是女人就都能做，男人嘛，见多了就懂了，嘻嘻。哪天你想通了，我带你去见识见识。"同事亲热地搂着华的肩膀说道。

"我去上个洗手间。"华赶紧找个借口溜了。

那段日子，华很拼命地去找工作，可总找不到合适的。华希望找一个有宿舍的工厂，这样自己就不用在外面租房子了。一个单身女人在外面住终归是不太安全的。华找到一些有宿舍的工厂，但那些工厂的工资太低，比华原来的工资还要低，华又不想去做。

就这样在同事家里住了一个月却还没找到合适的工作。那天，在同事的再三邀请下，华终于答应和她出去见识一下世面。穿着土气的华身处于同事的上班场所夜总会时，她突然觉得自己是那么的格格不入。看着那些漂亮的女孩一个个搂着形态各异的男人，华不敢多看，只觉如坐针毡。一个看上去比较斯文的男人突然走过来坐在华的旁边。他不像别的男人那样对着女孩子又搂又抱又摸，他只是和华说着话。看他那么有礼貌，华也就没有了戒心，最终陪他喝起了酒，可没想到才喝了一杯酒，华便醉倒了。

等她醒来的时候，她发现自己一丝不挂地躺在酒店的床上，旁边躺着的正是昨晚一起喝酒的男人。原来这个男人在酒里下了药，他说他看腻了那些浓妆艳抹的女人，土里土气的华让他感觉别有一番味道。华又羞又愧，马上穿衣准备走人，那个男人往华的裤兜里塞了几百块钱，华想把钱扔掉，可想到自己身上已没有什么钱，便停止了掏钱的动作，急急离开了酒店。

有了那一晚，华的思想有了很大的转变。反正都有第一次了，也不在乎第二次第三次。华觉得自己有点破罐子破摔的感觉。也许是因为工作不好找，也许是因为这样赚钱容易，也许是想要报复前夫，华从此便干上了这行当。从最初的羞愧，到后来的无所谓，华也不明白自己的转变怎么会如此之快？但华知道自己是不适合在那些夜总会或酒店干的，自己太土，光顾那些场所的男人一般不会喜欢自己这样的女人。于是华选择了街边的那些发廊，虽然钱挣得少些，但光顾那里的男人没那么讲究。华虽然是接客最少的，但每天也都会有生意，这样挣钱确实比原来累死累活地打工来得容易。

威风

而威风，在华干这一行的第三天便鬼使神差地闯进了发廊。华在认识威风半年后，便决定不再干这个行当，从此跟着威风一起风风雨雨。华说做小姐虽然钱来得容易，但心里是不踏实的，而且经常会碰到变态的男人。好多男人并不愿意用避孕套，身体健康也没有保障。华说只要有个知冷知热的男人陪着她，她甘愿吃苦。

知道华的故事后，威风对这个女人特别的同情，但威风对华做这一行是很反感的。后来华跟威风在一起时不再收威风的钱，威风又特别的感动。所以，当华提出要跟威风一起过日子时，威风虽然有点犹豫，但最后还是答应了。有了她，威风觉得自己过的才像是日子，有个知冷知热的女人天天陪着自己，威风觉得这样的生活真不错。华的温柔、华的善解人意，抵消了威风心里对她曾做过小姐的不快。想想自己也不是什么好人，有这样的女人心甘情愿陪着你，什么也不图，威风还有什么权利嫌弃人家？

后来，华听说前夫被那个女孩给骗了，好不容易东拼西凑出五万多块钱给女方家做聘礼，女孩却突然失踪了。至于那女孩肚子里是不是真有孩子，那孩子是不是真的是前夫的，就不得而知了。威风以为华知道这个消息后会拍手称快，可没想到她却很同情前夫。华太善良了。虽然她恨前夫，但她却希望前夫过得好。拥有这样的好女人，威风心想真的也该知足了。

三

想到妻儿，威风心里很不是滋味。妻子比威风大四岁，是威风的邻居。威风和妻子的婚姻，是父母包办的。威风并不喜欢她。妻子肤色黝黑，长得很壮实，性格大大咧咧的，干农活儿也不错，但却不是威风喜欢的类型。威风之所以会答应跟她结婚，主要是因母亲突然中风后，她主动帮忙照顾母亲。威风在外打工，姐姐们又嫁得远，她便无怨无悔地一直照顾威风的母亲。母亲知道她喜欢威风后，便极力要威风娶她。那年春节，威风脚刚踏进家门，父母便跟威风商量这件事。刚开始威风坚决不答应，妻子知道后也没有表现出什么异样，照样如往日般细心地照顾着威风母亲，操持着这个家。威风看着她忙前忙后的，比自己还熟悉这个家，自己这个当儿子的倒更像是个外人，心里还是挺惭愧的。威风出去打工后，她还是一如既往帮忙照顾威风母亲。当威风第二年春节回来时，父母又跟威风提结婚的事。这次威风没有说话，考虑了好几天后，威风答应了父母的要求。如果威风不娶她，她总有一天要嫁人，那到时已瘫痪在床的母亲由谁来照顾呢？母亲身体好的时候，她是里里外外的一把好手，但父亲是不怎么会干家务的，父亲除了会干点农活儿其余啥都不会干，所以别指望他来侍候母亲。父亲和母亲对贤惠的妻子都特别的满意，都觉得这个家离开她便不成家了。

威风本来是个比较内向的人，出去打工好几年了，也不会泡女孩子。想到自己的现状自己的家庭，威风内心也是挺自卑的，根本不敢多看女孩子一眼。所以，虽然威风不喜欢妻子，但是为了父母亲，威风也就认了。威风没有谈过恋爱，读书时曾偷偷喜欢过一个女孩，她是威风班里的班长，听说她后来考上大学了，再后来出国嫁了个老外。初中毕业后威风便再没见过她，不过她仍然时不时会进入威风的梦里。威风理想中的妻子，就是如这个班长一般清纯可爱的女孩。可是，威风的生活中哪里有这样的女孩？威风知道妻子人不错，但威风就是对她没感觉，没有爱的感觉。说到爱，后来在华的身上，威风倒是算感觉到了爱。

妻子和威风过着聚少离多的夫妻生活。威风一年最多也就回两三趟家。女儿出世不久，母亲便去世了。女儿大一点后，威风正盘算着是不是要把老婆孩子接过来一起打工一起过日子。不久，妻子又怀上了儿子，妻子在家更忙了。以前还想着带她来深圳看看，可是她哪里有时间？老人和孩子把她忙得团团转。威风工资又不高，在深圳哪里养活得起老婆孩子？威风知道，妻子很不容易。威风一直愧对于她。

妻子长年劳碌，再加上平日里不修边幅，那模样看上去像大威风十岁一样。和华在一起后，威风每次回家看着妻子都不太顺眼。相比之下，华更有女人味，穿戴也没那么土气。晚上和妻子过夫妻生活时，威风总是把她想象成华。如果不是怕她怀疑，威风真不想碰她的身子。在床笫方面，她更是比华差远了，永远都是闭着眼睛一声不吭地躺在那里，从头到尾都是这一个样子。虽然威风不爱妻子，但是刚结婚时，几乎每晚都要和她过夫妻生活，后来每次回家也是差不多这个样子。但自从有了华后，威风每次回去跟她在床上做爱就是应付式的。威风不知道妻子有没有感觉出自己的异常？只是她从来不跟威风提这方面的事情，威风也高兴不用解释。有时候，妻子会觉得威风好像陌生人一般，平时就偶尔给家里打打电话，只是问问孩子和老人，几句话便匆匆挂线。回到老家，两个人的话也不多。晚上除了亲热时偶尔有肌肤之亲，其余时刻都是各自盖着被子睡觉。白天妻子忙忙碌碌，威风最多也就是逗逗孩子，彼此很少真正去交流。对孩子，威风没尽到什么责任。除了每个月发了工资后固定把钱寄回去外，威风觉得自己真的不是一个称职的丈夫和父亲。

因为很少见面，孩子们跟威风都不亲。小时候，他们情愿让爷爷抱，也不愿意投向威风的怀抱。孩子们长大些了，他们也总是躲着威风，总跑出去和小伙伴们玩儿。威风在家的日子，更多的画面是父亲坐在门口抽着旱烟，妻子在忙着喂猪喂鸡，孩子们在远处的田野里玩儿得正欢，而威风坐在树下发呆。

尽管华从来不提，但其实威风早就有过离婚的念头，因为威风真的不想一直这样让她没名没分地跟着自己。可每次回去，看着孩子们可爱的脸庞，看着为这个家一天天老去的妻子，威风真的张不开这个嘴。

现在，华有了威风的孩子。她跟了威风那么多年，威风

以为她身体真的有问题，所以一直也没有采取避孕措施，这几年也没出过什么意外。没想到现在突然怀上了。其实威风内心是高兴的，威风为华能像一个正常的女人一样而开心。女人，只有做了妈妈，人生才算是真的完整。威风内心也是渴望和华结婚的，两个人从此一起好好抚养属于他们自己的孩子。可是转念一想，老家的妻子怎么办？儿女怎么办？这样离婚的话，自己会不会被老家人的口水淹没？父亲知道后会不会以死相逼？威风六神无主。

就这样一天拖一天，日子好像过得很慢，又好像过得很快。不知不觉，华肚子里的孩子已有三个月大了，华的腹部开始隆起。怀孕后，华的脾气变得没以前那么温顺了，而威风的沉默更是让她有气无处发，气氛变得有点沉闷，这是以前从来没有过的事情。

华刚开始每天逼着和威风讨论离婚的事情，到后来几天才蹦出几句，最后她再也不提，但威风知道她有时背着威风偷偷哭泣。其实不管她提不提，这件事情每天都悬在威风的心中。威风很矛盾，不知道该怎么去解决。如果威风真的和妻子离婚，她会不会想不开？孩子们又该怎么办？想到妻子为这个家一直辛苦操劳，威风真不知道该怎么跟她开这个口。为此威风六神无主、烦躁不安！

晚上吃完晚饭，华在厨房洗碗，威风坐在沙发上看电视。说是在看电视，其实威风只是眼睛盯着电视画面而已，哪里看得进去？威风一口一口地吸着烟，本来不太抽烟的威风，最近却抽得厉害。华很讨厌威风抽烟，她说会影响胎儿，每次看到威风抽烟都会把威风赶到阳台去。有次客厅已是烟雾弥漫，威风赶紧自觉跑到阳台。

烟抽完了，威风回到沙发上坐好。华的碗也洗好了。她手里拎了张塑料板凳，放在威风的面前，然后端端正正地坐了下来。

"威风，今天我想郑重跟你讨论一下我们的问题。你别又想逃避，无处可逃！"

"谈什么？离婚还是结婚？"

"你别一副吊儿郎当的样子。就算我可以等，但我的肚子等不了多久。"

"你让我怎么开口？"

"你很爱她？"

"废话，我从来没有爱过她，别故意拿话塞我。"

"那就是了，大不了我们在经济上赔偿她。"

"说得轻巧，你有多少钱可赔？"

"这几年，我省吃俭用，还真存下了几万块钱，不够的话我再去借，行不？"

"你以为钱便能解决一切？虽然我和她没什么感情，但她一直在为这个家不停地付出。我若跟她离婚，人家会说我的良心让狗吃了。"

"可你们没感情，而且实际跟你在一起生活的人是我，这对她难道不是一种伤害？你们一直分居两地。现在离婚，她

还能去再找一个人嫁了，等老了再离岂不更惨？人老珠黄，谁还要她？现在离婚，或许是给彼此一条生路。"

"别说得那么好听，你还不是为了你自己。"

"对，我是为了自己，但也是为了我们的孩子为了你。"

"为了我们的孩子？那我家里那两个孩子怎么办？"

"那两个孩子被判给谁都行。若判给她，我们出生活费；判给你的话，我会好好待他们。"

"我……"

"逃避是解决不了问题的！你以为事情能拖下去吗？"

"我愧对她！"

"我知道，我也不是狠心的人，我也不想伤害另外一个女人。如果不是因为怀孕了，我情愿这样无名无分跟你过一辈子。你说说，我以前有跟你提过让你离婚吗？我们是相爱的，而现在，好不容易有了爱情的结晶，我只能自私一点了。"

"你让我再想想。"

"你已经想了好几个月了，可是一点眉目都没有，我一直忍着、等着。孩子出生后是需要一个正常的家庭的，我总不能把他当私生子般生下来吧？如果你觉得和她离婚不可能，那我就直接离开你，我自己把孩子生下来自己养，一切跟你无关。你今天就给我一个答复！"

"干吗非要这样逼我？"

"不，是你在逼我。"

"再给我点时间好吗？"

"这是我最后一次跟你讨论这个问题，从此不会再提，你自己看着办。"

威风没说话。一脸期待的华望着威风的脸，就这样一直盯了威风好久，威风却始终沉默着。华的眼里突然涌出了一串又一串的泪水，但她竭力控制着自己。她站起身快步走向房间，"砰"的一声关上了房门。

华锁上了房门。这一晚，威风只好睡在客厅。

第二天是周日，威风和华都不上班。威风昨晚一直睡不着，翻来覆去折腾到凌晨四五点才迷迷糊糊睡着。本以为可以睡个懒觉，可一大早威风却听到房内很大的响声，不知道华在里面捣鼓什么？威风有点不放心，敲门她也不开。

看见华提着大包小包要出去时，威风愣住了。威风拉住华不让她走，可华的态度很坚决，她使劲儿挣脱了威风的手，两个人在门口拉扯了好久。不管华怎么努力地挣脱威风都挣脱不开，她毕竟没有威风力气大，后来，她只好把全部行李扔下，坐在地上大哭了起来。威风蹲下身来，紧紧搂抱着华。威风的眼泪也止不住地往下流，两个人拥抱在一起哭了好久。

威风无法想象没有华的日子自己该怎么样去生活。威风想起了华种种的好。况且她肚子里已有了自己的骨肉，哪里舍得离开她？华的举动让威风终于下定了决心。威风答应华马上跟公司请假，然后回家跟妻子摊牌。

华破涕而笑，她把收拾好的衣服一件件从袋子里拿出来，整整齐齐地叠好，放回衣柜里去。看着华忙忙碌碌的身影，

威风给她倒了一杯温开水,当把水递到华的嘴边,华一口气便将水全部喝光了,然后满脸甜蜜地凑上来亲了威风一口。看着华满足的笑容,威风心里涩涩的。

四

华非要送威风到火车站,威风只好由着她。

华给威风那两个孩子各买了套衣服,还给威风的爹买了双鞋子,甚至还给威风的妻子买了件漂亮的上衣。华给妻子买的那件衣服花了两百多,华以前从舍不得给自己买那么贵的衣服。

"我知道自己愧对她!这件衣服只是我一点点的心意,你可千万别说是我买的。还有,你要好好跟她谈,这么多年来,她过得很不容易。你赶紧进站吧,别误了车。"华帮威风整理了一下衣服,一再地叮嘱威风。

威风默默地点了点头,跟华挥了挥手,转身剪票入站。

踏上了回家的路,威风的心情是复杂的。华买了一大堆好吃的东西,可威风却没有什么胃口。

家人对威风突然回家感到有点愕然,威风解释说最近厂里货少,所以请了几天假回来看看。晚上,家里人都齐了,威风把给他们买的礼物分别送到他们的手上。他们捧着礼物时的神情,看得出来心情是愉悦的。威风把带回来的吃的东西也都拿出来摆在桌上,孩子们吃得有滋有味,爹和妻子也吃得很欢，全家难得有如此融洽的气氛，威风却看得鼻子酸酸的。

威风洗完澡正上床准备休息，见妻子拿着卫生巾上卫生间了，威风心里松了一口气。妻子回来后，她也没说什么。拉灭了灯，威风和妻子各自盖着一条被子，各自想着心事，没再过多交流。长途跋涉的威风很快便进入了梦乡，等第二天威风醒来时，妻子早已起床忙活去了。

威风积极地一会儿上山砍柴一会儿去帮忙除地里的草，甚至到晚上了，威风还在门口卖力地劈着柴火。威风用高强度的劳动掩饰着自己的紧张和不安。第一天很快便过去了，威风没有张口。第二天也很快过去了，威风仍然没有张口。虽然在华面前信誓旦旦，可一回到家，威风真不知该怎么说。这次威风请了十天的假，时间充裕，就再缓缓，看看有什么最佳时机跟妻子好好谈谈。

爹似乎看出了威风的反常，问威风心里是不是有什么事，威风摇了摇头。孩子们倒是懂事了不少，对威风不再那么疏离了，这让威风很欣慰。而妻子，一如往常般默默地干活儿，没有多问也没有多说什么。威风在心里天真地想，如果和妻子离婚了，不如就认妻子为姐姐好了，这样还是一家人，她仍然能住在这里，这里仍然是她的家，这样或许她心里会好受些。

威风之前跟华已约定好，在回家的这几天，不要跟他联系，威风说自己会处理好这些事，一定会给她一个很好的交

代。华刚开始不答应，后来见威风态度坚决，只好同意了。但是第二天，她还是给威风发了条短信，问威风情况怎么样，威风一直没有回她，也不知怎么回她。

第四天了，威风仍然没有跟妻子谈离婚的事，威风在心里讨厌自己的犹豫，但行动上仍然还是在拖延着。

可就在这天的晚上，华仿佛从天而降，竟然找到了威风的家。看着风尘仆仆的华，威风愣住了，正在吃晚饭的全家人都愣住了。

纸再也包不住火！把两个孩子赶去里面房间做作业后，华把两人的事情和盘托出。爹当时愤怒地甩了威风一巴掌，威风摸着火辣辣的脸颊，不敢说话。而妻子却出奇的镇静，好像不关她事似的，脸上没有一点表情，更没有什么泪水。

"只要你愿意离婚，我会尽最大能力补偿你，是我们对不起你！现在我有几万块钱存款，我全部拿出来给你，行吗？"华小心翼翼地对妻子说。

"真不要脸！竟然敢自己找上门来！几块万钱算什么？你拿这点小钱买断一个女人的青春和婚姻？"爹怒气冲冲说道。

"好，离！一次性给二十万。女儿归我，儿子归你们。"一直不说话的妻子突然开口了。

"我们哪里有那么多钱？"威风小声地嘟囔了一句。

"有没有那么多钱，我可不管。你在外面找女人，我都管不了。"妻子冷冷地说。

"二十万？我们确实没那么多钱，但是，我答应你，我会去借，一时凑不齐的话，你宽容一下时间，我会竭尽全力尽快去筹。"华一脸的诚恳。

"筹不筹钱是你们的事，二十万什么时候拿来，我们什么时候去办离婚手续。"妻子黑着脸说道。

"两年内给你二十万好吗？这年头哪儿那么好借钱。"威风央求妻子道。

"你以为这是菜市场呀？还能讲价钱？你每月还必须按时付女儿的生活费给我，一个月八百元。至于儿子，你这次就把他带去深圳好了，等他长大了，你们哥俩好好侍候你爸。"妻子说得咬牙切齿。

"什么？什么哥俩？你怎么乱说话，你疯了吧你！"威风真想抽妻子的嘴巴。

"这个事情，你去问你爹，他心里最清楚，让他给你解释吧，哈哈。"妻子说完便转身回屋了，门被她狠狠地带上，那"砰"的一声，震得大家都不知所措。

正抽着烟的爹顿时涨红了脸。

华一脸诧异地看着威风。

威风脑子里一片空白。

突然，一声声让人毛骨悚然的声音从上面传来，一只野猫在屋顶上拼命地叫着春……

东 西

"哎哟"，艾米突然发出一声痛苦的喊叫，鲜血顺着指缝一滴一滴地流了下来，滴在地上摆放着的白色皮子上，像一朵朵盛开的花儿，和艾米紧皱着眉头一脸痛苦的表情形成鲜明的对比。

东西就是在这个时候走进了店里。

东西见艾米痛得眼泪在眼眶里一直打转，赶紧把纸巾递给艾米，然后转身便走了出去。艾米擦着眼泪有点疑惑地望着这个不算高大的男人的背影。没过几分钟，东西又出现在艾米的面前，他手里拿着止血贴、云南白药和消毒液，一句话也没说，拿起艾米的手就赶紧给她消毒、上药。

东西感觉艾米的手很冰凉。艾米第一次感觉手被一个男人紧紧地握住，那种感觉是那么的温暖，她的心突突地跳动着。看着神情专注小心翼翼为自己上药的这个陌生男人，艾米心里涌起久违的感动，眼泪突然像断了线的珠子般成串成串地涌了出来……那天后，东西便会隔三岔五地出现在艾米面前。东西从不空手而来，每次来手里总是拎着一些水果、饮料、面包之类的食物。东西的出现，总能让艾米眼前一亮，这时候，敲打皮具的枯燥工作仿佛注入了生命力，手里的铁锤也叮叮当当地跳起了欢快的舞蹈。

老板娘笑吟吟地让艾米停下手中的活儿，几个人一起分享东西带来的食物，心直口快的老板娘和幽默风趣的东西总能引起大家接连不断的欢声笑语，只有艾米很少插话，总是在旁边痴痴地笑。

东西每次在店里最多待上半个小时，但是东西来店里的次数却是越来越频繁了。

"艾米，这个男人肯定喜欢上你了！"那天东西前脚刚走出门，艾米身后的老板娘便大声对艾米说道。

"瞎说。"艾米温柔地回道。东西虽然没有回头，但都能想象到艾米此刻脸上肯定飞起两朵红云。

那天晚上，艾米在床上翻来覆去怎么也睡不着。十七岁的艾米不知道什么是爱，但是她却越来越渴望看到东西的身影，喜欢看到东西那淡淡的笑容，以及他嘴角右边那小小的酒窝。

第二天晚上艾米正要关店门的时候，东西却意外地站在店门外。

"我还没吃晚饭，陪我去吃顿饭行么？"

"哦，那好吧。"艾米进去跟老板娘打了声招呼后，便和东西一前一后地走在街上。

两人选择了临近河边的大排档，东西点了一桌的菜。这是艾米来深圳后第一次在外面吃饭，艾米吃得很香很饱。艾米摸着滚圆的肚子，和东西在河边慢慢地走着。

那一晚的月亮特别的圆，满天的星星都在调皮地眨着眼睛。

那一晚艾米说了很多话，她对东西没有一点陌生感，在艾米的潜意识里东西已经成了最亲近的人。

艾米的家在湖南的乡下。家里有一个得重病的奶奶，母亲患了风湿病干不得重活儿，父亲在东莞的一家厂里当保安，还有一个弟弟和一个妹妹在上学。艾米本来成绩一直不错，可是家里实在负担不起三个孩子上学，勉强读到初二后，艾米就只好主动放弃学业。艾米在家里帮着干了两年的农活儿，后来在邻居的介绍下来到深圳这个小鞋店打工，老板娘是邻居的亲戚，对艾米还算照顾。

艾米在这小鞋店里干了一年多了，很少出门，几乎天天都窝在店里，吃住也是在店里。这小鞋店包吃包住，每月五百元工资，虽然这活儿又苦又累，弄得手上到处伤痕累累，可艾米已经觉得心满意足了。

东西静静地听着艾米说话，后来东西把艾米的手放在他的掌心上，另一只手轻轻地抚摸着艾米手上那厚厚的茧和斑斑的伤痕。艾米的心"咚咚咚"地狂跳着……

"艾米，这不该是你这样的女孩干的活儿！来我的公司上班吧，帮我接接电话，整理一下材料，一个月给你一千元。"

艾米看见笃定望着自己的东西，他的眼里亮晶晶的好像泛着点点泪光。

艾米坐在东西公司那宽敞明亮的办公室时，仍感觉一切像一场梦般不真实。这边的环境跟以前的小鞋店相比是天壤之别。艾米的工作很轻松，艾米觉得自己现在就像是从灰姑娘变成白雪公主般快乐。

第一天下班的时候，东西把艾米带到商场。那些漂亮的衣服看得艾米眼花缭乱，价格对艾米而言更是天价。东西很有耐心地让艾米一件件试穿，然后帮她选了一堆的衣服和鞋子。东西拿出一张卡递给服务员，不久服务员就把那些衣物打好包，然后笑吟吟地把卡片还给东西。不用付钱就能拿走这些漂亮衣服？艾米百思不得其解。

回到住的地方（东西在离公司不远的地方帮艾米租了间单身公寓），东西让艾米赶紧先洗个澡，然后换上新衣服。艾米穿着白色的连衣裙亭亭玉立地走了出来，东西的眼里燃出了一团火。艾米本来就长得不错，身材也很好，经过这样一打扮，真的像仙女下凡一样。

东西上前轻轻地抱住了艾米，嘴唇盖在了艾米粉嫩的小嘴上。艾米像触了电般浑身颤抖不已，东西的吻让艾米感觉自己的灵魂都出了窍，她觉得自己的整个身子都飘了起来。

东西像一团熊熊燃烧的火焰把艾米彻底地点燃了。

艾米像海里的浪花一样，被东西这股强烈的台风起起伏

伏地推动着，一浪接着一浪，一种无法言说的快乐让艾米失声惊叫起来。那一刻，艾米觉得自己的肉体和灵魂都与东西紧紧地缠绕在了一起……

白色沙发上的点点红色非常耀眼，像一朵朵盛开的玫瑰骄傲地绽放着。

"我一定会好好待你的！"东西感动地把艾米紧紧抱在怀里。

艾米满脸泪水地紧紧抱着自己生命中的第一个男人。

不久，东西便搬进了艾米的单身公寓。那段时间东西几乎带艾米吃遍了深圳大大小小的美食馆，什么湘菜、川菜、上海菜、粤菜、客家菜，甚至日本料理及韩国菜等等，让艾米大开眼界大饱口福。东西偶尔也会牵着艾米的手到菜市场去买新鲜的肉和菜，然后变戏法似的给艾米摆上一桌丰盛的美餐。堂堂的公司老板居然亲自下厨，而且厨艺很不一般，这让艾米很是惊奇和感动。艾米的老家条件虽然艰苦，但是她从来没有做过饭。在老家，做饭几乎都是奶奶和妈妈的事，她只负责田头地里的劳作。东西很宠爱艾米，饭后的碗筷也不让她沾，说是怕把她的手洗粗了。东西洗碗的时候，艾米会依在他身旁陪着他，有时会突然从背后环抱住东西，让正在干活儿的东西心不在焉，欢声笑语响彻整个小屋。那时候，艾米觉得自己是世界上最幸福的人。

跟东西在一起的时光，艾米是快乐的，这种快乐是从未有过的。但是，艾米有时心里也会隐隐不安，因为她从来没有问过东西的私事，比如有没有结婚、有几个孩子等等。凭直觉，艾米知道东西肯定是结婚了的，但是她情愿逃避也不愿意让自己去面对血淋淋的事实。跟东西在一起是幸福的，也许这就足够了，知足常乐吧，艾米常常这样安慰自己。

每个月，东西都要回老家一趟。东西的老家在粤西，距离深圳五百多公里。艾米在东西回去的那几天里总是度日如年。但东西一般也就在老家待三天左右，他也不舍得离开艾米太久。

时间过得很快，两个人在一起已经两年了。在这期间，艾米怀孕了两次，尽管第二次怀孕的时候，艾米很想把孩子生下来，但是看到东西有点为难的眼神，她还是义无反顾地去了妇科医院。当那种撕裂的痛让艾米浑身颤抖的时候，艾米对东西仍然没有一丝的恨。术后，东西很细心地照顾着艾米。他专门从老家带来客家酿酒，把切得碎碎的姜丝放在油锅里炸干，再把鸡块放到油锅里炒，然后把鸡、姜、水一起放在泥煲里慢慢煲着，等鸡差不多快熟的时候，倒几滴黄酒进去一起煲。东西说这是客家妇女生完孩子后每餐必吃的主食，对产妇身体的恢复有很好的辅助作用而且特别滋补，这道主食叫"鸡子酒"，艾米也喜欢上了这道"鸡子酒"。

有一天晚上，两个人正在客厅里看电视，东西突然把家里的事情透露给艾米。原来东西早在十几年前就结婚了，现在膝下有一男一女两个孩子。本来按照计划生育政策东西的妻子是只能生一个的，但生下第一个女孩后，家里的长辈包

括东西都想再要个儿子。于是，东西花了些钱给女儿另外买好户口，把女儿偷偷交由亲戚来带。幸运的是东西的妻子第二胎果然生了个男孩，全家皆大欢喜。大女儿现在已经在读初中了，周末会回家。小儿子正在读小学四年级。东西说他和妻子是经人介绍的，妻子人长得很高大，脾气也不怎么好，两个人谈不上有什么感情，但已有了两个孩子，就凑合着过呗。东西搂着艾米深情地诉说他现在才明白什么是爱情。艾米听完东西的诉说后，心情却异常平静。她原以为自己会很伤心很痛苦，但她奇怪自己像早知道真相似的心里竟没有一点波澜。艾米什么也没说，把嘴唇凑到东西面前，缠缠绵绵地吻着东西，两个人在客厅的地上翻云覆雨，艾米觉得自己从未有过这样淋漓尽致的感觉。

一年后，东西的公司出现了问题。东西和合伙人意见不一，把公司弄得乱七八糟的，东西一气之下便退了股。东西不想在深圳创业，决定回老家。艾米怎么办呢？自然也跟着东西一起回去。

来到陌生的城市，一切都是陌生的，但是艾米并不觉得可怕，只要有东西在的地方，那里便是自己的家。这个城市很小，但是很干净，有山有水，环境幽美，艾米很快便喜欢上了这个小城市。

东西给艾米租了套房子。尽管东西在这个县城有很多套房子，但他是不敢轻举妄动把艾米接进来住的。东西不可能天天在艾米这里过夜，但是他隔三岔五还是要找借口过来住。经常一个人在家的艾米很无聊，后来她跑去一家超市应聘收银员的工作。虽然每月工资只有七百多元，但是有了工作让艾米的生活充实了很多。东西本来并不同意艾米去工作，但是自己在老家的公司又不方便让艾米进去，就只好随她了。

没有不透风的墙，尽管两人一直小心翼翼，可最终还是被东西的老婆察觉了。那天晚上，东西又以跟朋友打通宵麻将为借口不回家。半夜，东西搂着艾米正在和周公约会的时候，门突然"砰砰"直响。一丝不挂的两个人慌慌张张地穿上睡衣，东西跑去开门。

门外的五六个人气势汹汹地跑进来，站在最前面的是一个起码有一米六五以上的四十多岁的女人，后面全是杀气腾腾的男人。那个女人的表情很冷漠但是很平静，她冷冷地看着坐在床上把睡衣穿反了的艾米。

"她是谁？"

"朋友。"

"朋友？可以上床的朋友？"

东西的老婆突然往床上冲去，东西把她挡住了。

被东西用手紧紧箍住的她放声大哭起来："你为什么这么对我？我哪里做得不对？这个家全部扔给我一个人，孩子也扔给我一个人，你自己天南地北地到处跑，你对这个家负了什么责任？现在，你又公然把这个女人带回来。你想气死我？你还要不要这个家？"

东西一句话也没说，拿了放在凳子上的衣服，拉上吓得目瞪口呆的艾米，头也不回地走出门外。屋内一片寂静，那几个壮男谁也不敢对东西怎么样。

打开车门，东西载着艾米扬长而去，地上的落叶跟着汽车狂舞一阵。终于，到了一处地方车停了下来。

东西直接把艾米拉到了当地最好的宾馆——"台湾度假村"，开好房后倒头便睡，艾米却半天也睡不着。第二天东西回去带上了两个人的日用品和衣服，和艾米在那度假村优哉游哉地度起假来。东西戏言说就当是两个人的蜜月，东西的表现让艾米很感动觉得自己真的是个幸福的女人。

到了第十六天，艾米终于忍不住劝东西还是回家去看看，东西这才退了房。东西的老婆后来是怎么跟东西闹的，艾米并不知情，因为东西从不跟她讲这些事。只是慢慢地，东西开始公然住在艾米这边了，那边的家他一星期也就回一两次。艾米的心也放了下来，东西开始带着她出入各种场合，他们的关系成了一个公开的秘密。东西的大部分朋友艾米都认识了，他家的亲戚艾米也认识了不少，其中包括他妻子的那些亲戚，因为东西的公司是家族企业，公司里的大部分员工都是亲朋好友。后来，东西让艾米索性辞了那份超市的工作，到他的公司做出纳工作帮他打理账目。东西的老婆没再闹，艾米也纳闷东西是用了什么方法哄住了她。

艾米越来越满足这种小日子。跟东西在一起生活，除了没那一张婚纸，其余一切与正常夫妻并没什么两样。东西很会心疼人，也很体贴，在生活上对艾米照顾得无微不至。两个人偶尔也会闹点小矛盾，但是在东西的嬉皮笑脸中很快便烟消云散。

时间过得很快，一晃又是两年过去了。在这两年中，艾米又为东西做了三次流产手术，可是她仍然无怨无悔。

艾米妹妹艾娜的到来，打破了两个人宁静的生活。

艾娜没能考上高中。父母亲不想让她那么早就出去打工，于是打电话跟艾米商量此事。能干的东西很轻松就帮艾娜在市里找了个职业学校。没几天，艾娜便风风火火地赶了过来。

艾娜长得跟艾米一点都不像。艾娜的皮肤很白，脸圆圆的，是那种丰满型的女孩，个子也比艾米高，长得很漂亮也很可爱。

艾娜的学校距离艾米的住处有五十多公里。她读的是财会。每逢周末，东西和艾米便会开车去学校接她回来。艾娜的性格比较外向，很快便和东西熟络了。幽默的东西经常逗艾娜，性格爽直的小姑娘经常跟东西打打闹闹的。

东西的家乡虽然不是大城市，但跟艾米的老家比起来还是好很多。一切对于艾娜来说都很新鲜、好玩。一到周末，不管去哪儿东西都会带上她们姐妹俩，小姑娘很快便适应和喜欢上了这里的生活。

日子过得很快，转眼艾娜就快要毕业了。小姑娘越长越漂亮了！不知是从什么时候开始，经常和她们姐妹俩打打闹

东西

闹的东西，有时看着艾娜那张脸，总感觉有想亲吻的欲望，这让东西的心里很不安。一时还没找到合适的实习单位，艾娜经常会待在东西的公司里。有艾娜在的地方，气氛就特别好。艾娜整天嘻嘻哈哈的，让人很开心。不过，东西渐渐发现，艾娜看自己时的眼神好像有点不太一样，东西经常发现她直直地盯着自己，神情有点走神。

有一次艾米因为要处理账务，东西便单独和艾娜出去应酬，中午和朋友一起吃饭。那天艾娜喝了不少的酒。看着人面桃花的艾娜，东西感觉自己有点燥热，回来的时候发现自己真的喝多了，便把车停在一旁休息一下。坐在东西右边的艾娜也喝多了，满脸绯红的艾娜望着他。东西强忍着自己的冲动，只是对她笑了笑。没想到艾娜后来竟然把头靠了过来，她说她喝多了，这样靠着东西的肩膀感觉会舒服些。东西不敢多想，身体有点僵硬地任由她靠在身上。东西闻到了艾娜身上少女特有的气息，在酒精的作用下，东西再也顾不了那么多，低下头把嘴凑到了艾娜的唇间……后来东西和艾娜转移到了后座，艾娜有点疯狂，她抱着东西极尽缠绵，不停地在东西身上亲吻和抚摸，东西觉得自己的舌头都快被她吸断了……要不是因为在白天，旁边不时有人走来走去的，东西觉得肯定控制不了自己要和她发生关系。那天的缠绵折磨得东西够呛，艾娜要比艾米大胆、热烈，这真是个敢爱敢做的姑娘呀。

酒醒后，东西觉得自己的行为很不应该，毕竟艾娜是艾米的妹妹呀，所以在此之后东西又像没事发生似的跟往常一样对待艾娜。可艾娜却不一样，她会经常趁没人注意的时候，悄悄在桌底下用脚勾东西的脚，坐在东西旁边的时候也会偷偷把手放在东西的腿上，让东西心里痒痒的很是尴尬。艾娜有时趁艾米刚转身走开，突然跑到东西旁边快速亲上一口就马上跑掉，常常令东西分心和哭笑不得。尽管东西一直在克制自己，但是以艾娜的性格来看，他知道他们两人之间迟早会发生什么的。

一个周末的下午东西正在家里看电视，突然接到艾娜的电话，她说艾米生病了，让东西开车带艾米去医院看看。东西二话没说就赶到了艾米住的地方，却发现房内只有艾娜在。艾娜神情狡猾地跟东西说："我是骗你的，我姐和一个朋友去逛街买衣服了，我故意骗我姐说我不太舒服不想逛街。你知道吗？其实我就是想见你！"

望着艾娜热辣辣的目光，东西很小声地说了句："那没事我就走了。"

东西正要开门出去，艾娜从他的背后紧紧地抱住了他，然后她来了个惊人动作，脱掉了身上的衣服！望着艾娜那雪白的肌肤、丰满的胸……东西再也顾不上想什么应该不应该了，一把把艾娜抱上了床。艾娜在床上的表现真是让东西舒服得不能再舒服了。小小年纪的艾娜好像很懂得男人的身体，东西从来没有尝过这么美妙的感受，这是他老婆甚至艾米也远远比不上的！事后，艾娜说她第一次见到东西就喜欢上他

了，她说她很感激这几年来东西对她的照顾，她又说爱是没有什么应不应该的，她就是爱东西就是想和他在一起，其他的事她都不想去考虑。东西一手搂着艾娜丰满的身体，一手拿起床头柜上的烟点燃，东西深深地吸了一口烟，什么也没说。

自那天后，艾娜便想尽各种办法和东西在一起，东西也很期待和艾娜在一起时的那种感觉，仿佛自己一下子回到了二十岁，充满了激情充满了活力。终究是隔墙有耳，这种偷偷摸摸的日子没维持多久，艾米便发现了东西和她妹妹之间的不正常。刚开始东西死不承认，可后来有一次东西和艾娜正在艾米的床上翻云覆雨之时被艾米抓了个正着。看着东西和艾娜慌乱地穿着衣服，艾米在旁边不停地发抖，后来艾米像疯了似的大哭大闹，甚至还去打艾娜，两个女人扭打在了一起，不管东西怎么劝架都没用。最后东西自己一个人走了，留下两个女人在那里自相残杀。

从此之后，艾米如神经质般每时每刻都盯着东西，生怕他和妹妹在一起。一天晚上东西带着艾娜和朋友去离家二十多公里的地方吃宵夜，那里的狗肉味道很鲜美，客人几乎每天都是爆满的。艾米不知怎么就得知了这消息，借了别人的摩托车在后面狂追东西的车。那条路很窄而且人多车多，农村人养的牛呀羊呀什么的都经常跑在路上，所以东西虽开着车但根本跑不快，最后居然被艾米给追上了。

这小女子把车停在路中央挡住东西的去路，一跃跳上东西车的车头盖上，大声嚷嚷道："大家快来看看，这个坐在车里的男人我跟了他六年了！他是有老婆的，但我还是跟了他，可他现在又跟坐在他旁边的那个女人好上了，你们知道那个女人是谁吗？她是我的妹妹呀！天理何在呀！你让我怎么活呀！"

艾米的哭闹让周围围观的人越来越多。这本就是个小县城，时不时还有熟人从旁边经过。东西当时真的恨不得有个地缝让他钻进去，后来好不容易在附近找了家宾馆和艾米一起就餐尽力安抚艾米，餐后东西跟艾米说让她今晚就在宾馆里歇一晚，太晚骑摩托车不安全，明天再回去。另外又说会把艾娜先送回住处，然后他回自己的家住。

艾米也许是闹累了，她什么也没说，算是默许了。

艾米的哭闹好像对艾娜并没有造成多大影响。经不住艾娜的再三诱惑，东西答应艾娜今晚留在她房间睡。可东西万万没想到的是，半夜的时候，艾米突然回来了。

艾米看着躺在一张床上的东西和艾娜，冷冷地说："我就知道你们这对狗男女会住在一起的！"

望着艾米那张有点扭曲的脸，东西无法想象那二十几公里的路她是怎么一个人半夜开着摩托车跑回来的？

从此，两姐妹虽然还是不得不住在一起，但她们要么彼此不说话，要么就是吵架，而且都变着法子对东西好。今天这个给他买早餐，那个就去给他买蛋糕；这个给东西倒水，那个就去冲奶茶……东西一出门，两人就都在他屁股后跟着，

生怕对方占了便宜，让东西烦不胜烦。那段时间，艾米一改往日的温柔，动不动对东西又是打又是掐的。每逢大家一起出去吃饭，艾米都豪爽地不断敬酒干杯，喝多了的艾米一时笑一时哭一时又使劲儿捶打坐在旁边的东西，弄得不知情的人莫名其妙。而艾娜，却装作什么事也没发生似的，冷冷地盯着自己的姐姐，一句话也不说。

在一起那么多年了，东西怎么能忘掉艾米的情呢，所以东西还是会经常和艾米亲热。而艾娜呢，东西也无法抗拒她的热情和激情，所以也还是会找机会和她在一起。而这两个女人也是不放过任何一点机会地要和东西同床共枕，东西在烦恼的同时也享受着她们给自己带来的快乐。

甚至有一段时间，东西是和她们姐妹俩一起同床共枕的。自从被艾米发现了自己和东西的关系后，艾娜就什么也不顾了。晚上，东西进艾米房间过夜，艾娜也不声不响地跑上床自顾自躺下来，任凭东西怎么劝说也没用，艾米的谩骂声她更是当作耳边风。东西只好直直地躺在中间，不敢侧向左也不敢侧向右。半夜的时候，东西经常被左右两姐妹的拥抱弄得透不过气来，这让东西真是哭笑不得。有时候，艾米或艾娜还会趁对方睡着时，故意引诱东西，弄得东西浑身燥热像着了火似的，却又不敢怎么样，大不了也只是这里偷偷摸一把那里悄悄捏一下，远远解不了渴，这种滋味真是够东西受的。

那天，已经一个星期没回老婆身边的东西回到家刚吃完晚饭，便接到了艾娜的电话，她说有急事要跟东西商量。东西急匆匆地赶到蓝苑咖啡厅的时候，艾娜早已到了。坐在对面的艾娜样子神神秘秘奇奇怪怪的，让东西摸不着头脑。

"怎么了？出什么事了？这么急着找我？"东西用纸巾擦着额头上的汗水问道。

"服务员，来一杯不加糖的咖啡和一杯奶茶。"艾娜笑吟吟的，并没有回答他。东西一口气喝了半杯咖啡，艾娜却极斯文地一小口一小口吸着奶茶，不时

用吸管搅拌着，把东西的心也搅得乱乱的。

"到底怎么了？你倒是说话呀，不然我可走了，今晚还有事。"东西有点不

耐烦了。

"你就不能陪陪我？"艾娜说完后眼角好像泛有泪光。

东西叹了一口气，把纸巾递给她。艾娜从包里拿出一张纸，无声无息地递了过来。东西接过来一看，原来是一张化验单，化验单上那"阳性"二字刺痛了东西的眼睛。这化验单东西太熟悉了，每次陪艾米去医院的时候，这二字是东西最怕看到的字眼。

"怎么会这样？这化验单真的是你的么？"东西不敢相信地问道。

"不是我的我拿给你看干吗？怎么会这样？这样不也挺正常么？"艾米的眼睛直直地盯着东西说。

"我是不想你受罪！那现在怎么办？还是早点去做了吧，没那么痛苦。"

"做了？不，我喜欢孩子！"艾娜坚决地说。

"可是这种时候怎么把孩子生下来呀？艾娜，你要清醒点，这是不现实的！"

"我不管那么多。我就想要这个孩子。"艾娜说完拂袖而去。

东西一个人在咖啡厅里不停地抽烟。这消息让他心里忐忑不安，这女人可是啥事都做得出来的呀。和艾娜在一起，虽然东西都尽量做好安全措施，可有时刚好安全套用完了或者是在外面没准备安全套又或者是艾娜有时太着急激情一来东西也就什么都不顾了，回忆起来的确是有好几次都没有用安全套呢。这下可坏了，或许腹中的孩子是艾娜想拿来控制东西和向她姐姐示威的筹码，她怎肯轻言放弃？东西心烦意乱，却又找不到什么解决办法。

那天见面后，艾娜就故意躲着东西，根本不给东西劝说的机会。东西知道这事是拖不得的，可是却拿艾娜一点办法也没有。

不久，艾娜突然说想回老家一趟，东西偷偷塞给她一万块钱，并苦口婆心地劝她最好趁这次回去把孩子做了。艾娜狠狠地白了东西一眼，什么话也没说，拿上钱就转身走了。

第二天，东西送艾娜去火车站。

临近上车的时候，艾娜突然紧紧地抱住东西："我一定要把我们的孩子生下来！我喜欢你，我爱你。我回去半个月，看看家里人就赶回来。"说完艾娜旁若无人地狠狠亲东西的脸，然后眼睛红红地上车了。

晚上，躺在艾米旁边的东西翻来覆去怎么也睡不着，他坐起来点着了一根烟。艾娜怀孕的事情一直揪着他的心，万一这敢说敢做的家伙真的把孩子生下来那可怎么是好呢？老婆和艾米要是知道了还不得世界大乱呀？而艾米却因为艾娜的离去看上去心情好得很，见东西睡不着，便温柔地起身帮东西轻轻按摩着身体。

"亲爱的，你怎么了？"

"没什么，生意上的事有点心烦。"

"我告诉你一个好消息。"

"什么好消息？"

"对现在的我来说，这就是最最好的消息！"

"你中了一百万？"

"比中一百万还高兴！我有宝宝了！你喜欢儿子还是女儿？我一定要给你生个属于我们自己的孩子！"

东西手里的烟直直地掉到了地上。

不管东西怎么劝说，艾米这次说什么也不肯把孩子打掉。眼看艾米肚子里的孩子已三个多月了，东西却是一点办法也没有。那天东西特地叫上死党阿勇一起吃饭，让他帮忙劝劝艾米。

"艾米，虽说旁人是不方便插手这种家务事的，但是我

觉得你真的要好好考虑考虑。你们的情况，我们大家都清楚。东西是不可能离婚的，你要是把孩子生下来的话，这孩子就是私生子，而且还是黑户，你忍心么？而且，孩子一生下来，东西实际上就背负了重婚罪的罪名，万一他老婆或哪个不安好心的人偷偷去告他，那可是要坐牢的！"阿勇语重心长地说。

"我知道你是好心，可这次，我是无论如何也要把孩子给生下来。"艾米很坚决地说。

"你看你，你还是很幼稚！你以为生个孩子那么简单呀？你怎么就不听人劝呢？真是的。"东西有点生气了。

"东西，我告诉你！除非我死了，不然我是非生这个孩子不可！"艾米说完就红着眼站起身走了。

看着艾米已经有点臃肿的背影，东西无奈地摇了摇头，端起酒杯一口把酒喝了下去。那一晚，东西不知喝了多少酒，最后喝得一塌糊涂，还是阿勇把他给背回家的。等东西醒来的时候，已是第二天上午十一点了。头昏脑胀的东西首先闻到了一股难闻的令人作呕的味道，爬起来才发现自己睡在了客厅的地板上，周围地板上都是自己的呕吐物，自己的身上也弄得很脏。看来这次艾米真是铁了心了。以前这种情况下艾米定会把他伺候得舒舒服服妥妥当当的。东西屏住呼吸赶紧跑到浴室三下五除二地把衣服脱光，冲到水龙头下哗啦啦地开始洗澡。洗完澡东西边擦着头发边往卧室走去，发现艾米正躺在床上看电视。东西看着艾米红肿的眼睛突然特别心疼，他走上去拥着艾米的肩膀，看着那双仍然清澈不已的大眼睛，便开始慢慢地吻她的眼睛，吻她的樱桃小口，然后轻吻她的耳根……艾米从最开始的反抗，到任由东西摆弄，当东西吻到她耳根时，她开始心跳加快，呼吸加速，最后她热烈地回应着东西，泪流满面地狠狠吻着东西。

东西满足地斜靠在床头吸烟，看着艾米忙前忙后收拾着她自己和被弄得乱七八糟的床铺。然后艾米去客厅收拾昨夜东西留下的残局，她一边清扫一边作呕，东西心里很不忍，跑出去让艾米停下来等自己来收拾，可是艾米却不让他插手。艾米后来顺便把家里里里外外都打扫得一尘不染。东西一直靠在床上看着这个小女人忙碌的身影，想起和她在一起的点点滴滴，东西心里涌起说不出的感动。

艾米打扫好屋子后，冲了个澡披着湿漉漉的头发走进来，东西忙跳下床从抽屉里拿出吹风机，一边抚摸着艾米又滑又直的头发一边用吹风机帮她吹着。吹好头发后，东西拿出梳子轻轻地帮艾米梳头发。

头发梳好后，东西扳过艾米的脸，双手捧着艾米的脸，盯着艾米的眼睛，一字一字地说："那就把孩子生下来吧！"

艾米泪流满面地抱着东西，刚开始是小声哭泣，到后来是放声大哭，仿佛要把所有的恨所有的委屈都在这一刻宣泄出来。

艾娜走后便没有一点消息，打她的手机也停机了。东西的心里很不安，不知道她现在在哪儿呢？她究竟有没有把孩

东西

子打掉？东西不敢问艾米是否有艾娜的消息，艾米也不再提妹妹的事，仿佛这世界上就没存在过这个人似的，仿佛三个人之间从来没有发生过什么事。自从东西答应她把孩子生下来后，艾米便一心一意做她的幸福准妈妈，每天定时喝牛奶和孕妇奶粉，每天坚持吃很多水果，一听说苹果对胎儿好，不喜欢吃苹果的艾米强迫自己每天吃一个苹果。也奇怪，怀孕后的艾米皮肤比以前更光滑了。朋友对艾米说看来怀的是个女儿，都说女儿打扮娘哪。艾米笑笑说女儿也好儿子也罢，我都一样疼爱一样喜欢。

　　肚子显怀后，艾米一般就待在房间里不敢随便出门。只有到了晚上，东西偶尔会开车带她去某个比较僻静的地方，陪她散散步。这个小县城太小了，很容易碰到熟人，万一东西的老婆知道了艾米怀了孕，也许又会大闹一场呢。每月该例行一次的产检，艾米也只检查过两次。第一次是刚验到怀孕的时候，做了一次全面检查，第二次是孩子三个多月大的时候，两次检查的结果都是一切正常。后来东西是想带艾米偷偷去市医院做产检的，可艾米对东西说我们俩的身体都这么健康，孩子也一定健健康康的，我怀孕后也没什么不适，去了市医院万一碰到熟人就不好了。再说了，我妈怀我的时候，一次也没检查过，我不是照样好好的么？东西想想也是，自己整天也挺忙的，不检就不检吧。

　　东西这段时间以来一直对艾米呵护有加，很称职地扮演着准爸爸的角色。只是东西的睡眠质量不太好，总是很难入睡，时常半夜醒来。睡不着的东西经常跑到阳台上去抽烟，这时候，艾娜的影子就在脑海里浮现出来。东西回到卧室，看着睡得如婴儿般露出笑容的艾米，脑海里艾娜的影子便渐行渐远……东西在艾米打电话给她爸妈时听到了几句，好像提到说艾娜在广州的什么地方打工。如果艾娜真的在广州打工，那也表示她已把孩子给打掉了。想到这里，东西松了一口气。

孩子八个月大的时候，东西给艾米请了个保姆。自己经常在外面应酬，家里没人照顾艾米东西不放心。

时间过得真快，还有半个月，艾米的预产期便到了。为了安全起见，东西在离家二十公里的市医院附近租了间两室一厅的套房，一来是因市里医疗条件比县里好，二来这毕竟不是正式结婚后生的孩子，万一有人起坏心把自己告了岂不麻烦。艾米和保姆搬进这套房里待产，东西隔三岔五地去看望一下。

预产期就快到了，艾米肚子里的孩子还没一点动静。艾米本来就怕生产之痛，便说要去医院剖腹产。东西依了她，找人择了吉日吉时，又托人找到医院最好的妇科医生也是此医院的副院长，给了这个副院长一个大红包，跟她定好了手术时间。

那一天艾米心情忐忑地躺在医院的担架上，就要进手术室了，艾米紧张地握住东西的手不肯放。

东西柔声地在她耳边安慰道："没事的，打了麻药后不会

疼的。你想想，马上就要见到我们可爱的宝贝了，你该开心才是。"

艾米听了这话眉头就马上舒展开了，东西又俯下身在她脸上轻轻地吻了一下。

艾米被护士推进了手术室。

东西的心情也有点紧张。他期待早点见到那个小生命，可心里又有那么一丝说不出来的感觉，准确来讲是有一丝的不安。东西不知道自己为何会有这种感觉？东西坐在走廊的凳子上不停地吸烟，或在手术室门口走过来走过去。保姆坐在东西对面的凳子上闭目养神，后来，东西竟然听到了她打呼噜的声音。

终于，一声响亮的哭声从手术室里传了出来。过了一会儿，护士抱着孩子走了出来："恭喜你！是个大胖小子，七斤六两。"

东西奇怪护士说这话的时候，脸上非但没有笑容而且表情怪怪的。这些医生护士都是麻木不仁没有人性的，东西在心里骂了一句。

果然是儿子呀，东西顿时大喜！东西从护士手里接过包得严严实实的孩子时却立即傻眼了，长得又白又净眼睛大大的儿子竟然是兔唇。望着孩子那凹进去的上唇，东西的脑子突然一片空白，他一句话也没说，木然地把孩子抱给站在旁边的保姆。

东西抽出一根烟，打火机"咔嚓"一声又"咔嚓"一声，半天也点不着。东西恨恨地把那根烟和打火机都扔出了窗外。东西的手机在这时候突然响了起来，东西没动，铃声固执刺耳地一遍遍响起、停止、再响起。东西不耐烦地掏出手机一看，是个陌生的手机号。

"喂，东西，我是艾娜，我在市火车站……"

东西根本听不进艾娜后面说的话，就这样一直握着手机，却一句话也说不出口。突然一声炸雷的巨响，东西手一抖，手里的手机摔到了地上。

窗外，突然乌云密布，一场暴风雨就要来临。

王胜利

一

王胜利的第十间连锁店开张的那一天，第八间连锁店的收银员晓丽终于和王胜利滚倒在五星级酒店里那两米宽的大床上。

事后，晓丽哭了，哭得梨花带雨，让王胜利爱怜不已。看着白色床单上的"朵朵小桃花"，王胜利激动地一遍又一遍吻着晓丽那美丽的樱桃小嘴。

"丽丽，我会一直对你好的。你去买点漂亮衣服或化妆品什么的，你可是我的女人了，要穿得体面一些才好。"离开酒店时，王胜利从兜里掏出一张银行卡放进晓丽的包包里。

很快，王胜利便安排晓丽住进了一个高档住宅区。这房子是两居室，里面所有的东西都是新的。晓丽把每间屋子都转了一圈，心想终于有了自己独立的空间，再也不用和七八个人一起挤在那破房子里了，晓丽深深地呼了一口气。

打开主卧室里那个深紫色的衣柜，晓丽惊喜地发现里面放了不少漂亮的新衣服，还有性感的睡衣，甚至还有几双漂亮的鞋子等。晓丽双手搂着王胜利的腰，主动去吻王胜利，王胜利一激动，两个人双双倒在了卧室的原木地板上……衣服七零八落地散落在房里的角落。

王胜利不再让晓丽去上班，答应每月会给晓丽五千块钱生活费，其他费用刷卡付便可。晓丽，一个农村出来的孩子，高中没毕业便出来闯荡深圳。在深圳晃悠了好几年，每月的工资几乎也只够自己花销，但家里还有弟弟妹妹，她不得不从牙缝里挤出五百块钱寄回家里。晓丽在深圳这几年干的工作几乎都是在餐厅，刚开始是当服务员，后来才当收银员，在王胜利的这家餐厅干了一年多。晓丽第一次见到王胜利时，就对他一见钟情，她觉得王胜利就是自己想找的那种男人，长得是一表人才，而且是成功人士。晓丽长得并不算漂亮，但给人一种很清新甜美的感觉。晓丽身材不错，腰是黄蜂腰，而胸部又很丰满，皮肤白皙，两条腿又直又细。晓丽知道王胜利是很有钱的老板，这种男人身边是不缺美女的，每次看见王胜利驾着他那辆宝马飞驰而去时，晓丽总是羡慕得不行，幻想自己哪一天也能找到这样的白马王子。

二十出头的晓丽谈过一次恋爱，那还是在高中时，是朦朦胧胧的一种感情，和那个男同学最亲密的举止也只是牵过手而已。出来工作后，也曾有不少人追求过晓丽，但那些男人大多跟晓丽一样只是很普通很普通的打工者，不是炒菜师傅便是服务员，若跟了这些男人，岂不一样又是"月光族"？

来深圳前母亲一直强调千万不能找个穷小子做男朋友，母亲说她当年就是不顾家人的强烈反对，死活要嫁给晓丽的爹，结果就苦了自己一辈子。现在每次和母亲通电话，母亲仍然百般强调对方条件的重要，听得晓丽耳朵都起茧子了，但是母亲的话却也被晓丽牢牢记住了。因为晓丽确实能体会到母亲的无奈，父亲不仅穷，而且对母亲并不怎么好，他嗜酒还好赌，喝多了便经常发酒疯打母亲，输了钱便红着眼向母亲要钱，母亲不肯给钱便打母亲。晓丽从小到大经常看到父亲打母亲，她总是吓得浑身发抖，也让她对男人有一种本能的恐惧感。

当王胜利提出等晓丽下班后要请她去吃消夜时，晓丽当时有点蒙，她以为自己做错了什么事。当王胜利趁着酒劲儿捏着晓丽的手不放时，晓丽这才明白老板的意图。晓丽没想到王胜利会看上自己，这让她有点诚惶诚恐。晓丽知道王胜利是有老婆孩子的人，而且他有三个孩子，两个女儿和一个儿子，老板娘晓丽也见过，长得一般，而且很胖，晓丽感觉她跟老板一点也不配。凭什么这样的女人就能找到那么有钱的老公呢？晓丽当时心里很不平衡。

王胜利带晓丽去外面吃了几次消夜，每次吃完消夜，王胜利都想把晓丽带去宾馆开房，晓丽总是借故推了。晓丽看过一本杂志，杂志上说不能让男人太随便就得手，因为太随便的话他不会珍惜你。王胜利的第十间连锁店开张的那天，王胜利把晓丽带去珠宝城给晓丽买了条两万多块钱的项链，还买了只五千多块钱的名牌包包给晓丽，把晓丽哄得心花怒放。最让晓丽惊喜的是，王胜利还送了自己一大束鲜红欲滴的玫瑰花。晓丽手捧着玫瑰花，款款走向宝马车时，那一刻，她感觉自己就是这辆车的真正主人。这次，王胜利把晓丽带向五星级宾馆，被哄得晕头晕脑的晓丽没再找借口推辞。

晓丽搬进新房的第一晚，王胜利和她缠绵到凌晨才回去。第二天晓丽睡到中午十一点多醒来，伸了伸懒腰，想着再也不用早早从被窝里爬起来赶去上班了，晓丽高兴得在大床上像个孩子般手舞足蹈。

打开冰箱，里面塞满了牛奶、面包、速冻食品和各种各样的进口水果等，没想到王胜利还挺细心，晓丽幸福地笑了笑，拿出面包和牛奶用微波炉加热好。晓丽坐在转椅上，两脚跷在另一张凳子上，吸着牛奶吃着面包，透过落地的大玻璃窗，外面的景色尽收眼底，晓丽觉得这正是自己所要的生活。

王胜利隔三岔五就会过来，他带晓丽去做美容、去打高尔夫球、出席各种聚会……让晓丽的虚荣心得到了很大的满足。只是，每次王胜利过来都不会与晓丽在一起过夜，不管多晚，他还是要赶回家去。刚开始，晓丽觉得王胜利对家很有责任心，若是太晚了，她还会主动提醒王胜利该回家了。晓丽的善解人意让王胜利很感动。可是慢慢地，晓丽开始难受了。很多时候，她多希望王胜利能留下来陪陪自己，哪怕只是一晚也好。

在晓丽生日的那一晚，王胜利不顾她的一再央求，执意要走，晓丽哭得稀里哗啦的，挡在门边不让王胜利离开。两个人为此第一次吵架，王胜利最终还是拂袖而去，留下她独守空房。

那天后，王胜利连续几天都没联系晓丽，晓丽也赌气不理他。可到了第四天，晓丽忍不住了，她发了条短信给王胜利，王胜利也没回她，气得晓丽够呛。可是，不到半小时，王胜利便按响了门铃。一打开门，晓丽便扑进了王胜利的怀里，王胜利一把抱起了晓丽……

两个人和好如初，王胜利带晓丽出去吃韩国菜。吃饭的时候，王胜利从包包里掏出一对漂亮的耳环送给晓丽，晓丽开心得马上让王胜利帮她戴起来。刚把耳环戴上，晓丽的手机响了，一看，又是老妈打来的。老妈在电话里又絮絮叨叨问男朋友的事，晓丽被问得不耐烦了，支支吾吾不知怎么回答才好。没想到王胜利却一把接过了电话，和晓丽的母亲讲起了电话，他说他是晓丽的男朋友，母亲听了大喜，在电话里和王胜利说了一大堆话。放下电话，晓丽有点不解地望着王胜利。

"傻丫头，你家里人迟早会知道的。要不，这周末我陪你回家去？"王胜利摸了摸晓丽的头。

"真的吗？你真的肯陪我回家？"晓丽简直不敢相信自己的耳朵。

"一言为定。"王胜利笑了笑。

晓丽感动得眼泪都流出来了。

王胜利说到做到，买了一大堆礼物，花了一万多块钱。

坐上王胜利的宝马车，晓丽如做梦般踏上了回家的路。晓丽老家在湖南长沙，从深圳到湖南其实也并不远，十多个钟头就到了。一路上，晓丽叽叽喳喳如快乐的小鸟般一会儿和王胜利说说话，一会儿随着 VCD 里的音乐哼上一曲。王胜利特别喜欢邓丽君，车上的音乐几乎都是邓丽君的歌，而恰好晓丽天生嗓子不错，为了讨王胜利的欢心，她很快便学会了邓丽君的很多歌曲。

走到半路停下来休息一会儿，两人刚吃完饭，王胜利的手机响了。

"怎么搞的？我一走就生病？赶紧带孩子去医院呀！我要出差好几天的，你要尽快把孩子的病治好，发烧这件事情可大可小，你要随时向我报告孩子的病情。"用蓝牙讲完电话的王胜利心情明显受到了影响。

"怎么了？孩子生病了？"晓丽小心翼翼地问。

"嗯，我儿子发烧了。他妈不知怎么回事，经常埋怨我不在家时孩子就生病，一点都不会带孩子。"王胜利叹了口气。

"孩子生病是正常的，你也别太担心，打打点滴很快就会没事的。"晓丽柔声劝着王胜利。

"走吧，我们继续赶路。"王胜利大踏步地走向宝马车。

晓丽事先并没有跟家里人说自己要回来，她决定给父母一个大大的惊喜。白色的宝马车驶入村口时，便引来了众人

王胜利

的关注。在这个穷乡僻壤，平时很少有车进来的。当晓丽穿着红色的高跟鞋从车上走下来然后挎着王胜利的手臂款款而行时，引来村里人多少羡慕的目光。正在路边小店和别人赌博的父亲也好奇地探出头来望，要不是别人提醒，他差点没认出这是自己的女儿。晓丽看到父亲，打了声招呼后，便让父亲到车里帮忙拿礼物。父亲屁颠屁颠地拿着一大堆东西跟在王胜利和女儿的后面，那样子可神气了。

母亲挑着一担番薯回到家，简直不敢相信自己的眼睛。母亲看着眼前这个仪表堂堂的王胜利，高兴得合不拢嘴，把担子一放，也顾不上泡茶，便赶紧张罗着抓鸡捉鸭款待贵客。

母亲把最好的房间让给女儿和王胜利住，晚上靠在王胜利臂弯里的晓丽，感觉自己特别的幸福。

第二天，王胜利说要请全村人吃饭。晓丽的母亲从城里的餐厅叫了下乡包席的厨子亲自做菜，热热闹闹地足足请了十几桌客，如嫁闺女般十足风光了一番。晓丽那天特地盛装打扮，穿得像个新娘似的，掩饰不了一脸的满足和骄傲。那一刻，晓丽真的把自己当成了王胜利的新娘。

本来说好要住上几天的，但因孩子的烧还没完全退，王胜利实在放心不下，第三天便匆匆离开了。晓丽心里是不情愿的，她想在家里多待上几天，她还没带王胜利见自己的同学、朋友呢，却没想到行程突然有变。回去的路上，晓丽一直嘟着嘴巴很不高兴。王胜利的儿子都上小学了，发个烧至于让他紧张成那样吗？王胜利临走时给晓丽父母亲各自塞了一万块钱，晓丽父母亲的那种高兴劲儿是晓丽很少见到的，想想这些，晓丽的气消了不少。

王胜利把晓丽放到住处楼下，把从老家带来的东西拿出来放在路边，便转身驾车走了。那些土特产有很多，晓丽叫了保安帮忙，自己却也累得要死，跑了好几趟才把全部东西扛回家。

王胜利对儿子病情的如此紧张让晓丽心里有点不爽，但她知道潮州人的儿女观念是特别重的，自己又能如何呢。现在一切吃的住的用的都要靠王胜利供给，自己还是老实一点好，不然哪天要是王胜利一生气拂袖而去，自己可怎么再去适应给人家打工的日子？

无聊的时候，晓丽就去逛逛街，去美容院做做美容，隔三岔五约同学或朋友吃个饭或喝个早茶什么的，日子过得也很惬意。每次和她们吃饭，晓丽都抢着买单，在朋友羡慕的目光中拿出银行卡结账，那种感觉真好！

虽然晓丽偶尔也会跟王胜利吵吵嘴，有时任性一下，耍点小脾气什么的，但这些小插曲都对两个人的感情影响不大，两个人很快就又和好如初。晓丽能感觉得到，王胜利除了自己和他老婆，并没有其他的女人，王胜利也算是一个专一的人了，这多少让晓丽的心里舒服不少。

这种日子一晃就过了一年。在这一年里，晓丽父母亲的生日、中秋节、冬至节、春节等等日子，王胜利都会主动给老人家各自一笔钱，把晓丽的父母是哄得屁颠屁颠的，逢人就夸未来的女婿有多好。

晓丽也从刚开始贪图王胜利的钱，到后来对他越来越有了感情。刚开始还想着到时刮王胜利一笔钱后便跟他分手，自己再找个喜欢的人嫁了，可是到了后来，王胜利对她的疼爱、王胜利的才气、王胜利的大方等等，都让晓丽感觉自己越来越离不开王胜利。

二

两个人在一起两年后，王胜利突然提出让晓丽给他生个儿子。在这期间，晓丽也流过一次产。当时得知自己怀孕后，晓丽只想着早日把孩子处理掉，而王胜利也是这个意思。后来，晓丽得知有一个同学就因流了几次产而再也怀不上孩子了，故而晓丽在这方面便特别小心。行房事时王胜利不喜欢用避孕套，她便每次都坚持吃药，哪怕那些药有些副作用。王胜利这个突然的想法，让晓丽有点不知所措。虽然自己感觉对王胜利的爱越来越深，但是难道真要跟他生个孩子吗？如果是这样自己一辈子就都得跟着他了吧。还有，孩子生下来后户口怎么办呢？而且万一生下来的是女孩呢？自己父母亲那边又该如何交代和王胜利的这种不正当的关系？这些问题都扰乱着晓丽的心。她没答应王胜利，她说自己需要好好地考虑这个问题。

刚开始，晓丽以为王胜利只是说说罢了，没想到王胜利却是来真的，隔几天便追问她考虑得怎么样了，王胜利甚至还说如果晓丽不愿意，他就要考虑另找个女孩帮他完成这个心愿。说这话的时候，王胜利一脸的严肃，晓丽这才明白事态的严重性。

思来想去，晓丽觉得这事还是跟母亲商量一下比较好。晓丽给母亲打了个电话，让她来深圳玩几天，母亲马上答应了。母亲还没来过深圳呢，说过来享享女儿的福。父亲也想跟着一起来，可母亲不愿意，晓丽也不想他来。这个酒鬼，谁知道来了会惹出什么事情来呢？晓丽可不想王胜利对自己家人印象不好。

晓丽的母亲在接到电话后的第三天便风尘仆仆赶到了深圳。深圳的高楼大厦、车水马龙、绿树红花……一切在晓丽妈妈的眼里都是如此的新鲜那么的新奇。王胜利特地抽出时间开车载着老人家去了野生动物园、"世界之窗"、东部华侨城、"海上田园"等景点，晓丽对王胜利的表现很是满意。

但王胜利从不在家过夜让晓丽的母亲无法理解。刚开始晓丽搪塞说王胜利在公司很忙什么的，可是几天过去后，这种借口母亲便再不相信了。最后，晓丽没有办法，只好硬着头皮把王胜利的现状告诉了母亲。母亲一听到王胜利是有妇之夫时愣了一下，沉默良久，自言自语道："我说嘛，条件这么好的男人，我家闺女怎么就那么好运能碰上呢？我家女儿哪有那么好的命呢？"晓丽以为母亲会对自己大骂一顿，没想到母亲竟然没有责备自己半句，她心里一酸，自己倒哭了

起来。母亲把晓丽搂在怀里，她也眼泪汪汪的，母女俩抱头痛哭。

　　事到如今，晓丽便把王胜利想让她生孩子的事情说了出来。母亲一听竟非常支持，她说人还是现实一点好，有钱便有了一切！那就生个孩子，王胜利家大业大，有了孩子就有了一切。哪怕晓丽没有名分，但孩子却是实实在在的。等自己条件好了，到时再找个好男人结婚也不是不可以的。母亲这么一说，晓丽觉得也有道理。现在自己孤身一人，如果哪天王胜利厌倦了自己，说不定自己什么都得不到呢。有个孩子的话，就算要分手，他起码也得给自己一套房子吧，现在的房价动不动就是几百万一套，大不了最后把房子卖掉，带着孩子回老家去。

　　母亲的支持让晓丽七上八下的心终于定了下来，既然王胜利坚持要个孩子，那就生吧。可是王胜利强调要生个男孩，这个自己可是没有把握的，谁知道到时生出来的孩子是男是女呢？母亲却说肯定得生个男孩才好，男孩才有真正的继承权，在王家才有地位。晓丽问母亲万一是个女孩可怎么办？母亲说做 B 超呀，是女孩就立即打掉。晓丽听了不寒而栗。可晓丽一向都是听母亲的，认真想想母亲的话确实也有道理，既然要生就一定要生个男孩出来才好。母亲还答应只要晓丽一怀上，她就立马赶到深圳照顾她。

　　母亲玩儿了半个多月，便说要回家了，说现在正是农忙的时候，她还是放心不下。王胜利给她买好了机票，亲自把老人家送到机场，又大包小包买了好多的礼物给她带回去，临别时还塞了个大大的红包给她，把晓丽的母亲哄得眉开眼笑的。得知老人家做通了晓丽的工作，王胜利别提有多开心了。

王胜利开始给晓丽买叶酸、燕窝等补品，嘱咐她每天都要吃，说是要先把身体调理好，还专门去请了个营养师给晓丽做饭，付的工资可比给一般保姆贵了不止一倍。水果就更不用说了，王胜利每天是变着花样往家买。虽然晓丽嘴上嘟囔着不想吃这不想吃那，其实心里却是美滋滋的。

功夫不负有心人，调理了三个月身体后，晓丽怀孕了。王胜利兴奋得把晓丽抱着转了一大圈，晓丽也马上把这个好消息告诉了母亲，母亲答应过几天就来深圳帮忙照顾晓丽。

晓丽的反应不是很厉害，在母亲和营养师的精心照料下，身体被调养得白白胖胖的。在怀孕四个月后，王胜利带着晓丽到一家私立医院偷偷做 B 超，结果医生说怀的是女孩。这个消息让晓丽心情很不好，王胜利也挺落寞。王胜利带着晓丽又去了另一家医院做 B 超，结果还是说胎儿是女孩。

晓丽哭得稀里哗啦的，孩子在自己肚子里已经四个月了，若突然把孩子打掉，她真的不太忍心。可是王胜利和母亲的态度都很坚决，而且这也是事先就说好的。最后，晓丽只得忍痛去引产。

引产后，晓丽的身体很虚弱。人都说这种手术比生孩子还伤身体，母亲又留下来照顾了晓丽一个多月才回家。一年

后，她又因怀的是女孩做了一次引产手术，医生告诫她再引产的话，可能以后都怀不上孩子了。这次手术后，母亲便留在深圳继续照顾晓丽。

身体调理了好几个月后，晓丽又怀孕了。孩子四个月大时，这次做 B 超后医生说怀的是儿子。母亲喜极而泣，王胜利则高兴得马上奖励了晓丽三万块钱。听到这次怀的是儿子，晓丽却显得非常平静，脸上没有一丝的笑容，她甚至想大哭一场。引产两次，让晓丽的身体受到很大的伤害，她总感觉自己身上哪里都不舒服，这儿疼那儿痛的。

怀上了儿子，晓丽就成了全家的重点保护对象。奇怪的是，这次怀孕晓丽的胃口特别的好，一天能吃上五六餐，每晚必定要吃消夜，整个人像被吹了气球般圆鼓鼓的。孩子才六个月大，晓丽那肚子却大得像要快生一样。

快生的时候，晓丽的体重已达到一百五十五斤，比原来重了五十多斤。走起路来真像企鹅一样。别人都以为她怀的是双胞胎。医生说孩子长得要比一般孩子大不少，尤其是头特别的大，建议最好剖腹产。

王胜利托人找到妇产科医生主刀，又是叫人选了黄道吉日，甚至还选好了孩子出生的吉辰。光那些红包就花了五六千块钱。最终在算命先生选好的时间，足足有九斤重的胖男娃准时来到了人间，大家都开心坏了。

果然生的是男孩，晓丽松了一口气，晓丽的母亲也长长舒了一口气。王胜利就更不用说了，高兴得都合不拢嘴，马上奖给了晓丽一张六万六千块钱的银行卡，六六大顺，他说希望孩子以后一切都顺顺利利的。孩子满月的时候，王胜利不敢在深圳大摆宴席，但他给晓丽的父亲汇去两万块钱，让他在农村老家摆宴席，免费请全村老少喝满月酒。晓丽的父亲乐得屁颠屁颠的，他并不知道王胜利是个有家庭的人，心想女儿能找到这样的金龟婿，而且还给他家添了男丁，真是老天开眼了，以后靠着这个有钱的女儿，就啥也不用愁了呢。

唯有晓丽的情绪有点反常，她看着这个受家人千宠万爱的儿子，心里竟然好像有一丝的厌恶。晓丽在产前超能吃，可生了孩子后却胃口很差，很快便消瘦了下来，所以她的奶水很快便没了。晓丽的母亲很着急，想尽办法给她做能下奶的东西吃，可她却总是不愿意吃。没办法，只好把奶断了，王胜利托人去香港买最好的奶粉给孩子吃。

晓丽的这种状态持续了很久，后来王胜利觉得不对劲儿，哄着晓丽去看医生，这才知道她是得了产后忧郁症。医生说很多产妇都会得产前或产后忧郁症，这时候的产妇需要家人加倍的关心，让她多出去走走，慢慢调整好情绪。医生开了些抗忧郁的药物，嘱咐过一段时间再过来复查一下。

晓丽的母亲听说女儿得了这种病，百思不得其解。她说好不容易如愿以偿生了个肥肥白白的儿子，还忧郁什么呢？现在的人真是奇怪，还会得什么产后忧郁症？

幸好晓丽的病并不算严重，吃了两个疗程的药，慢慢便好得差不多了。那段时间，王胜利的表现很不错，对晓丽对孩子的关爱那是没的说的，每天都会过来，陪晓丽说说话，帮忙给孩子喂奶、洗澡甚至换尿布，待到很晚才回家。

在孩子一岁多时，晓丽在外打工的弟弟也生了个儿子，小两口把孩子送回了老家，晓丽的母亲便只得回去带孙子了。晓丽虽然不太舍得母亲离开，但也没办法，家里还请了个保姆，一起带个孩子倒也不算累。

孩子越长越可爱，长得越来越像王胜利。而且，儿子和王胜利好像特别有缘，他对王胜利特别依赖，特别爱粘爸爸，只要王胜利过来，他便只要王胜利抱，连晓丽都不要，更别说保姆了。王胜利对儿子是疼爱得不行，真是含在嘴里怕化了捧在手心怕摔了。每天晚上王胜利要回去时，都只能等到儿子睡着后才敢走，不然他会哭得呼天喊地的，谁看了都不忍心。

经历了忧郁症，已为人母的晓丽也有了很大的改变。每天对着儿子那张可爱的脸，她经常会很感动。自己的童年是不快乐的，每天都看着父母亲吵架、打架，长久的不悦都让小时候的晓丽曾有过自杀的念头。她希望自己能给儿子快乐的生活。晓丽对王胜利的感情也越来越深，如果说原来更多是贪图王胜利的金钱，那么现在晓丽就已把王胜利视为了自己真正的亲人，她内心希望一家三口能一直幸福地生活下去。

可王胜利终究是有家室的人。如果这种现状一直维持下去，儿子很快便不能再过正常小孩的生活，再长大一点，他会疑惑为何爸爸老不在家里过夜，最终知道真相后，也许他会因自己是一个私生子而终生自卑。

这些问题困惑着晓丽，她想找王胜利好好谈一谈，可好像又不知该如何张口。晓丽的情绪还是让王胜利感觉到了，在他的再三追问下，晓丽终于说出了自己的忧虑。王胜利听完晓丽的话半天没吭声，他点了根香烟就跑到阳台上狠命吸着，连续吸了好几根。

"丽，对不起，我现在给不了你想要的名分。"

"不是我想要什么名分。我只是觉得儿子需要。"

"我那边有三个孩子，这是你一开始就知道的。"

"是的，我知道。我只是希望儿子能像正常的小孩那样健康成长。"

"也许、也许要等到孩子大点再看看吧，不然，我伤害的不仅是我老婆，还有三个孩子，也许家庭的变故会毁了他们的一生。"

"也许？也许是多久？"

"丽，这段时间我先找人把孩子的户口上了。"

"能行吗？那得花多少钱呢？"

"得花不少钱，二十来万吧。为了我的儿子，花再多的钱也值得！"

王胜利说完蹲下来，吻了一下正在小床上熟睡的儿子。

晓丽没再说什么。尽管王胜利的回答让她有点失望，但她也懂得凡事急不来的道理。现在王胜利主动提出要给儿子上深圳的户口，说明王胜利真的很在乎儿子，走一步算一步吧。

等到孩子两岁多时，晓丽便把保姆辞了，她一直不喜欢家里有外人住，每周请钟点工来打扫几次卫生便行了。现在的晓丽已不再是当年那个无知的女孩，她已能做一手的好菜，能把儿子照顾得很好。晓丽的心血都放在儿子身上。儿子还那么小，晓丽便带着他定期参加早教班，她觉得儿子很聪明，她觉得儿子需要好好去培养，她希望儿子将来能出类拔萃。王胜利也很赞同晓丽的观点，为了儿子，他很愿意花钱。王胜利那边的那个儿子从小就受到全家溺爱，现在成绩一点也不好，整天就顾着玩儿游戏，让王胜利很烦恼。

儿子三岁时，晓丽便决定把他送去幼儿园。王胜利找了家贵族幼儿园，每学期的学费得有三万多，而且离晓丽住的地方挺远的，不过好在有校车接送。

三

儿子四岁生日那天，晓丽又跟王胜利提出了那个问题。喝得醉醺醺的王胜利瞪着两只血红的眼睛，定定地看着晓丽，仍然是半天不说话。

"你到底会不会为了我和儿子去跟你妻子离婚？"

"离婚？怎么离？你让我怎么离？"

"那是你的事情。"

"别逼我好吗？"

"我逼你？你为何要让我生这个儿子？为了生儿子我一次次引产，把身体都搞坏了。现在终于生了儿子，难道你不用为他的未来负责？"

"我当然会对儿子负责。儿子要什么我是给什么。不管花了多少钱，你看我有皱过眉头吗？"

"你以为钱能解决一切问题吗？"

"丽，你要给我时间。现在还不是时候。"

"哪一天是时候？"

"丽，你的户口我已托人帮你打听了，今年之内就能把你的户口迁入深圳，你放心吧。"

又是拿户口来岔开话题！晓丽叹了口气，不想再说什么。

儿子一岁时已拥有了深圳的户口，王胜利为此花了三十多万元。如果是按超生入户的话，罚个十几万就可以了，但儿子是私生子，自然得花大价钱才搞得定。尽管王胜利一直不愿意离婚，但他答应的事情却是一定会兑现的。没过几个月，晓丽便成了真正的深圳人，王胜利说花了六万块钱，把晓丽和儿子的户口放在一起，又花了一万多。晓丽以前对户口倒没什么要求，后来想到儿子以后读书什么的，有了深圳户口还是方便很多。王胜利办好晓丽的户口后，又帮她买了社保和医疗保险，晓丽还是挺感动的。

眼看儿子就要读小学了，王胜利和他妻子离婚的事情仍然毫无音讯。儿子已感觉出自己的爸爸跟别人的爸爸不太一样，每次问晓丽，晓丽都不知道怎么回答儿子。晓丽现在最

大的愿望就是希望儿子能有一个健康的家庭环境，不求他以后有什么大出息，能快乐成长就好。

晓丽今年的生日和王胜利大儿子的生日撞到了一起，他儿子过的是阳历，晓丽是按老家风俗过农历的。尽管王胜利在晓丽生日前已送了条白金链子给晓丽，但晓丽生日这天他没有露面，仍让晓丽心情很不好。别说蛋糕，晓丽连菜也没多买，王胜利不能过来一起庆祝，她实在没有什么心思过生日。

第二天王胜利早早过来的时候，晓丽不想理他。不管王胜利怎么嬉皮笑脸地逗她，她都冷着脸不言不语。后来，晓丽还是忍不住发了一通脾气，她在大吼大叫中又提到了那两个敏感的字眼，把儿子吓得直哭。两个人第一次爆发了比较严重的争吵。

这一次争吵，让王胜利心里好几天都没过来。天天盯着酷似王胜利的那张小脸，晓丽的心里真不是滋味。这几天，晓丽的心情都很糟糕，她开始怀疑自己生下这儿子究竟值不值得？晓丽越来越渴望能拥有一个健康的家庭，哪怕并没有什么钱。一家人相亲相爱地过一辈子该多好呀！岁月真的会改变人，此时的晓丽只想要简单的生活。

一次晓丽无意目睹了王胜利一家亲亲热热地逛街，那一刻晓丽的心更是刺痛不已。幸好手里牵着的孩子没看见王胜利，不然他若突然跑过去叫一声"爸爸"，该如何收拾这残局呢？

就在这时，晓丽接到母亲的电话，电话里母亲泣不成声，原来父亲被检查出得了肝癌。早听说父亲前一阵子身体不太舒服，人一下子消瘦了不少，大家都知道是因他长年嗜酒造成的。长年没日没夜地喝着那些劣质白酒，身体怎么会不出问题呢？可没想到，父亲这次身体疼痛难忍去医院一检查，医生说已是肝癌晚期。虽然母亲和父亲一直感情不和，但得知了这结果仍然让母亲难以接受。挂断电话后，晓丽一个人呆坐了很久，过了很久后才突然号啕大哭起来。

　　父亲这时候再做手术已经没有任何意义了。得知晓丽父亲病情的王胜利二话不说就拿出五万块钱递给晓丽，让她把钱寄回家去。晓丽最终决定带着孩子回家去看看，看见一年多没见的父亲突然变得骨瘦如柴，几乎都认不出来了，晓丽顿时泪流满面。一向性格暴躁的父亲现在像变了个人似的，反而劝着女儿别伤心，让晓丽的心情更是难受。

　　在老家待了十来天，晓丽又回到了深圳。本想再多待一段时间，可儿子很不适应老家的生活，回去的这几天几乎天天生病，王胜利这边听到这个消息又着急得不行，晓丽只好带着儿子提前回深圳。当然在这段时间，晓丽的心思不再放在王胜利是否和妻子离婚这个话题上了，父亲的病每天揪着她的心。

　　三个多月后，父亲痛苦地离开了人世。半夜接到电话的晓丽哭得像个泪人，在沙发上一直坐到天亮，一大早便打电话告诉王胜利父亲去世的消息，王胜利马上赶了过来。他安

慰着不断哭泣的晓丽，决定开车送晓丽母女俩回去，他说他是女婿，应当送老人家最后一程。晓丽知道他最近在公司特别忙，本不指望他能陪自己回去奔丧，王胜利的这一举动还是及时安慰了晓丽那颗悲伤的心。

从老家返回深圳后，晓丽变得沉默了很多。她不再跟王胜利提那两个字。面对着晓丽的郁郁寡欢，王胜利也无可奈何。

晓丽有个朋友也是当了人家的二奶，不同的是那个男的是香港人。晓丽的朋友也为这个香港佬生了个儿子，可就在孩子满三周岁的这一天，香港佬和母子俩刚去外面庆生回来，香港佬的太太就带着一帮人"从天而降"，硬生生地把正熟睡着的孩子给抢走了，晓丽朋友被那帮黑衣人暴打一顿。后来，听说孩子找不回来了，晓丽朋友终日神情恍惚，再后来晓丽朋友也莫名地失踪了。这事让晓丽知道后，晓丽非常的惊恐，她生怕自己有一天也会沦落到这个地步。

想着自己在这个地方住了那么多年，晓丽有一种不安感，晓丽突然向王胜利提出要搬到另外一个地方去，她说需要换一个环境。在这儿住了那么久，虽然已习惯了这里的一切，不过这房子终究是租来的，也不是自己真正的家。晓丽郑重地向王胜利提出这个请求，让他给自己和孩子买一套房子，孩子马上就要读一年级了。王胜利说这段时间公司资金周转情况不太好，他又新开了几家连锁店，让晓丽先另租房子，等公司资金运转正常后再给她买房子。

王胜利的回答让晓丽很失望，她不相信现在生意越做越大的王胜利连买套房子都买不起，可也没办法，只好先另租房子。晓丽选了个距离现在住处较远的地方租住。虽然在这里人生地不熟的，儿子也不太习惯，但是搬到这里后，晓丽的心才稍有安全感。再后来，晓丽从王胜利跟他家人的通话中无意听到了他把大女儿送出国读书的消息，心里更是气得不行。出国读书一年得花多少钱呀？平日里口口声声说自己有多么重要，儿子有多么重要，一提出给自己买套房子就说没钱，一切都是骗人的假话！晓丽心里真是很难受。

晓丽虽然不太习惯这里新的环境，但这儿附近有一所公办的学校，还是直属教育局的学校，王胜利托人找关系花了一万多块钱，儿子才顺利进入这所学校读一年级。

人都说孩子不能输在起跑线上，晓丽把全部的心血都倾注在了儿子身上。给儿子报了英语班、作文班、钢琴班、美术班等，每个周末辗转于各种培训机构。看到儿子小小年纪就每天疲惫不堪，王胜利都有点看不下去了，可晓丽仍然我行我素，她说一定要把儿子培养得很出色。

时光就在这忙忙碌碌中一天一天过去，眼看儿子马上要读三年级了，房子的事却仍然没有着落。晓丽跟王胜利又提了几次，王胜利总说再等等。晓丽心里窝火得很，自己跟了他十多年了，到底得到了什么呢？就得到了一个儿子，却又不能让他跟普通人一样过正常的生活。

一天放学后，儿子在小区楼下玩儿，晓丽正好要去超市

王胜利

买点东西，嘱咐儿子几句便离开了。买完东西回来后，却发现儿子鼻青脸肿的，晓丽一问，原来儿子是和一个大他一些的男孩子打架了。那个男孩子已经回家去了。晓丽教训了自己的儿子，让他不要惹是生非。晓丽问儿子究竟为何要打架，儿子沉默了半天不说一个字，晓丽气得很，认定肯定是自己儿子的错，便大声斥骂他，儿子却飞快跑到路前面去了。回到家后，晓丽却发现儿子在默默掉眼泪，问了好久，儿子才说是因为那个男孩子说他是野种，他才打人的。

"妈妈，什么叫野种？"

"你不知道什么意思就跟人打架？"

"反正是不好听的话。他还说我没爸爸，我当然要打他了！"

"傻孩子，以后不要跟人打架，不管别人说了什么，不理他就是了。万一哪里打坏了，可怎么好？"

"妈妈，为何我爸爸跟别人爸爸不一样，总不在家里住？"

"他、他忙。"

"忙也要睡觉的呀。"

"你去做作业吧，我做饭了。"

晓丽打断了儿子的问话，赶紧跑进厨房忙去了。

儿子越来越大了，纸终究是包不住火的，晓丽不知道到时该如何面对孩子？

第二天王胜利过来的时候，晓丽说了儿子打架的事，王胜利半天没说话。一看他那样子，晓丽火便上来了。

"你哑巴了？你要糊弄我和儿子到什么时候？"

"我什么时候糊弄你了？"

"好，那给我们房子！给我们名分！"

"妈妈，什么是名分？"

"小孩子别问那么多，看你的书去！"

两个人吵了一架，王胜利饭也没吃，便摔门走了。晓丽一个人在厨房里偷偷抹眼泪，儿子怯怯地拿着纸巾递给妈妈，晓丽抱住儿子放声大哭。

晓丽觉得王胜利对自己好像越来越不在意了，他每次过来只顾和儿子玩儿，跟晓丽亲热的次数越来越少，王胜利有时说儿子大了不方便，但晓丽却感觉不是，这种感觉让晓丽觉得很悲哀。

金融风暴的来临，让王胜利的生意也受到了冲击。别说是继续开分店，已有的一些店都关了门。王胜利感叹生意越来越不好做，女儿出国留学的高额费用又压着他。其实他也想早点买房子给晓丽母子的，但现在房价越涨越厉害，目前经济上确实是不允许。他对晓丽说只要他经济上稍宽裕一点，他便马上给她买房子。

谁知道以后的形势又如何呢？晓丽对王胜利的承诺反应很漠然，可也只能走一步算一步过一天算一天了。

房子的事遥遥无期，王胜利的家却出事了！

王胜利那个才上初二的儿子，跟人打架被对方捅伤了，

现在躺在医院里昏迷不醒！晓丽知道王胜利一家人都特别溺爱儿子，要什么给什么，但他儿子脾气很不好，学习成绩也很差，一天到晚玩儿电脑玩儿游戏。这次打架说是为了争一个比他们高一年级的女孩子，两个同年级不同班的男孩子便约好地方打架，谁赢了那个女孩就跟谁谈恋爱。怎么会有这样的小女孩，真是让人百思不得其解。结果是两个人都受了重伤。王胜利的儿子还带了刀，他没捅到对方身体的要害部位，自己却伤得非常严重。王胜利的儿子在重症监护室躺了半个多月，仍然没有苏醒过来。那段日子，王胜利像疯了般每天胡子拉碴守候在医院里，甚至连晓丽打电话告诉他儿子发高烧他也没过去瞧瞧。

王胜利的儿子在重症监护室里躺了一个月，终于还是离开了人世。晓丽知道这个消息后不敢问王胜利半句，王胜利已经一个多月没过来看晓丽和儿子了，晓丽也不敢有什么怨言。收到王胜利发的他儿子已过世的信息时，晓丽不知道怎么安慰王胜利才好，想来想去，打了两个字"保重"，王胜利也没回复。王胜利在儿子走后像失踪了一般一直没见到他人影，儿子问了晓丽好几次，晓丽只好骗儿子说王胜利出国去了。

四

当王胜利再次出现在晓丽面前时，晓丽差点认不出他来。王胜利不仅胡子没刮，头发也白了不少，脸上的皱纹也多了很多，仿佛一下子老了十几岁。儿子一见到老爸便猛扑过去，王胜利却好像没什么表情。晓丽看着王胜利这个样子，心里很不是滋味。关于他儿子的死，王胜利没在晓丽面前再说一句，晓丽自然也不敢提，气氛变得有点沉闷。

从此之后王胜利像变了个人似的，每次过来都不怎么说话。晓丽看着他那样子，心里别提有多难受了。自己的儿子难道不是他的儿子吗？他现在这副失了魂的样子，让人感觉真陌生。儿子也开始变得有点怕王胜利，见他过来不再亲热地扑上去，只礼貌地跟爸爸打声招呼，便躲进自己的房间写作业去了。

王胜利有时会带点东西过来，每月会固定把生活费交给晓丽，简单过问一下儿子的近况，除此以外，他更多的时候就是坐在客厅的沙发上看电视，把电视频道调来调去，直到离开才把遥控器放回到桌面上。后来，晓丽索性在他过来的时候默默搞卫生，因为跟他一起坐在那儿看电视他却一句话也不说，这让晓丽感觉窒息。王胜利儿子出事后，王胜利便没再跟晓丽亲热过。晓丽还年轻，她有正常女人的生理需要，这种夜夜独守空房的日子让她经常失眠，她不知道自己该如何去面对这种死气沉沉的日子。前路渺茫。

晓丽开始失眠。刚开始是经常在凌晨三四点多醒来便无法再入睡，后来开始整夜难以入眠，刚睡着不久又会突然醒来。睡眠不足，导致白天头总是晕晕乎乎的，只机械地接送儿子上学、放学，机械地去买菜、做饭，更多的时候，晓丽

王胜利

就只是躺在沙发上发呆。电视开着，音量调得很大，晓丽却只是盯着白色的天花板发呆。

王胜利过来的时候，晓丽不再勤劳地拖地抹桌子，她就躺在沙发上，盯着天花板发呆，听着坐在另一张单人沙发上的王胜利换着电视频道的声音。

那天母亲打来电话，突然对晓丽说："找个人嫁了吧！别等他了。"

晓丽顿时泪如雨下。

找个人嫁了？去找谁嫁？自己带着个私生子，谁会娶这样的女人？条件好的，眼睛都瞄着18岁的姑娘，条件差一些的也都盯着那些大姑娘。自己这样的也许只能找离异或找不到老婆的人，而且应该只是那些混得不好的小打工仔。那种日子，自己还过得惯吗？给儿子找个新爸爸，儿子会适应吗？那个新爸爸会对孩子好吗？

晓丽心灰意冷。

这天下午，晓丽送儿子上学后，回到家里什么也不想干。虽然晓丽白天是根本无法入睡的，但是头疼得难受，就躺在床上眯一会儿。

门铃声突然响了，晓丽觉得奇怪，是谁呢？王胜利一般都是自己开门进来的，平时也不会有什么朋友亲戚来这里，难道是物业公司？打开门一看，竟然是王胜利，而且让晓丽吃惊的是，王胜利的后面跟着他老婆。这葫芦里究竟卖的是什么药？

好久不见，王胜利的老婆让晓丽差点认不出来了。也许是因受了痛失爱子的打击，她现在看上去简直就像个阿婆。这个原来胖胖的女人，现在变得又干又瘦又黑。王胜利的老婆用很不标准的普通话一直说着话，王胜利却没怎么出声，王胜利的老婆一直絮絮叨叨的，有些话晓丽听不懂，但大概的意思她听明白了。王胜利的老婆是在说她是失去儿子后王胜利才告诉她晓丽和这个儿子的存在，她说这事刚开始对她打击很大，为此还和王胜利大闹了一场，但现在却也想通了，自己这个年纪是不可能再生孩子的，这个儿子便是王家唯一的根，这个儿子是王家传宗接代的唯一希望。她说她现在心态很平静，她完全可以接受晓丽和晓丽的儿子，她会和晓丽和平相处的。只不过目前王胜利没有能力另外买房子，她希望晓丽和儿子搬来和她一起住，她说家里的房子是两套房打通的，一共有三百多平方米呢。

晓丽自始至终没有说一句话，等王胜利的老婆终于说完了，晓丽把门打开，轻声说了句："你们可以走了！"

王胜利和他老婆面面相觑，看着晓丽那张毫无表情的脸，王胜利扯了扯老婆的衣袖，两个人只好离开了。

晚上，王胜利一个人过来了。等孩子睡熟后，王胜利又接起白天的话题。

"你让我和你老婆和平相处？"

"这样不好吗？"

"你就是不愿意和我结婚是吗？"

"这种时候，我怎么能跟她离婚？这不是要她的命吗？没了儿子，她整整瘦了三十斤。"

"你不离婚是吧？好，我同意搬到你那大套房里去。"

"真的？那太好了！"

"但是，我有一个条件。"

"什么条件？你说，只要我能办得到我都答应。"

"让你的老婆和女儿搬到我这儿来，我和儿子搬过去！"

"你……"

"这事没得商量！你回去问你老婆。"

晓丽说完便回到房间把门锁死，不再理王胜利。王胜利只好无奈地离开了。

过了几天，王胜利又过来了，他告诉晓丽，老婆同意了晓丽的要求。

"她同意了？好，那选个日子搬家吧。"

"我老婆看了日子，说下周六那天最好。"

"想得够周到，行！就下周六。但是，你必须在家里大摆宴席，把你的亲戚朋友都请来，你得让大家都承认我的儿子。"

"这个，应该没问题。"

王胜利的老婆爽快地答应了晓丽的要求。

周六那天到了，晓丽把自己打扮得跟新娘一样，穿着刚买回来的大红旗袍，儿子也穿着帅气的西装，晓丽甚至还按照老家的风俗打了把红伞。从王胜利的宝马车上走下来时，晓丽看着这漂亮的房子，心里隐隐作痛。这是一栋高级住宅，应该有二十几层。家里的摆设很豪华，客厅大得吓人，厅里坐了不少人。王胜利买了最顶层的房子，还附带了大大的天台。王胜利把晓丽和儿子领到天台，天台上的各种花花草草很漂亮，还修建了假山和金鱼池。天台上已摆好了六七张桌子，旁边坐满了客人。

这顿饭，王胜利特地请了酒店的大厨亲自来做。儿子刚一踏进门，那些宾客们便个个塞红包给他，晓丽的那个包包也被装满了大红的利是。

酒足饭饱，大家都喝得很高兴，一个个向王胜利道着喜。吃完饭，客人们在天台上继续喝茶和吃水果、点心。

晓丽拉着儿子的手，走到天台前面往下望。

"儿子，从这里望下去，漂亮吗？"

"漂亮！"

"儿子，你说我们像鸟一样飞下去好不好？"

"好呀！可是，我们没有翅膀。"

"妈妈有伞，伞就是我们的翅膀。"

"真的吗？我们真的可以像鸟一样飞吗？"

"可以的，孩子。"

晓丽撑起红伞，转过脸大声说："王胜利，你永远记住，我为你传宗接代了！"红红的雨伞、红红的旗袍、红红的利是在众人的惊呼中一同翩然落下……

王
胜
利